不二集

——一个旅游人的手札之二

邢定康 著

东南大学出版社

图书在版编目（CIP）数据

不二集：一个旅游人的手札之二/邢定康著. 一南京：东南大学出版社，2017.3

ISBN 978-7-5641-7039-4

Ⅰ. ①不… Ⅱ. ①邢… Ⅲ. ①散文集－中国－当代 Ⅳ. ①I267

中国版本图书馆 CIP 数据核字（2017）第 029709 号

不二集——一个旅游人的手札之二

出版发行	东南大学出版社
社　　址	南京市四牌楼 2 号　邮编：210096
出 版 人	江建中
网　　址	http：//www. seupress. com
电子邮箱	press@seupress. com
经　　销	全国各地新华书店
印　　刷	南京京新印刷有限公司
开　　本	700 mm×1 000 mm　1/16
印　　张	15. 25
字　　数	260 千
版　　次	2017 年 3 月第 1 版
印　　次	2017 年 3 月第 1 次印刷
书　　号	ISBN 978-7-5641-7039-4
定　　价	48. 00 元

本社图书若有印装质量问题，请直接与营销部联系。电话（传真）：025-83791830

代序：身土不二

“身土不二”，一度是韩国的爱国主义宣传口号。

早在1995年9月，我代表南京市旅游局组团赴韩国汉城（今首尔）参加在那里举办的江苏省输出商品展销会。那时候不像现在，去韩国的中国游客很少，大多为商务客。这也是我第一次去韩国。在此之前，我的出国经历仅限于日本及泰国。

初访韩国汉城，总觉得与日本东京有一些差异。何以呢？汉城也好，东京也好，迎面走来的都是黑头发、黄皮肤的人群，有什么不一样呢？

晃过神来，以为一定是满大街的广告牌和店招上的文字。

东京街上的日文虽说有点怪异，但其间总还会夹杂着不少汉字，给人以认同感，有的还能“蒙”对其中的意思。当然，也有闹笑话的。我的同事去日本，在一家餐馆想吃炒鸡蛋，服务生听不懂汉语，于是写了“鸡蛋”二字递上；服务生还是不懂，只好画图示意：先画个“鸡”，再画个“等号”，紧接着画个“o”，并手指着“o”。服务生弄明白了，回了他一个“卵”字。原来“鸡蛋”的日文是“卵”。还有一次，我和太太在东京的一家小店，对照店里挂的菜单点了一个“大根”，不曾想是酱油煮的一截萝卜；又点了一个“玉子”，以为是玉米类的食物，结果端上来的是酱油煮的鸡蛋。怎么“卵”又成了“玉子”了呢？那一顿晚餐虽然钱没少花，也没吃饱，但我和太太都很开心。

而在汉城的街头，满目是清一色的“车轮滚滚”的韩文，让人完全找不到北。说是“车轮滚滚”，是因韩文的文字大多带个“o”，如同上下左右滚动的车轮，晃得人眼花。

那一次，汉城的朋友开了辆车带着我在城里车游。车窗外闪过花花绿绿的广告牌，忽而看到跳出四个大大的汉字：“身土不二”。过了一会儿，又看到有广告牌上书写着这么几个汉字。这让我既感亲切又有点惊奇。我问汉城的朋友：怎么会有汉字了呢？“身土不二”又是什么意思呢？

朝鲜半岛历史上原本属“汉字文化圈”。最早的半岛民族是有语言无文字的，至公元3世纪引入了汉字，以汉字为语言标音；到了15世纪方创制出自己的文字，并夹杂汉字混用。20世纪40年代，朝鲜半岛分裂为北部朝鲜和南部韩国，尽管其社会制度不同，但在文字上均采取了去汉字措施。朝鲜是全面废除了汉字；韩国尽管未对其“铲草除根”，但也做出了禁止在公开场合使用汉字的规定。正因为此，我才会这么提问。

汉城的朋友回答：“身土不二”是一句宣传口号。你是知道的，韩文充其量也只有500多年的历史，难免会美中不足。其词汇中有很多同形同音的异义字，仅看字形有时理解不了要表示的意思，容易产生误差。遇到这样的词汇，往往要在其后用括号加汉字注释。“身土不二”作为口号，如用韩文达意，会是一个很长的句型，显然不合适，不得已而用了汉字。至于“身土不二”到底何意，既然它是汉字，你应该也可以说出个一二来。

我怎么说出个一二呢？“身上不二”，好像不是中国的成语。我曾编著《金陵成语之旅》口袋书，翻阅过若干版本的《中国成语大辞典》，似乎对“身土不二”没有印象。这是否可以理解为是汉字韩国化的一个成语呢？

“身土不二”，如果仅从字面上去揣测，大致的意思是：身在故土，就要爱其一草一木，绝无二心。或者说得再具象一些：我们吃的穿的都应该是国产的，不要去进口，专用“不二”物。这样的诠释，竟然得到了汉城朋友的点赞。

其实，我的这番解说，是出于对社会经济的一种判断。那一时期全球金融危机，韩国的日子也不好过，“身土不二”便成了类似于我国计划生育的一项国策。听说好莱坞大片《泰坦尼克号》在韩国上映时，有媒体就发起拒绝观看的运动，声称假如有300万观众去观片，那会有多少韩币流入美国。还有一事与我从事的旅游工作有关：一些旅行社新创了“身土不二”旅游项目，实际上就是不提倡出境游，阻击韩币外流，而大力推广本国游。可见“身土不二”在韩国的感召力。也可以看出，“身土不二”四个汉字，遣词造句凝练到极致，含义甚为深广，韩文当然难以替代。

细考量，“身土不二”因是汉字，对韩国来说应视为舶来物，而非“不二”。正是这个非“不二”，成为了韩国“不二”的宣传口号，想想挺好玩的。

再考量，“身土不二”确实也彰显出韩国的传统文化。在汉城的大街小巷，看到的都是川流不息的国产汽车，便可以一概全。而对照我们城市满大街跑的汽车，又可察觉出两者之间的文化差异。

我常与旅游界同仁在一起谈天说地，聊到中国游客在海外购买名牌奢侈品以及奶粉等，可谓是一幅幅“不差钱”的“土豪”绘图。尤其是到日本抢购，从电饭煲、智能马桶盖到家居常备的“神药”，再到小学生用的硬式双肩书包，一拨接着一拨。下一拨又会是何等“神”物呢？

“身土不二”，情何以堪？

有人为之愤青：这是中国人的悲哀。我倒认为，出现这样的抢购风潮，不完全是负能量。这说明我们在产品创新和诚信两方面确实存在问题，至少可以刺激我们认真反思，促使在全社会重整诚信形象，创新高品质的产品，让我们的消费者在家门口就能获取“神药”，让外国游客也到我们这里来抢购“神药”。

说到诚信，我以为比之产品本身更为重要。不知何时起，社会的诚信度急剧下滑，媒体似乎也在推波助澜。典型的是央视连续播出赵本山的小品《卖拐》《卖车》。在小品里，诚信的范伟遭人嘲弄，“忽悠”的本山受到点赞。这样的小品出现在2001年、2002年春晚的舞台上，虽博得众人捧腹，却也将“忽悠”广为传播。央视，你意识到并反省过了吗？

如此说来，汉字组成的“身土不二”当真就是韩国的独创，与我们并无干系？恐怕也不尽然。它虽未被列入《中国成语大辞典》，但也未必一定就是韩式成语，并没有排除在中国浩瀚的史籍中可以找到它的出处。前一阵，韩国总统朴槿惠来中国参加抗战胜利70周年纪念日阅兵仪式，在出席上海“中韩商务合作论坛”上云：“二人同心，其利断金。”这句话就是引自《周易》。2009年元旦，韩国首脑及大佬曾用汉字“扶危定倾”以明志、“石田耕牛”展望新春、“上苍难欺”批评时政等。那一年，日本首脑也在新年开笔仪式上写下“安心活力”四个汉字，秀了一把书法。这些汉词均取自于中国史籍。可见“汉字文化圈”的老外对汉文化的认知度，有的绝不比我们逊色。

那么，“身土不二”是否适用于我们呢？回答是肯定的。它的核心含义是，每个人对故土怀有的“不二”之心。只不过，我们对它的理解更多的是在精神层面上的，而对待舶来物之类的具体事物，则比较大度和宽容，有的甚至盲目。应该说，“身土不二”如同一个哲学的命题，不光在中国、韩国或“汉字文化圈”内，即使翻译成各国文字，也会被广泛吸纳和应用。而且各国会将这一哲理融入自己的文化理解，赋予它新的意义。

就我本身而言，对养育我的南京亦始终“不二”。尽管这座城市曾给我的人生带来过许多痛苦和伤痕，依旧不改“不二”。

我对自己从事的旅游行业，也怀有“不二”的情怀。现在，我已退休赋闲，仍在从事旅游社团工作。退休以来，我撰写的《秋潺》《闲话南京》《守望南京：民国旅游寻寻觅觅》《求缺集》，编著的《南京佛寺之旅》《金陵成语之旅》《金陵神话传说之旅》《泊秦淮》，主编的《美丽江宁》（8卷丛书），选编的《金陵屐痕》等，以及正在写作的《不二集》，均与南京和旅游息息关联。这是我的“不二”佐证。

《不二集》也是奉献给我的爱妻储一琴的。储一琴，上海知青，与我在下乡插队时相识、相恋。那时候，我处在人生的最低谷：父母受到“文革”的重创；自己既一无所有，还身患疾病。犹如天上掉下来的仙女，她走进了我的生活。我回到城里，在一家区属大集体的印刷厂做装订工。她上调到镇江的国营电力系统工作。我们分居两地，以“两地书”表达挚爱，最终结合在了一起。之后，我忙于学习和工作，在外的应酬也越来越多，对家庭生活的忽视自己浑然不知。而她，总是默默地、无怨无悔地用自己的

1999 年 7 月 10 日，我和太太在
江浦县（今南京市浦口区）广场留影。

行动支撑着整个家。我们从恋爱到如今，整整四十个年头了。我总觉得亏欠她的太多太多。我无以表达对她“不二”的情感，只有将此书作为送给她的礼物了。

是代为《不二集》序。

2015. 9. 9

目录 CONTENTS

旅游就是力量——2015随意录

2015.1.12

1

“闲扫白云寻鸟迹，自锄明月种梅花。”

1月27日，我和邹尚、泽荣等几位好友先在中山门内“夜上海”小聚，后到“地矿宝玉石”吴礼道工作室茗茶。主人乘着酒兴，从柜中取出了清两江总督曾国藩书法的这对楹联。他一遍遍强调：这对楹联请博物院的专家做过鉴定，确认是曾国藩的墨迹。

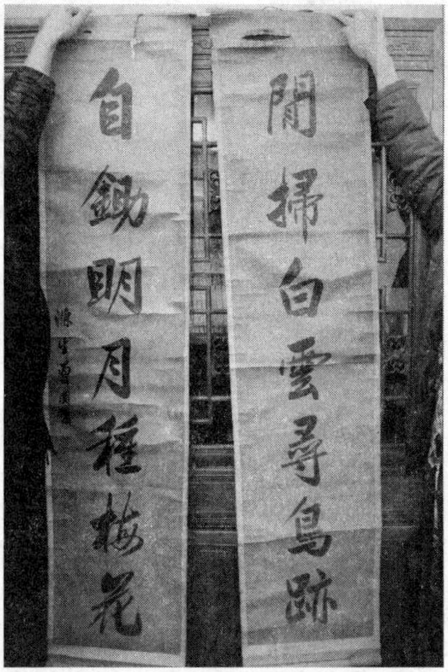

清两江总督曾国藩的墨宝。

我对书法没多少研究，而面对曾大人的墨宝，倒是觉得笔法朴实且有气势，让人观赏时以为自己胸中也已生出了大气。不过，我更欣赏楹联诗词勾画出的“纵有千军万马，我自岿然不动”的心境。那样一种悠悠然挥洒的境界，实在令晚生感佩。

不过，另有好友张波告之：此楹联的诗句并非出自曾国藩原创，在不少寺庙中都曾有过。洛阳香山寺的楹联则为：“漫扫白云寻鸟迹，自锄明月种梅花。”曾国藩选用的是“闲”扫。好一个“闲”字了得！

我还以为，这对楹联也是写给老年人赋闲生活的。前一句“闲扫白云寻鸟迹”，说的是出游乐趣；后一句“自锄明月种梅花”，则为蜗居收获。这正好应对了《不二集》上下篇“出游”“蜗居”之篇题。

2

“梅花诗八韵。”

这是大清朝官人进京“炭敬”时，预先在信封上书写的一行字。这个信封是要恭恭敬敬递送给上司的。

所谓“炭敬”，是冬季时下级以替京官购炭取暖为名，向上级行贿的一种方式。另有夏季时的“冰敬”，以及“别敬”“团拜”等多种方式。信封里装的是礼金银票。信封上不便写礼金的数目，就玩起了“文化”。写“梅花诗八韵”，是暗示信封内有银票八两。若写“《四十贤人传》一部”，或“强仕”（语出《礼记》：“四十强而仕。”）两字，即内藏银票四十两。还有写“耳顺”（六十而耳顺）的，则为银票六十两；写“毛诗一部”（指汉代毛亨注本的《诗经》，收诗305首）的，银票就有三百两之多。超过三百两的，属于高规格了。如写“孟津一渡”，意为“八百诸侯渡孟津伐纣”，行贿的银票会高达八百两。

你们瞧瞧，大清朝官人行贿也这么文绉绉的，讲究的是品位，礼金或多或少，不失颜面就好。其实，行贿本身并无颜面可言。

今人行贿就烦不了那么多了，怎么好使怎么来，毫无技术含量，腐败之风十分猖獗。值得庆幸的是，近两年从中央到地方都痛下决心，誓与古今中外之腐败顽症血战到底，并已初见成效。万众为之点赞。

3

有道是：旅游就是力量。

这是偶读《扬子晚报》3月6日刊登的短文《故事的力量》之感悟。此文的大意是：

15世纪末，在印度阿萨姆有位名比祖尔的高僧，将四个弟子叫到身边，发给每人1枚金币，让他们外出创业，约定为期一年。

一年后，四个弟子归来。大弟子报告：买了一块茶地种茶，将收获的茶叶卖了，挣2枚金币，还给师傅1枚金币，还带来一袋茶叶孝敬师傅。二弟子报告：开了一家茶馆，将茶叶研磨加香料制成上等红茶，一年间卖茶水挣了10枚金币，还上本钱，又带上等红茶孝敬师傅。三弟子报告：买了茶叶，用十头毛驴运输，翻过喜马拉雅山，高价卖给西藏人，挣了100枚金币，除了还本钱，还送西藏上等羊毛毯给师傅。唯四弟子四处旅游，花光了1枚金币，没赚到一分钱。他要求再给他一年时间，并向大弟子要了点茶叶，向二弟子要了点红茶，又向三弟子借了头毛驴，还向师傅申请代为保管羊毛毯。

四弟子回去后将几样东西留在家里，然后骑毛驴继续旅游。在旅途中，到处向人讲师傅比祖尔帮三位师兄创业的故事，并告之创业的成果都在他家里存放着。于是大家都到他家里参观。参观者需付一个铜板。一年下来，他家中积累的铜板总价值已超过了1 000枚金币。

四个弟子又在师傅比祖尔那里相会。他们要为比祖尔立碑。比祖尔道："不需要立碑了。你们的故事已让我声名远扬。这就是故事的力量。它已经超越了金钱和坚硬的钢铁。"

阅罢，我以为：与其说是"故事的力量"，倒不如说"旅游的力量"更为贴切。四弟子第一年外出旅游，是考察学习，增长了阅历。第二年，他将大弟子、二弟子、三弟子收获的成果放在家里，实际上是建了一个家庭陈列馆；然后再次外出旅游，开展宣传促销，招徕游客到他的陈列馆参观，并收取门票。

四弟子的所作所为，不就是现代旅游业的一个完整流程吗？

4

"天泉湖，你的养老之家。"

4月16日，《金陵晚报》以整版的篇幅，刊登了我和季宁写的文章《天泉湖：酒店适应社会养老新常态的战略选择》。这是一篇特约稿。金陵饭店集团在盱眙天泉湖建设养老社区，与《金陵晚报》合谋作系列报道，请了二十多位所谓权威人士写文章。我算其中一员。大家的文章汇编成《中国新型养老样本——天泉湖》一书。

江苏凤凰文艺出版社2015年出版的《中国新型养老样本——天泉湖》，收了我的一篇文章，还给我绘了幅"速写"。像我吗？

自从退休以后，我基本不写命题文章了，这次算破例。一来，金陵饭店是全国旅游行业的一面旗帜，对南京旅游有很大贡献。人家找到你，于情于理都不好推托。二来，社会老龄化已成大潮，养老自然是个大问题，应该引人关注。

我最初是将其作为一个课题来做的，还邀请了市旅游委员会的季宁一道来收集有关资料。有数据表明，我国的老年人口已突破 2 亿大关，老龄化水平达到 15%。其他国家也有此类问题。日本最具代表性，65 岁以上的老年人已占全国人口的四分之一，成为典型的“老年人大国”。如此来看，社会老龄化比想象的要严重得多，养老问题真的不可小视。

现在，全国各地都有人在做养老项目。不过，不少项目是沽名钓誉，另有他图。有的盯紧的是政府对养老项目的扶持政策和补贴资金，想要的到手了，项目也就变味了。要知道，真正脚踏实地搞养老项目，是要有高度的社会责任感的。

我曾两次走访正在建设中的天泉湖养老社区。金陵饭店集团不愧是具有中国文化和国际声誉的大集团，在真刀真枪地干。仅在建的一座颇有规模的医院，就足以让未来进入社区的老年人吃了颗定心丸。我挺佩服集团掌门人汤先生的，有胸襟，有远见，有社会责任心。

当然，天泉湖养老社区模式的服务对象，还局限于中等收入的人群。如何破解新常态下的大众养老问题，更值得我们不断进行探求、创新和实践。

5

有道是：三人成虎。

成语“三人成虎”，语出《战国策·魏策二》：“夫市之无虎明矣，然而三人言而成虎。”大致的意思是：凡谣传，原本不可信，说的人多了，竟信以为真。这个成语，由于单纯从字面上直观不出含义，现在很少被人运用。然而，“三人成虎”的社会现象已极为普遍。

2015 年 5 月 1 日，米兰世博会开幕。由此联想到曾经在世博会上获得所谓“金奖”的茅台酒。由此头脑里便冒出了“三人成虎”这么个成语。何以会有如此跳跃性的联想呢？

世博会首创于 1851 年，地点在英国伦敦。以后历届世博会都以举办城市冠名，唯有 1915 年在美国旧金山举办的冠以巴拿马世博会，是为纪念巴拿马运河落成而名的。茅台酒正是在这一届世博会上，以“贵州公署酒”名义获奖，只不过是银奖，而非一直以来号称的金奖。即便是那届世博会的金奖，也仅相当于三等奖。因为当时奖项的等级排序为大奖章、荣誉奖章、金奖、银奖、铜奖、荣誉状。中国摘得“大奖章”的酒也有，山西汾酒也。如此说来，茅台酒实际上仅为四等奖，后被想当然地吹捧为疑似一等奖的“金奖”，是“三人成虎”之故。

其实，历史的业绩只能代表过去，无须以史粉今。茅台酒虽百年前仅在国际上获四等奖，并不影响当今坐上国酒的头把交椅。而当年“大奖章”之山西汾酒，一度因假酒事件身败名裂，至今尚未完全恢复元气。

6

“梦想成长的力量。”

6月18日，我和太太储一琴、堂妹邢红及妹夫徐赞双一同前往浙江萧山，游览东方文化园。此行缘于一年前我为选编民国时期旅游人写南京的文集《金陵屐痕》，赴位于萧山的浙江旅游博物馆收集资料，顺访了东方文化园，被园内的景物打动，撰写了《萧山：“创意”看点》一文（收入散文集《求缺集》）。那时候，我就想到一定要带太太来一趟。这么想，也就这么来了。

东方文化园旅业集团副总裁陈杭辉热情地接待了我们，将我们安排在集团旗下的太虚湖假日酒店下榻。这座五星级酒店设施精良，服务温馨，能在此度假真是福分。

太虚湖假日酒店的一侧是金色大厅。这座金色大厅，据说是仿北京人民大会堂的宴会厅建造的，系无柱式建筑，净层高9米，净面积达3 000多平方米，可举办3 000人参加的大型会议，也可安排2 000人欢聚一堂的宴会。我曾在《萧山：“创意”看点》一文中，专门讲到了这座壮丽的金色大厅，为在江浙沪，乃至华东地区拥有这样的会议设施叫好。

我们在酒店晚餐后出来散步，见金色大厅灯火透亮，就跑过去看是怎么回事。原来一大帮人正忙着布置会议，说是第二天要在这里召开3 000人的大会。哪家开会要搞出这么大的动静来呢？大厅的进口已经竖起了一个庞大的题板，上书“梦想成长的力量”。好气派！再看题板上的一行小字，得知要开的会叫“2015中脉科技华东地区海外研讨分享会”。这个会题有点绕人，似乎也有点唬人。不过，“中脉科技”好像蛮眼熟的。想起来了，这应该是我们南京浦口的一家企业，研发远红外等保健产品。若干年前，一朋友送我一个远红外床垫，说是可以缓解失眠。我用了一下，就觉得浑身上火，不适合我的体质，后转送他人了。“中脉科技”在南京火过一阵，以后就很少听到音讯了，想不到现在已发展到“海外”研讨，仅“华东地区”就要召开3 000人的大会，真是令人刮目相看。

“梦想成长的力量”会场外两侧各竖一个巨型广告牌。其一是销售精英：一位男代表，带了一群娘子军。

第二天，我们游览了东方文化园回酒店，只见金色大厅周围人声鼎沸，于是跑过去凑热闹。会场入口把关很严，都要凭票入内。会场外男男女女穿着挺时尚，窜来窜去，不亦忙乎。令人醒目的是，会场外两侧设有大型题板，题板上彩绘着“中脉科技”高管和销售精英的群像。领衔的人物挂的是中脉国际全球董事长、中脉道和公益基金会主席的头衔。那场面真的好“摆”。

我与场外一位来自江西的小伙子闲聊起来。他是做“中脉”产品销售的，特地赶过来开会。我问他，会议入场券是发的，还是购的。他答，是购的，每张券要花一百五十块钱。我又问，都销售什么产品。他又答，产品的品种很丰富，都属健康类型的。他身上穿的就是“中脉”远红外保健内衣。穿上它，腰板挺直，长途驾车不疲劳（他是自驾车来的），而且不沾脏，一个礼拜不洗没问题。他还让我注意场外走动的女性，个个亭亭玉立，都是因为穿了这样的内衣。他越说越邪乎，好像是经历过“传销”的洗脑。不过，他搞的又不像传销，似乎是一种很特别的直销形式。有一点必须承认，具有科技含量的健康类产品，的确符合了当下市场购买的潮流。

“梦想成长的力量。”这个会议的主题可谓是与时偕行，切合创业者的心理。那么多人大老远地跑来，自愿掏腰包买票开会，能做到这一点，也就让我开了眼界。

南京的“中脉科技”，在地方上并不起眼，难不成正在地球村的成长中实现着自己的梦想？

7

忘不了：蒙娜丽莎的微笑。

7月2日上午，我匆匆赶往南京云锦研究所，去观赏即将送往米兰世博会展的南京云锦新作《蒙娜丽莎》。之前，云锦研究所王宝林、张玉英让我务必不要放弃这个机会。

南京云锦《蒙娜丽莎》，挂在一位云锦大师工作室的墙壁上，“顶天立地”，足有2.5米高，宽也有1.8米，据说是迄今最大尺幅的云锦人物造像。我曾在2003年和2008年两次入巴黎卢浮宫，看到过达·芬奇的油画作品《蒙娜丽莎》。那幅原作比预想的要小得多，又见众人里三层、外三层地围住它照相，很难挤进去静静欣赏。尽管如此，我两次去都会在油画前驻足凝视，很不舍离去。印象最深的，仍是公认的蒙娜丽莎的微笑。那表情实在令人捉摸不透。

我在云锦新作《蒙娜丽莎》前留影。

南京云锦《蒙娜丽莎》作品较之原作放大了10倍，据说是由26位设计师、4名织工耗费6个月时间织成的。他们运用70多种色彩的丝线与金线，将油画的色质、肌理、光感、笔触、空间等多项表现元素发挥得淋漓尽致，完成得很是出色。当然，我还是会去关注云锦版的蒙娜丽莎的微笑。不知为什么，这一回我总感到，蒙娜丽莎的微笑蕴含着一种莫名的忧虑。何以呢？

这恐怕与我的心理作用有关。我有私心。因听说云锦研究所已被一个叫“维格娜丝”的做服装的上市公司全盘收购。为此，我在 20 多年前为研究所精心策划的中华织锦村，行将消灭。这还微不足道，主要的是，我所钟爱的南京云锦今后的命运又会如何呢？六年前，南京云锦织锦技艺被联合国教科文组织列入非物质文化遗产名录。这是云锦研究所走过 8 年的申遗之路收获的成果。这样的无形资产，在“收购”中是如何评估的呢？这样的无形资产，“维格娜丝”会百般呵护吗？我心存担忧，以至于眼前的蒙娜丽莎微笑似乎也暗藏愁云。

云锦研究所王宝林私下对我说，“南京云锦”如能替代“维格娜丝”股票名称，效果应该事半功倍。这话说得不错，但“维格娜丝”主人肯定不会这么想、这么做。如今，谁拥有资本实力，谁说了算。否则，“维格娜丝”应投靠“南京云锦”才是。

8

“风回犹为旧罗衫。”

这是八年前我游览贵州安顺的天龙屯堡，撰写的一篇文章的题目（该文题为《安顺：风回犹为旧罗衫》，收入散文集《行色》）。安顺的屯堡，是明代朱元璋从南京派兵戍守云贵，屯兵屯田造就的若干村落之统称。屯堡的百姓至今仍传承着老南京的服饰、饮食、娱乐等习俗，形成独特的屯堡文化。

两年前，我又连续两次走访安顺。一次是应安顺旅游部门邀请，参加当地举办的“名人名嘴话屯堡”活动；一次是我组织南京旅游学会会员考察安顺屯堡文化。其间我又写了篇文章《安顺：蓦然回首“明”月光》（收入散文集《求缺集》）。

8 月 8 日，安顺旅游部门组团来南京开展宣传促销活动。在此之前，安顺方面为搞好这次活动征求我的意见。我提议不要拘泥于常规的宣传方式，来一场文化交流，得到了对方的响应。我将活动定名为“南京—安顺双城大明文化论坛”，并将地点选在了高淳。之所以这样选址，是因高淳有傩舞“跳五猖”，而安顺屯堡则有傩戏“地戏”。前者是古老的祭祀活动，后者则是以“三国演义”为题材的戏曲，共同点是两者的演员均戴着面具表演。我们有理由推断，明代在屯堡兴起的“地戏”，正是由高淳的“跳五猖”引入并发展而来的。

我安排两地分别展演“跳五猖”和“地戏”，作为论坛的前奏，也让学者们以此切入，畅谈双城的大明文化。这使得整个论坛具有了新意和活力，也取得了好的效果。我个人的体会是，文化是血脉相连的，同时也是跨民族、跨国界的。二十五年前我第一次去安顺，便在苗寨娄家庄发现了有“戏曲活化石”之称的“地戏”，就十分好奇，后得知苗家人的“地戏”是从屯堡引进来的。再有，英国沙翁的古典名剧《王子复仇记》，竟在当今被改编为中国电影《夜宴》。这样的案例，再普遍不过了。

在地球村，恐怕唯有文化艺术最能引起共鸣，最具凝聚力，最可反映从古代文明走向现代文明。

9

9 月，有两则记录。

一则为：“行万里路，也要读万卷书。”

这是中国工程院院士、东南大学教授钟训正在接受媒体采访时所言。9 月 19 日《扬子晚报》“走进名家书房”栏目的主人正是这位钟先生，使我见到了他的近照，也仿佛嗅到了他满屋子的书香。

我认识钟教授，是在上世纪 80 年代。1987 年，我从鼓楼区政府办公室调到组建中的南京市旅游局，几个月后就跟随市政府代表团赴海南考察，拟选址建设旅游度假中心。这就是后来在三亚大东海建成的金陵度假村。我参与了度假村项目的所有前期工作，包括其中的建筑设计。当时聘请的建筑师正是南京工学院（今东南大学）的钟训正教授，还有孙中阳、王文卿两位教授。

钟训正等三位一体，是一支十分精干的设计团队。王教授善于布局，孙教授精于勾图，钟教授上下总揽，真是绝配。我作为建设方曾多次与他

这是在大东海建设的海南金陵度假村，摄自 1989 年。该度假村建筑曾在全国建筑设计评选中获奖，现已拆没了。

们商讨度假村的建筑图纸，其间也多次与他们发生碰撞。他们追求的是建筑与环境的协调和美感，而我们更侧重于实用性。在专业问题上他们显得十分固执，甚至“寸图不让”。最终，其作品在全国建筑设计评选中获得了奖项，其项目也一度成为海南的地标。说是“一度”，只因若干年后此地标建筑在海南房地产开发的大潮中灭失了，取而代之的是杂乱无序的高楼大厦。昔日大东海的美丽画卷已成海市蜃楼。说起来真令人伤心。

得知钟老的两位搭档已作古，而今在《扬子晚报》上能看到耄耋之年的他，仍然充满了精气神，真是感慨不已。

二则为：导游好，对导游所在的城市印象就好。

9 月 25 日，我和太太登上“赛琳娜”国际邮轮，开始了为期五天的海上休闲生活。这是我们第四次乘坐邮轮航行了。

回想 1989 年 4 月的一天，“海国明珠”号国际邮轮满载着外国游客驶入了南京港。这在当时对南京旅游来说是破天荒的。我将其撰写成文字，载入《南京年鉴》的“旅游篇”。那时候，我是多么羡慕老外的那种旅游方式。没想到，这样的方式如今已“飞入寻常百姓家”。

有关邮轮的旅行，我在《在蓝宝石“公主”号邮轮上……》（收入散文集《求缺集》）、《二上“公主”》两文中已有所描述。我这里要说的是这次旅行对日本福冈的印象。这是我们第三次乘邮轮到福冈，前两次的感觉就是购物，而这一次虽然仍是购物游，但印象就不一样了。为什么呢？因为我们遇到了一位好导游。

导游李歆歌，中国籍女性，在福冈大学读的书，毕业后就留下来当导游了。实际上，随着中国游客的“风起云涌”，日本启用了大量的中国留学生充当导游。这些导游掌握的专业知识参差不齐，有的只会忽悠游客购物。而李歆歌不一样，她娓娓道来福冈的地方文化，并告诉大家，这座城市为什么还有个“博多”的地名。我们团队中有的就是冲着购物来的，向她咨询商品行情。她客观地点评了各种商品的功能，并指出有些东西虽好但并不适合购买。例如替代洗衣粉的洁衣球，由于是利用物理原理洗涤，衣服必须天天换洗，否则未必洗得干净。她的言辞不忽悠，而胜于忽悠。

导游，代表着一座城市的形象。上世纪80年代我刚接触旅游业，是以外国人入境游为主。那时候的导游，都经过严格的训练，不仅外语讲得好，人文素质也高，被尊为民间大使。随着国内旅游的兴起，导游的需求量剧增，导游准入的门槛越来越低，导游队伍的总体水平也就可想而知。现在，旅游市场大打价格仗，迫使旅行社及导游想方设法增强自身的生存能力。有的就玩起了歪门邪道，甚至做出极为出格的事。这不仅败坏了导游的整体名声，也使得所在的城市蒙羞。我们真该好好反思，务必将导游队伍的培养纳入城市形象的建设之中。

还是那句话：导游好，对导游所在的城市印象就好。反之，则不言而喻。

10

有道是：往事并不如烟。

10月6日，是母校南京九中举行90华诞庆典的日子。我是校友会的理事，无奈人在上海办事，没捞着参加，只有遥祝。

10日那天，我特地赶回来参加了64届初三（2）班的同学聚会。这样的聚会应是校庆的后续活动，而且更为实在。我是当年初中班的班长，肯定缺席不得。我们聚在一起，个个脸上爬满了“阅历”，毕竟毕业后各奔东西，已晃过五十一个年头。21日，我又召集了67届高二（6）班八九位同学聚会。那是为长期失联的班长沈国贤的闪回接风。原来他浪迹法国二十多年，混得不错，现选择在广西北海定居。老同学见面，无非是回顾青春，感叹岁月蹉跎。

2015年10月10日，我们初中的同学们相聚留影。

南京九中，始为上海震旦大学预科学校，是上海天主教法国耶稣会于民国十四年（1925）创办的，后为纪念旅行家利玛窦一度改名为利济中学，抗战胜利后恢复震旦校名，又于民国三十五年（1946）改称私立弘光中学，以表达对抗战胜利的弘扬光大。至于九中的称谓是1951年命名的，也不知当时依据了什么数码排的号。

我以往断断续续参加过几次校友会理事会议，感觉每次出场的校长都换了面孔。他们都很年轻，也都赋有激情。不过，我还是挺怀念李广琦、许光、严文藩等几位老校长的。他们遵循着“严、实、稳”的校风，或儒雅，或慈祥，或板着面孔，各展风姿。然而在“文革”中，他们都成了“走资派”，遭到“奋起千钧棒”的“横扫”。

最近参加的一次理事会议，是在校庆前两个月的一个晚上。我仅迟到了三分钟，不想会议已经准时开始，挺尴尬的。满教室的理事们都老大不小的了，忽而发现有位年轻的女士端坐在中老年人群中，就觉得特别显眼。她叫许诗炎，现为南师大外语学院英语系副主任，后又得知竟是我的发小许家贯的女儿。这个家贯，失联了这么多年，想不到“造人”有如此造诣，太有才了。而且我还觉得，有像家贯之女这样的年轻人加盟校友会理事会，此乃后继有人。

那次出场的校领导是位女性，讲话和风细雨。我倒没太多关注这个新面孔，而是将目光投向坐在对面的一老一少。“一老”，是“文革”前分配到九中的年轻教师冯亦同，现已在南京作协副主席岗位上卸任退休，虽满头银发，然神采奕奕。所谓“一少”，其实也已年过花甲。他叫杜宁一，“文革”时是初中一年级的小屁孩，后来成为省级机关的官员。想当年，杜同学可是批斗冯老师的急先锋。那时候，冯老师曾被校红卫兵列入“四家村”黑名单，被打倒在地，再踏上了一只脚。现在回想：那是一个非常荒诞的年代，无论是挨斗的还是斗人的，无不都沦为受害者。而今，看到他俩是那样亲密无间地坐在一起交谈，感觉真好，又恍如隔世。

忽而想到章诒和著作《往事并不如烟》“自序”中云：“往事如烟，往事并不如烟。”我理解章老的“并不”，是说给像家贯之女那样的年轻人听的。否则，后生们恐怕根本不会相信，世上还曾经有过那样疯狂的岁月。

11

动感、美感、乡愁。

11月，是我的“南京乡村旅游月”。在这个月里，我先后走访了江宁、溧水、浦口、六合等区的 10 多个乡村，收获颇多。

南京的乡村旅游与成都等地相比，起步较晚，但后发的势头不错。其机遇来自世界金融危机背景下的 2009 年。那一年，许多城市为拉动经济增长，向外省市免费发放景区景点门票，以及餐饮等打折券。唯南京发放的是乡村旅游消费券，而且发放的对象仅限于本市的市民。这一举措，不仅激发了乡村兴办旅游的热情，而且也激发了市民去乡村旅游的热情，还或多或少转变了市民的消费观念。这真是一举数得。2012 年 4 月，江宁区“五朵金花”亮相，成为南京乡村旅游发展的一个标志。在此之前，时任江宁区旅游局局长的杨永清与我讨论过乡村旅游。我建议江宁未必仿成都打“金花”牌，可以搞“凤凰”系列，寓意“山沟沟里飞出金凤凰”。而江宁还是借助了“金花”品牌赢得成功。之后，又有浦口“珍珠”、六合“茉莉”等系列，可谓风生水起。

而今，乡村旅游的发展成为一种新常态，问题当然也就伴随而来，除了冷热不均（双休日热、平日里冷）外，旅游内容同质化也普遍存在。而这次接连看了浦口区永宁街道的三颗“珍珠”，倒是找到点新意。它们各自结合本土文化，搞出了各自的特色。其一，是以自行车运动为主题的“水墨大埝”；其二，是可供在荷塘划舟赏莲的“西埂莲香”；其三，是回首知青生涯的“知青故里”。这三个乡村旅游点的主题恰好串成“动感”“美感”“乡愁”的“珍珠”旅游产品。当下在普遍开展乡村旅游的形势下，“特色”显得尤为重要。

我还以为，搞乡村旅游务必融入到建设社会主义新农村之中，而不是为旅游而搞旅游。发展乡村旅游的核心，不在于满足城里人的需求，而在于造福一方乡土。

12

金陵大报恩寺塔，掀起你的盖头来。

12 月 16 日，金陵大报恩寺遗址公园正式开园。主办方邀请我参加开园仪式，我没去凑热闹。不过，在此之前我也是凑过热闹的：参加过几次项目论证和研讨，现场察看过建设中的项目工程，还撰写过《大报恩寺塔，掀起你的盖头来》（收入散文集《行色》）、《大报恩寺塔，复建唯恐毁想象》（收入散文集《闲话南京》）、《写给金陵大报恩寺遗址公园的导游们》（收入本散文集《不二集》）等文章。

金陵大报恩寺，明代杰作。其瓷塔，华夏古建筑的地标，被老外称作“中国之大古董，永乐之大窑器”。尽管它消失了160余年，有关它的话题从未间断，但也从未敢贸然复建。至2008年7月，考古者在其遗址考古中发现了佛祖顶骨舍利。为此，遗址公园的规划建设迅速升温。不仅如此，又在牛首山开建与佛顶舍利相关联的大型佛文化项目，并抢先建成开放。南京人就是“大萝卜”，同一主题项目要么不做，要做就同时做了两个，而且一个比一个“牛”。牛首山的，我没去看，关注的还是大报恩寺遗址公园。

在遗址公园里如何表现大报恩寺塔，最引人注目，也最为敏感。在一个研讨会上有人问：新建的塔为何将瓷的搞成玻璃的？“大明文化实业”负责人田先生指着我说：是按他的主意做的。他说的是玩笑话。我确实不赞成恢复塔的原样，唯恐做不像破坏了心目中塔的形象。我确实也提过一个想法：利用高科技按原大小做一座巨型的“光雕塔”。这样，游客来此，白天可参观遗址，晚上可欣赏“光”之塔，岂不妙哉？这是十多年前的奇思怪想了，想不到田先生还会记得。不过话又说回来，随着这几年的科技进步，这个幻景还真有实现的可能。而今做成的所谓玻璃塔，塔身确由彩绘飞檐的玻璃构成，内部则为钢铁架构，是一座维护遗址内地宫的“轻质保护塔”。这样一座具有创意的新塔，点赞也好，难以接受也罢，已成为新生儿，加入到我们城市的行列之中。

加州阳光

2015.12.19

1

美国加州的阳光特别灿烂，灿烂得刺目。

11月21日，我和太太搭乘东航客机从南京禄口国际机场起飞，经过十一个多小时的飞行，在洛杉矶机场着陆。加州的第一印象就是阳光，尽管天气未如预计的那样暖和，还带有丝丝寒意，但阳光照射下来，显摆出一副不太舒服的霸气，让人睁不大眼睛。

来机场迎候我们的中国籍导游张氏，来美已有十一个年头，看来已适应了这个国家，成了半个美国人。他对我们说，洛杉矶的机场看起来不怎么的吧，比不上你们那里的吧。不过要知道，这可是人家九十多年前的建筑了，使用至今。建起来什么样，现在还是什么样。

张导话中有话，听起来不怎么爽，细想想倒也挺在理。就说我们南京禄口国际机场吧，1997年建起来时，很是气派，不想很快就发现不能“与时俱进”了。老的候机楼尚很年轻，这几年便又建了一座更加年轻、更加气派的取而代之。不知年轻的老楼，现在派何用处了。如此作为，是急功近利，还是鼠目寸光?

2

我与美国似乎缺点缘分。在我的“行人三部曲”（指《印象》《行色》《秋潺》）以及《求缺集——一个旅游人的手札》著作中，收入了我走过的许多国家的感悟，唯独美国缺位。其实早在2001年，我跟随省旅游局去过一趟美国。那次行程安排得很夸张，先是飞墨西哥的墨西哥城，再进入美国国境，东海岸、西海岸一个不落，还加带了夏威夷，大多时间都是在天上飞来飞去，没找到什么感觉，也就没写下只言片语。我将其称之为“豪华空中游”。那时候好像有机会出国访问的人，都热衷于如此这般的“浮光掠影”。

今年东航开通了南京飞洛杉矶的航班。南京的旅行社抓住商机，搞了美国西海岸的九日半自由行产品，价格十分低廉。这才让我有条件第二次跨入美国的国门。不，应该算第三次了吧，因三个多月前我曾访问了远离美国本土的关岛，也是半自由行，还写了篇《空降关岛》的文章。

半自由行或自由行，对我们不会说英语的人来说，是个大麻烦。我懊恼读中学时学的是俄语，浪费了大好时光，以至于现在一出国就成了弱智儿。我曾突发奇想：地球村通用的语言应该是哑语。各国人民学会了统一的手势，碰在一起一比划就什么都明白了。而如今在国外，打个车也是件很困难的事，更别说要与当地人交流，了解一下风土人情了。

好在我们这次加入的旅游团队，注意力好像是在购物，看风景则在其次。我弄不明白，国人怎么会对到海外购物抱有那么大的热情，莫非真的“不差钱”？想起上个世纪 90 年代，我第一次走出国门访问日本，看到那里的商品贵得吓人，只有望物兴叹。现在倒好，不仅到海外观光成为新常态，去了还会疯狂扫“货”。大环境和大形势真的都发生了惊天逆转。

有大明星在某商店购物，围观的一群粉丝被保镖挡在门外。

3

这次美国西部之行，大家热衷于购物也是有缘由的，因撞上了感恩节及黑色星期五。

感恩节（Thanksgiving Day），美国人合家欢聚的古老节日，时间定在每年十一月的第四个星期四，欢庆活动一般会持续到星期天。其由来可以追溯到美国历史的发端。公元 1620 年，英国 102 名清教徒因在国内受到政治和宗教双重迫害，乘“五月花”号船抵达美洲的普利茅斯。他们在印第安人真诚的帮助下得以生存，并在次年收获了劳动成果。他们按照宗教传统习俗，规定了感谢上帝的日子，邀请印第安人一同庆祝丰收的喜悦。这便有了感恩节。

其实，这个说法并没留下记录，也并未得到当时印第安人的认可，看来是个美丽的传说。真实的情况是，欧洲白人入侵美洲后恩将仇报，对曾经伸出援手的印第安人实施了大屠杀，并设立感恩节庆祝胜利。这段历史极为丑恶，当政者自然要加以掩盖，以至于编个美妙的故事糊弄后人。往事如烟。后人更希望追逐美好而淡忘血腥，宁愿相信了有这么个传说。

话又说回来，即使人们对那段不堪的历史心照不宣，但每个时代的解读又会有多么的不同。

“历史”呀，你还有多少“真实”留在了人间?

美国的感恩节（星期四）有一个习惯，即将感恩节的次日称作“黑色星期五”。所谓“黑色星期五”，是在这一天各家商店都会对商品打折销售，尤其是近几年打折风愈演愈烈，还把打折日提前到了感恩节的当天。“黑色星期五”也已波及中国的网购市场。据说去年“支付宝”联手美国商家举办了首届“黑五大促”，今年更是为中国“海淘党”大量备货，让更多消费者参加“越洋剁手”。至于美国人的“黑五”热情，我们在洛杉矶也深有其感。

我们下榻的洛杉矶华商大酒店附近，有个卖家用电器的超市。感恩节的前一天（星期三）晚上，我们闲逛到超市门口，超市已经打烊，门口大约有二十几个人在排队静候。他们备有椅子，裹着大衣，看来是要“论持久战”。出于好奇，我便请同行中会英语的女孩上前搭讪。一位三十岁出头的美国女子热情地与我们对话，随问随答。原来他们是在排队等待第二天下午五点钟超市开门（下午三点钟会发进场顺序的筹码），因某些打折商品的数量有限，必须抢先进场方能购得。这位女子告诉我们，她排队的目的是要购一台 49 寸彩电，是从网上获得的信息，原价 450 美元，现只需 150 美元，太划算了。只是为买台彩电，她要露宿一夜，还要等上大半天，是不是有点出乎意料的“狂热”呀!

在美国撞上“黑色星期五”，大家当然热情高涨。在半自由行的自费项目中，有一项是去棕榈泉大型“奥特莱斯”购物。由于从洛杉矶市区到棕榈泉来回四个小时车程，每人需交纳150美元交通及服务费（当地旅行社肯定借此赚上了一票）。尽管去一趟的费用不低，报名的人仍很踊跃。“奥特莱斯”的品牌商品本来就打折，又遇上“黑色星期五”，折上又折，让人抓狂呀。我混迹在“奥特莱斯”街区，看到以中国人为主力的购物浪潮，忽而想到过去这个时候家家户户都在忙着抢购过冬的腌菜。现在，没人腌菜了，有的就跑到大西洋彼岸，像买腌菜那样来买“奥特莱斯”的商品了。我又想，为什么这些“奥特莱斯”的所谓品牌商品，到了国内就会变本加厉、身价倍增呢？到底是什么样的商贸杠杆在起作用呢？

更离谱的是，大家从棕榈泉回到酒店，已耗去了十个多小时，尽管疲惫，仍不过瘾；有的刚放下采购来的大包、小包，听说酒店附近二十多分钟的车程还有家小型“奥特莱斯”，又立马联系包车再去“血拼”。那精力，那热情，是平日里不购物的我无法想象的。

4

游览，自然是西部之旅的主要内容，前面讲到的购物只不过后来居上。这次我们主要游览了科罗拉多大峡谷、洛杉矶环球影城，以及圣地亚哥海港。

圣地亚哥，是加州的一座滨海城市，也是我们全程中唯一有绿色感觉的城市。海滨有个小公园，立有硕大的“世纪之吻”雕塑，展示了一位海军士兵与一位偶遇的女孩热吻的瞬间。它取材于二战胜利的那一天，人们在街头欢庆的新闻照片。这张著名的照片成为了历史的永恒。我围绕雕塑转了几圈，想取一张全景特写镜头，无奈塑像过于庞大，怎么也拍不周全。倒是有不少情侣或老夫老妻在雕塑前拍照留影。尽管塑像中的男女完全不相识，只是兴奋过头的一吻，

在圣地亚哥海滨的大型“世纪之吻”雕塑。

以后也没结为夫妻，但并未影响现在人们在“他们”面前秀恩爱。爱的主题永恒。

在圣地亚哥，我们还登上了停泊在港湾的中途号航空母舰。它曾是美国海军的一个标志，始造于 1943 年，在 1945 年下水服役，参加过六七十年代的越南战争以及“沙漠风暴”等多项军事活动，至 1997 年正式退休，辟作博物馆。它虽没赶上二战，但在甲板上仍陈列着不少二战使用的战机，供游客参观和识别，有的还允许游客进入驾驶舱。航母博物馆可供参观的名目很多，如飞机库、航空交通管制台、战略指挥中心、机房、医院、官兵宿舍等，苦于受时间限制，我们只好匆匆掠过。

参观之余，我能感受到美国海军的强大。这样的强大，不仅体现在拥有众多的航空母舰，还具有一种态度和精神。我特别注意到甲板上有两处开办的露天课堂。不少人端坐着认真聆听手执教鞭的教官讲解战史。这年头能自觉自愿地静下心来接受国防教育，并不多见。有了这样的态度和精神，任何力量都难以将其摧垮。

再来说说科罗拉多大峡谷和洛杉矶环球影城。前者系首批列入联合国人类自然文化遗产名录的景区，后者则是以好莱坞为依托的人造景观，均为美国的经典旅游项目。去这两处，每人需分别交费 360 美元和 199 美元。尽管我上次赴美已经饱过眼福，这一次仍不会放弃，主要是陪太太观赏，同时也以为凡是经典的作品，值得一看再看。

我的太太在科罗拉多大峡谷。

科罗拉多大峡谷位于与加州相邻的亚利桑那州，全长 349 千米，是世界陆地上最长也最为壮观的峡谷之一。我们只是观赏了其中的一小段，但见峡谷呈 V 字形，裸露的石壁呈粉彩色、层叠状，最深处达 1 700 多米，从上往下俯视，真是令人魂飞魄散、不寒而栗。实际上，很少有人敢走到峡谷边缘，因边缘未设护栏，只能相隔一段距离伸着脖子往下张望。我们私下里就在议论：假如在我们那里，不设护栏就让游客随意走动，简直不可想象。再细想想：这涉及游客的文明素质，自觉止步而望；而那些不讲文明的，因峡谷太险也会被吓止。又想到曾经有位老司机与我说过一件事：他开车爬过一段很险的山路。山路的一侧是悬崖峭壁，好在沿途均有水泥护栏，给人以安全感。只是每行驶一段，便会看到有一个未设护栏的缺口。正是这些缺口，让他注意力高度集中，确保了行车安全。“科罗拉多”不设护栏，既是出于对峡谷本身的保护，多半也是在应用这样的原理保护游客的安全。

说到游客的文明素质，不得不讲我们在洛杉矶下榻的酒店，也就是前面提到的华商大酒店。华商大酒店以接待中国游客为主。我们在这里住了四天。入住后的第二天就去环球影城游览，回到酒店，发现客房没人打扫。美国的酒店服务竟然会这么差？我以往从未遇到这种情况，询问之下方知打扫客房需预约，而且已有“入住须知”安民告示。我在客房里找到中文版的“入住须知”，上面确实注明了“基于环保并尊重客人隐私，您如需清洁房间，请在中午12点以前与前台联系。否则，酒店楼管员将不会进入您的房间”。此外，还有“禁止任何客人把早餐从早餐区带走”“请不要把水弄到卫生间地板上，否则将收取100至500美元的维护费用”等“须知”。一看，就知道这是为某些不文明的中国游客量身定制的，而且殃及池鱼。不过，我仍然没弄明白，为什么清洁房间需预约呢？后来从一位华人司机那里得知，美国有付小费的文化，体现着对他人劳动的尊重。而中国游客没这个习惯，离开客房外出前不会给清理员留下小费。你不尊重人家，人家就不服务了。这个文化差异的误会本可避免，只需导游向游客说清楚即可。当然，也不排除有人听清楚了仍然当作耳边风。干脆，人家也来个“一刀切”。这值得引为国人反思。

话题扯远了，还是来说洛杉矶的环球影城。这座影城，与我十多年前光顾时的格局差不多，不同的是表演的节目出新了，均与近几年好莱坞出品的大片关联，如《速度与激情》《怪物史莱克》等。我们一连赶了五六个场地看节目，而每场都需戴上观看3D影片的眼镜。“眼镜”，似乎成了

我和太太在环球影城。

影城的法宝。说实话，我在国内怕看 3D 电影，且不说票价贵，就觉得出现的镜头太假，很难让人进入剧情。这次在影城，才见识了什么叫做 3D，也算过了一把真正 3D 的瘾。其实，只有特别题材才适合拍 3D，而现在太多的伪 3D 在充斥着银幕。在影城观看的节目中，唯有一场演出，是我上次看过而且不用戴“眼镜”的。那场演出叫“海洋战争”，舞台设在水上，表现的是要塞卫士抵御外侵的一场水战。为数不多的演员表演得既诙谐，又彪悍，而且机关枪、大炮都用上了。要塞外飞驰而出巨型战斗机，更是出乎所有观众的意料，将 15 分钟的节目推向了最高潮，实在太精彩了。这是我上次来影城留下印象最深的表演，十多年过去了，原以为这次陪太太来会因节目变动而扫兴，结果如愿以偿。经典的作品总是有生命力的。

洛杉矶的环球影城，全称好莱坞环球影城（Universal Studios Hollywood），缘于 20 世纪初电影制片商在此集聚拍片，到 1928 年已形成了派拉蒙等八大影片公司。二战后制片厂陆续从此处迁出，使其变身为世界著名的再现好莱坞电影场景的主题游乐园。据说，环球影城一直在寻求落户中国。北京、上海、珠海等城市均抱有极大的热情，向其伸出橄榄枝。不过我以为，以好莱坞电影文化为主题的旅游项目引进到中国，水土未必就服。现在国内的影视游览点已为数不少，为什么非得引进，而不可以集中力量，搞一个本土的环球影城呢？多想了吧。

5

游览了环球影城，尽管天已擦黑，我们仍匆匆赶到好莱坞星光大道。这是必看的项目，据报道每年大约有 1 000 万游客来此参观。

星光大道的最大看点，应是人行道上镶嵌着 2 500 多枚五尖水磨石及黄铜“星星”，每颗星都刻有一位娱乐界杰出代表的姓名。其中就有黄柳霜、李小龙、成龙、吴宇森等四颗华人之星。星光大道建于1958年，于1960年开始上“星”。南加州艺术家奥立佛·威斯慕拉（Oliver Weismuller）担当了设计，系为市政府雇用，目的是让好莱坞“形象提升”。我们因并不熟悉这些明星的名字，且又都是标的英文，仅匆匆看上几眼，没很在意。我在意的是这个创意。而今，这里果然如市政府所愿，成为了重要的文化历史地标。

在好莱坞大道上，有一座赫赫有名的中国剧院。这是由有“好莱坞先生”之称的格劳曼先生于1927年倾力打造的。格劳曼虽是美国人，但酷爱中国文化，一手营造了中西合璧的剧场建筑，并以“中国剧院”命名。在剧院前院落的水泥地上，印有不少明星的手印、脚印及签名，成为了一看点。据称，这块水泥地上集中了全球最优秀电影人，例如梦露的印迹。我们很快找到了梦露的脚手印和签名。不过，我们又发现了赵薇、黄晓明也在这里并列着留下的印迹。他们也有这个资历吗？带队的导游大声对我们说：是花钱买来的！买来的？这样的荣耀也买卖？我一时糊涂了。后来，还是那位华人司机作了解答：能在这里留下印迹的，严格地说花钱绝对买不到。首先，必须是电影界的知名人士；其次，要为电影慈善机构捐款，搞好公关。是这样呀。这算不算花钱买的呢？我似乎更糊涂了。

梦露的脚手印。

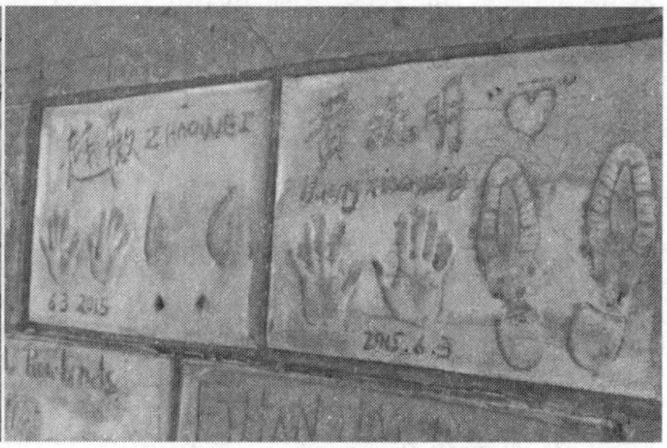

赵薇和黄晓明的脚手印。

星光大道还有一个看点，就是“床”。“床”，一个硕大的银白色的床，安放在一组建筑露台的尽头。导游指着露台外的前方，一本正经地说：看到没有，前面就是通往好莱坞的明星之路，但是已无路可走。摆在面前的只有这张大床。要想成为明星，得先上床。听罢，大家会心一笑。美国人真会耍幽默，竟然将娱乐界的潜规则如此夸张地、艺术地、堂而皇之地表现出来，真让人想象不到。有意思的是，还有不少游客抢着在“床”前留影。那张大床，造型得体，在夜色下泛着圣洁的银光，充满着诱惑力。

人呐，有的追名，有的逐利，有的名利都要。而普遍的人是生活在平凡之中的。我以为，无论哪种生活方式，都无可厚非。其实，有名有利也好，无名无利也好，最重要的是开心。开心就好。

6

美国西部之行，赌城拉斯维加斯不可或缺。

拉斯维加斯，位于与加州相邻的内华达州的沙漠边陲。这个地方被荒凉石漠和戈壁所占领，原本是最贫困、最难发展的地区。而在这块不毛之地，我们看到生长着一种很奇特的树，树的叉枝均指向同一个方向。导游告诉我们：它被当地摩门教徒视为圣树，因为顺着树的“先知手掌”指引，就能找到金矿。而这个金矿终于找到了，就是赌博业。

拉斯维加斯是世界上最大的赌城之一，每年都会有来自世界各地的2 000多万赌客来此逍遥。旅游、购物、度假等众多产业在赌博业的带领下扶摇直上，使之成了典型的“销金窟”，同时又享有“世界娱乐之都”“度假结婚之都”之美誉。

我十多年前来到拉斯维加斯，整个人被沙漠上的这座金碧辉煌的不夜城所折服，真像刘姥姥跌进了大观园。那一次是晚上到的，第二天早上就匆匆离去，没能看周全。我曾想过，假如再有机会到拉斯维加斯，一定不能这么匆忙。没想到这回真的来了，而且要呆上三个晚上。不过，这次下榻的酒店是在赌城的近郊，打的去一趟赌城挺费事的。我们也就去过一次，并没找到太多的感觉。同一个地方在不同的时间段，会有完全不同的观感。

实际上，整个拉斯维加斯的地区都开设了赌场。就拿我们下榻的酒店来说，底层全部是赌场。我们得穿过赌场，方能进入客房区。那几日，我在客房里待着无聊，便不时地到赌场上转转。我不懂下注，老虎机也不会使，只是凑个热闹，从中观察人间百态。赌场上除了住店客外，还有一些当地人。我发现当地的以老年人为主，有的还是坐着轮椅来的。他们大多坐在老虎机前打发时光。是的，他们是在打发时光，并不在意输赢。想起来了，我上次到拉斯维加斯赌场，看见一位老太太在打老虎机。她一边打一边东张西望，从不关注老虎机上的显示屏。她在赌博吗？肯定不是。她是在聆听老虎机“叮叮咚咚”的硬币落盘声，是在和我一样观察人间百态。十多年过去了，她还能给我留下这么深的印象，以至于很自然地与眼前老年人玩老虎机联系在了一起。不过，现在的老虎机更新换代了，完全用显示屏来显示输赢，不再听到“叮叮咚咚”的声响。机器是进步了，而老年人从中获得的乐趣恐怕就要大打折扣了。这真有点遗憾。

美国的西部，不光拉斯维加斯遍布赌场，其他地方也有。又要说到我们在洛杉矶下榻的华商大酒店了。酒店大厅的一侧就是一个蛮大的赌场，每天二十四小时都在运转。大厅的另一侧则比较特别，布置了长条桌和椅子，坐客满员，粗略估计了一下，大约有两百多号人。他们的面前都有若干印有许多数字的纸张，每人手执一个印戳，听到广播里发出指令，便往纸上盖戳子，盖了又盖，不断地盖，气氛还挺紧张的。我们最初跨进酒店时，看到这样的场景，以为是在搞什么培训班。再走过去瞧瞧，看不明白。由于场面不小，从整体上来看，倒像是一群中老年人在做预防老年痴呆症的训练。他们热情很高，接连几天都在此做“作业”（感恩节那天放假），乐此不疲。他们到底在搞什么呢？我问了几个当地的华人导游，还是没弄清楚。后来总算找到个人给出了答案：他们是在玩一种叫“宾戈”（音译）的赌博游戏，小打小闹的，图个开心。原来如此。他们是用这样一种方式在打发时光呀。

社会老龄化已成大趋势，也成大问题。日本就是一个“老年人大国”，去年统计 65 岁以上的老年人占据了全国人口的四分之一，而 80 岁以上的老人也已多达 1 000 万。据说，该国目前针对 80 岁以上的老人，搞了一种拉斯维加斯式的“日间陪护”。所谓的拉斯维加斯式“日间陪护”，陪护者老虎机也。现在各地开办的“日间陪护”场所已有 60 多家。开办者是押注于“银发经济”，以及政府对日间陪护数额可观的补贴。政府的目的很明确：提倡赌场主题的日间陪护，是让老人们日间有事可做，同时也解放了原本需要照顾体弱亲人的劳动者。

小赌大开心。这样的功能，我们以往想过吗？

7

加州的阳光还是那么灿烂，旅程行将结束时已不觉得刺眼。

我们在洛杉矶机场候机。我的身边是三个女人呵护着一个婴儿。其中的一位年轻女子单独坐着，脸上写满了幸福；另两位年长的时坐时立，轮番怀抱婴儿，也是满脸喜气。我琢磨着，莫非她们是赴美产子如愿而归？一问，果然如此。我曾多次听到有关中国女人到美国生小孩的报道，总觉得这样的人是“凤毛麟角”，没想到这回还真碰上了。她们告诉我，为生产这个美国孩子，先后花掉了30多万人民币。美国，美利坚合众国，没想到还擅长借子生财呀。

美国在历史上绝对排华，有1882年《排华法案》以及1892年《吉尔里法案》为证。直至1943年“法案”方得以废除。2006年，美国开放中国公民以旅游目的申请赴美签证。一些中产阶层的准妈妈动起了赴美生子的心思，并勇于实践。她们产下的孩子如愿以偿地获得了美国国籍，被美国人称作“锚孩”。我就在想，这些“锚孩”会在哪里长大呢？他们长大了不想做美国人怎么办？他们能体会到当年父母将其变为“锚孩”的苦心吗？他们今后的命运又会如何呢？

候机厅落地窗外，阳光依旧灿烂。身边的中国奶奶（应该是吧）怀抱的“锚孩”安然入睡。望着眼前的一切，我有些茫然。

空降关岛

2015.8.18

上篇：看不见的神秘

2015年8月8日深夜，一架由南京中旅、江苏国旅包下的美国动力航空客机从南京禄口机场起飞，经过四个半小时的飞行，于9日晨抵达神秘的关岛。就这样，我们在关岛空降。

说关岛神秘，是因全岛549平方千米的面积，四分之一是美军的军事基地，而且海陆空三军俱全。全岛仅有15.8万人口，而驻扎的海军陆战队就达1.9万名。在如此庞大的军事要塞里，到底隐藏着怎样的神秘呢？

关岛，位于太平洋马里亚纳群岛的南端。早在大约3 500年前查莫罗人在此定居；1521年，航海家麦哲伦探险队登岛，初称其“独木舟岛”，后又改称“盗窃岛”，并于1565年由西班牙将“盗窃岛”盗为己有；1898年爆发美西战争，美国人从西班牙手中将其掠走。而在二战期间，它曾于1941年12月被日军攻占，继而又于1944年7月被美军夺回。关岛的简历，活生生地展示了弱肉强食的残忍，又可以理解为“枪杆子里出政权”。

关岛对美国来说，战略地位十分重要。它远离夏威夷达5 863千米，而距菲律宾、日本、中国要近得多。这次我们从南京飞往关岛，飞行距离也就3 000多千米。关岛成为美国扼控西太平洋的海、空交通要冲，被称作在太平洋上“不沉的航空母舰”。在朝鲜战争、越南战争期间，关岛都曾在集结兵力、运输弹药、支援远程轰炸等方面发挥了重要作用。1996年9月，美军飞机对伊拉克南部进行空袭，也是在关岛起飞的。

2004年的《世界周报》曾发表过一篇文章，谈及关岛对美国的战略意义。文章说，在克林顿执政时期，关岛只不过是补给和中转基地。到了布什政府，调整了军事部署，强调要确保美军在亚太地区的霸主地位。为此，特别戒备着日益强大的中国。2000年以来，美国在关岛投放了大量的军事力量，仅“洛杉矶”级核动力攻击潜艇就部署了3艘，还强化了阿普拉军港建设，使其具备驻泊航母编队及常驻核动力攻击潜艇的能力。

令人玩味的是，一方面关岛的军事力量不断升级，主要目的是制衡中国；另一方面中国游客开始向关岛空降，并在岛上“扫货”。据当地导游介绍：今年春节期间，关岛的免税店共接待日本游客10万人、韩国游客3万人、中国游客1万人，而后者购物的总额是前两者相加总和的3倍。中国游客旋即成了关岛的至爱。

至于这么个军事重岛，似乎也变得不再神秘了。我这次关岛之行，曾乘坐轻型飞机两次升空观光。飞机经过海军和陆军的军事基地，飞行教官都会特地向我们指引，毫无掩盖之意。其实，人家的军事基地隐蔽工程极好，我们外行人是看个热闹，内行人恐怕也只能看个热闹吧。想起八年前，舟山旅游部门开发小型直升机飞东极岛游览项目，还邀请我坐过一次。不过，没多久就听说这个包机航线被取消了，原因是发现有日本人在飞机上偷拍我们的海军基地。其实，这个日本人又能拍到什么呢？是军事基地隐蔽得不够好，还是我们过于敏感、过于谨慎了。“因噎废食”是我们常用的愚蠢做法。

从飞机上俯视岛上的海军军事基地。

话得说回来，关岛过去也是极为封闭的。直至1967年5月，一架满载游客的泛美航空公司客机从天而降，方才打开通往关岛的旅游门户。倡导关岛旅游业的，是里卡多波尔达鲁总督。正是这位总督，着力发展建筑与旅游两大产业，扭转了全岛的贫穷状况。而今，在总督府前立有他的塑像，以纪念之。

那么，我们可以从空中俯视关岛的军事基地，能否也能从陆地进入呢？想都别想。导游告诉我们：有几个自驾游的日本游客误闯军事禁区，被守卫拘羁了二十四小时，才消除误解得以自由。导游的说辞往往比较夸张，不过这一次有了验证。我们旅行团的两位美女（一位叫王文，一位外号“小苹果”）带上史、王两帅哥，租了一辆“大黄蜂”跑车自驾游，就遭遇了类似情况。他们在军事禁区入口被守卫拦下，好在两美女长相讨喜，又会讲几句英语，未遭扣留，只是将“大黄蜂”调个屁股跑路。

看来关岛的“军事”与“旅游”并无太大冲突，而是和平共处，和谐发展。如今在关岛的两大支柱产业中，建筑业开始萎缩，而旅游业持续兴旺。可以预测今后几年将会有越来越多的中国游客，向关岛大举“进军”。

下篇：剪不断的游程

我们这次购买的旅游产品是关岛5晚6日游。所谓几晚几日游，是旅行社出于招徕生意的游说，并不合理，竟也被普遍接受，约定而俗成。何以说不合理呢？例如，我们乘坐的是8日23：50出发的飞机，因未过24：00，8日的最后10分钟就算6日游中的“一日”了。恰好那天的飞机延误到9日1：00才得以起飞，按旅行社的说法，岂不缩水为5晚5日游了。

这次5晚5日的关岛之旅，印象最深的是体验了半自助游的旅游模式。这是以往未尝试过的。

何为半自助游？我们一行从关岛国际机场出站，是关岛的上午七点多钟。关岛导游小李（咱们东北人）早早在等候，送给我们每人一个小项链，以示欢迎。他带大家参观了有自由女神像的公园、总督府、西班牙广场、圣母玛丽亚教堂、恋人岬、瞭望台等，还去了一家经营品牌的免税店。十二时半，我们便入住了酒店。这一切，与传统的团队观光游没有什么不同。而接下来的时间，导游小李似乎就消失了，全都为自由活动，只是在最后一天他才露面送我们去机场。那么，在关岛的几天里，都让我们干什么呢？纠正一下，不是让我们干什么，而是我们要干什么。因为导游提供了一个眼花缭乱的自费项目节目单。你想参加什么项目都可以报名，届时都会有专人接送，很是方便。当然，自费项目的价格不菲，最高的跳伞收费200多美元，最低的也要50多美元。

这样的旅游模式，很受年轻人的欢迎。他们甚至不需要在导游那里报名做安排，而是出发前就在网上购买了想玩的项目。网购的价格要比现场报名参加的略低一些。前面讲到误闯军事禁区的两美女、两帅哥租了一辆“大黄蜂”环岛游，就是在网上订购的。他们自驾了一天不过瘾，又续了一天，玩得十分尽兴。全团唯一挑战跳伞项目的是一位小金姑娘。她选择在2 400米上空跳伞、自由落体时间定为15秒（这两项分若干档次，可自选。例如，可以在4 200米高跳伞，可以自由落体30秒等）。她告诉我们：从跳出机舱到打开伞的那15秒钟，实在是惊心动魄；一旦张开了伞，风习习自由翱翔，景灿灿尽收眼底，要多爽有多爽。她还要求身边的人替她保密，以免千里之外的老爸担忧。

我与团员宝林（右）、雷生在二战纪念馆前留影。

关岛的自费项目真的是够刺激，够新鲜，够自由自在。实际上，关岛可供团队观光的景点有限，无非是几处原住民的屐痕，几处西班牙殖民时期的遗址，以及几处二战时期的纪念物。来岛的第一天，导游之所以一个上午能带我们跑了那么多景点，还让我们花费一个半小时去了趟购物店，是因为每个景点虽然名称叫得很大，但实际上都是小不点儿，下车拍个照，十分钟就完事了。到关岛，不去玩参与性自费项目，等于白来。

不过，这样的旅游模式对于我们中老年人来说，确实有点“那个”了。因为我们习惯了“跟团走”的传统旅游方式，尤其是到了国外，有语言障碍，就更依赖团队的集体活动了。我们团有位叫唐琳的中年女士，平日里喜欢旅游，当然都是“跟团走”，即使到类似关岛的泰国普吉岛旅游，也都是跟团集体行动。而这一次她挺茫然，在她的朋友圈里发了这么一条微信：“一个人行走在异国他乡。”

面对这么个状况，我倒挺淡定。一是有与我年龄相仿的好友宝林结伴，不至于孤独行走；二是很快意识到，这种旅游模式分工合理，操作专一，适应潮流，给了我新鲜感，值得观察与思考。例如，我们海南岛的旅游，一度乱象丛生，很难治愈，其实是可以借鉴这种方式的。

关岛的几天，我和宝林仅报名参加了出海浮潜及钓鱼、南部文化历史观光两个项目。这两个项目，每项只需半天时间，余下的半天就在酒店休憩。其中还有一天，我们整个蜗居在客房不曾出门。宝林现任江苏省红学会会长，随身带了本《红楼梦》，整日里坐在椅子上翻着。你想想，一位中国红学者，在美国的一个太平洋孤岛上阅读《红楼梦》，该是多么的惬意，如同小金姑娘跳伞一般的“爽”！

我与团员王文在她驾驶的飞机前留影。

我比宝林多玩了一个项目：自驾飞机飞翔。这个项目的刺激和兴奋度仅次于跳伞。你想想，能在美国的军事重岛做一回飞行员，该是何等的阅历呀。不过，我只是作为机组人员，陪同飞行员“小苹果”、王文二位美女驾机上天。她们驾驶的是“Cessna 172”轻型小飞机，可乘坐四个人，即飞行员、教官和两位乘客（乘客是免费的）。本来宝林也是可以充当乘客的，但他称这段时间不在状况，不宜高空作业，无奈作罢。他对我说，如果状况好，不光要自驾飞机，还一定会报名参加跳伞。哇噻！这个老男人真酷呀。

两位美女飞行员起飞前都很紧张，都希望有男子汉同机保驾护航。于是，我这个老男人也就有了两次升空观光的机会。这在本文的“上篇”已经讲到了。在空中，我一边观察美军基地，一边在想：美国情报人员会不会盯上了我，以为这个老男人接连上天，到底想干什么？他们会不会在机场将我扣留呢？如是，倒也能增长些许阅历。结果什么事也没有发生，也不可能发生什么事。

尾声：无限好的夕阳

关岛之行，最炫的是在海滩观日落。这是最令人难忘的意外收获。

观日落，是我和宝林蜗居在酒店的那一天的意外收获。我们的酒店离海滩很近，在酒店的三四层就能看到海。不过，如何走到海滩就不好说了。幸好团队的领队张雷声去过一个水上运动海滩，偶然与我说起那个海滩就在附近，并告诉了去的路径。要知道，有些美好事物虽近在眼前，但如不经人指点，也还会全然不知。

那一日黄昏，我们走出蜗居了一整天的客房，约上“一个人行走”的唐女士散步到了海滩。海滩是银白色的，沙粒细腻而柔软。不知不觉，我们都光脚行走了。海上有几只独木舟在划行，相互竞争，速度相当之快。据说四千多年前，查莫罗人就是划着独木舟征服惊涛骇浪，从东南亚来到关岛扎根的。这才最早曾有“独木舟岛”的称谓。如今，独木舟已发展为年轻人酷爱的水上运动项目。

眼前除了夕照下的独木舟竞划，还有母携女在海滩上嬉戏，父与子在海水中鱼跃，情侣们在相拥自拍……好一幅甜美、温馨的场景。

我们一屁股坐在白沙上，环顾着金黄色的夕阳、变化无常的云彩、洁白无瑕的沙滩、湛蓝的人舟晃动的大海，如痴如醉，如梦如幻。这时候，倘若宝林捧出《红楼梦》来阅读，该是何等的洒脱！

我们忘却了时间，忘却了自己身在何处，沉浸在夕阳的下沉，无声无息地下沉的世界里。抬头仰望，整个天空被烧成了泼墨般的流动着的彩绘。如此的大场面，即使用“震撼”二字也无法表达那一刻的心情。

海滩上划独木舟的场景。

夕阳实在无限好！我虽过花甲，以为心理还很年轻，从不服老，但随着“网络”的来势汹汹，微博、微信、优酷等铺天盖地，而我是“网络”的门外汉，深感自己成了文盲、老朽也。而这一刻，我又重拾信心。这不正是我们的黄金时代吗？

天已擦黑，我们依然不舍离去。一群年轻人将独木舟拉上岸，拖往停舟场。他们滴着水珠的脸庞、黝黑的肌肤、充满活力的身姿，令人神往。我站起身，不知不觉地加入了他们的行列……

明天，太阳又会从东边的海滩冉冉升起。

扶桑之旅

2010.7.26

1

2010年6月的一天，我们乘坐“全日空”从上海浦东机场飞大阪，再由大阪转机去北海道的千岁机场。全过程不过花费了半天时间，一点没有来到异国他乡的感觉，唯一感到新鲜的是空气：呼吸特流畅；视力似乎也变好了，可穷千里。

这也是我退休后，第一次携太太出国旅行，挺有纪念意义的。

2

去北海道，是托冯小刚《非诚勿扰》的福。

一部电影《非诚勿扰》捧红了两处旅游：一处是国内的杭州西溪，一处就是国外的北海道了。

我曾4次去日本，从没想到要去什么北海道。而这一次，似乎非它莫属。

想起20年前，日本流行一首歌曲，叫《无锡旅情》。有了这首歌，大批日本游客涌向无锡，让从事南京旅游的我羡慕不已。

1995年春，在南京人民大会堂举行《南京来来》新作歌曲发布会。

后来，江苏省旅游局陆素洁也邀请日本著名词曲家中山三大郎创作了歌曲《南京来来》，还在南京人民大会堂举行新作歌曲发表会，由日本当红歌星演唱。无奈《南京来来》未能在日本流行起来，也就没有了下文。

“有心栽花花不开，无心插柳柳成荫。”前人的智慧总结实在贴切。

3

北海道是日本北部的一个大岛。实际上日本是由北海道、首都东京所在的本州、四国、九州4个大的岛屿，以及周围6 800多个小岛组成。北海道所处的地理位置，虽交通不便，经济相对滞后，然生态极佳。看来冯导选其做外景是很有想法的。

我们这次仅在北海道的中心城市札幌周边活动。而《非诚勿扰》的取景是在“道”的东部，去起来挺费时间的。我们没有这个行程。也别说，还真有一批批游客指定要去那里，要看女主角投海的地方，以及阿寒等四姐妹夜店所在的狸小街。我想，那地方的自然和人文景观一定比我们现在去的更加原生态，一定也更诱人。未能去，留点遗憾吧。

不管怎么说，北海道，我们算是来过了。

4

在札幌附近旅行，除了感到整体环境的优美以外，并未体会到景区景点个体的突出之处。

我和太太在北海道一个马场的雕塑前留影。

我们先看了一个马场。马场的面积不大，是个可以骑骑马、拍拍照的休闲场所。我们又看一个叫熊牧场的景点。这个名称让我很好奇，不是牧马、牧牛，是牧熊呀。入场后方知道，熊确有不少，品种也蛮多，只是都囚禁在池内，并未“牧”起来。熊倒是挺可爱的，只要一引诱就直立起来作揖讨食；也有懒散散的，不屑一顾。如此而已。

我忽而想到：上世纪 70 年代的日本电影《追捕》，主人公“高仓健”遭追捕逃到了北海道。正是在那里，熊和马扮演了十分重要的角色。这部电影当时在中国的影响力很大，以至于直到现在电视台还会播放。这才是宣传北海道的极佳影片。只不过那时候的中国公民，既无银元，又无旅行意识，更何况国内还没有出境游的业务。否则，就没《非诚勿扰》多大事了。

5

我注意到，在熊牧场附近有一座比我的年龄略大的山，叫昭和新山。它的整个造山运动仅用了两年时间，有 400 多米高，定型于 1943 年。又过去两年，作为侵略国的日本缴械投降；再过去三四十年，一个经济大国重新在东方崛起。这一切，不知是否与自然运动的昭和新山有关。大自然的造化，要向世人预示什么呢？

在昭和新山的山麓，有一座铜雕塑：一位男子弓着腰用望远镜观察山体。这位男子是当地一个小邮局的局长。他从昭和新山成长的第一天起，就注意到地壳的变化，追踪“变化”两年如一日，作了详细的记录，并将全部档案献给了国家。为纪念他默默无闻的贡献，立了这座塑像。无独有偶，在北海道马场也有座马场创始人与马组合的铜雕塑，以纪念他将无人问津的荒滩地建成马场公园的业绩。这两位都是小人物，做了公益的事情。后人懂得感恩，用这样的形式留住了小人物的身影。

由此联想到我曾计划编一本《南京名人雕塑之旅》的小册子。在收集资料中，发现“文化大革命”前，仅有一尊孙中山的铜像，还是 1929 年塑造的；“文革”中，毛泽东的雕塑随处可见，现在也还剩下一二座；到了上世纪 80 年代开始有了一些，以古人和大人物的为多，有的还是出自开展旅游的需要。这让我心中多少有点惆怅。

6

到了北海道，安排的第一个游览点竟然是“麒麟”啤酒工厂，用国内的行话说这是个工业旅游点，而不是马场之类的风景区。在此期间还有个小插曲：原计划去的是“朝日”啤酒工厂，车子开到那里，发现计调有误，转而去了“麒麟”。看来两个啤酒品牌都在搞工业旅游。

刚开始，我对这样的安排是不大满意的。第一个游览点是要给人第一印象，去看工厂，好像是到了工业城市似的。再则，国内的工业旅游点往往与购物挂钩，难不成要我们“开门购物”?

尽管我是带有情绪，但参观的过程倒挺令人满意。特别是尾声，请大家不是“购”，而是敞开来喝各种口味的啤酒，让几个酒徒直呼过瘾。看来人家着重的是宣传，而不是图眼下的实惠。更要提及的是接待我们的西岛小姐，讲解很专业，很耐心，言谈举止并非作秀的彬彬有礼，让人很受用。我们离开时，她在车下挥手告别。车子开出去一段距离，她还在挥手。车子打了个弯，又开出去一段距离，同车的有个人说，西岛小姐恐怕还在挥手呢。一回头，果然如此。这是多么美好的第一印象呀。

7

日本这么热衷于搞工业旅游，是在进行企业文化的建设，同时也是将其作为宣传自身产品的重要途径和手段。特别是来参观的青少年居多，让他们在这么个年龄段就有了企业“品牌”的记忆，这是多么庞大的潜在的消费群体啊。这一点，我在十多年前参观日本丰田博物馆时，就有深刻体会。那时候，国内似乎还没有“工业旅游”的概

丰田会馆的机器人在给孩子们上课。

念。而现在，企业仍然缺少这样的理念，也就缺少了动力；即使勉强搞起来了，往往购物成了重点，有的还要加收门票，恨不得在游客身上“逮”一笔。他们可能会掏大把大把的钞票做广告，而忽略了企业自身的文化建设及宣传。要知道，这样一种企业文化能够产生再多广告也无法企及的效果。

我们这次除了参观啤酒工厂，还在本州看了丰田会馆。如果说上次去丰田博物馆，是了解“丰田”从纺织起家的创业史，那么这次就是领略“丰田”最新技术和未来发展的汽车风采。“丰田”，真是把工业旅游做到了极致。

在参观会馆的过程中，可以感觉到人家不惜代价地调动了一切手段，将原本单调的汽车展示搞得丰富多彩，令人一再驻足，不舍离去。例如，我们停留在一处，隔着玻璃欣赏一辆银灰色丰田轿车。那轿车的线条特流畅，在灯光炫耀下锃亮锃亮的，令人一观再观。忽而，轿车的外壳不见了踪影，呈现出来的是它完整的内脏，如同魔幻一般，尽显光学魅力。这太有创意了。

联想到南京要复建大报恩塔，我并不赞同，而是希望能运用高科技“光雕”一座大报恩塔，让它每晚重现江湖。我原以为这仅是个梦，一个无法实现的梦；看了丰田会馆，倒觉得梦是可以成真的，关键在于有没有人肯这么去做。

8

北海道之行，印象最深的莫过于游览小樽运河。这个小镇，背山面海，风光无限，以日本红极一时的电影《情书》拍摄地著称于世。

历史上的小樽，开掘了通海的运河，以渔业和运输业为生，且擅长制作煤油灯和渔业照明的玻璃器皿。而随着电力、火车交通等现代设施的挺进，小樽赖以生存的几个产业都大大萎缩了。

小樽人没有丧气，利用原来就与玻璃打交道的基础，引进了意大利威尼斯工艺技能，大量生产特色手工玻璃工艺品。城镇建筑则保留了运河沿岸石砌的货运库房，改作玻璃作坊或艺术家工作室。至于已失去功能的运

我和太太在小樽运河小桥上留影。

河，有人主张填掉，有人反对，后通过公民投票，将河的宽度缩去一半，形成小桥流水的风貌。小樽人的努力，老天爷也来眷顾：《情书》的上映，犹如冬天里的一把火，将人气烧得旺旺的，生意也就越玩越大了。就这样，小樽运河完成了五彩缤纷的转身。

写下这么几段文字，显得有点拖沓，像在写官样报告。其实，我只是觉得小樽运河堪称城镇建设的经典之作，很值得认真考察，仔细琢磨，从中找到“自我”。应该说，我们用公款出国考察的为数不少，只是喜于走马观花，很少能沉下心来取真经。看到纳税人的银子白花花地流淌，还真有点心疼。

而今，我们在小樽北一硝子的老街上漫步，两边的商铺摆放着八音盒、玻璃瓶、琉璃杯……林林总总，形形色色，看也看不够，瞧也瞧不完，直喊：小樽人太有才了。

9

日本从南到北，温泉无处不在。这是日本人的福分。

在北海道，我们下榻的是洞爷湖温泉山庄，自然也要泡把温泉了。客房里备有浴衣、浴巾和人字拖鞋，穿戴完毕，有仪式感地席地进餐，然后不用再购入场券，就可以直奔浴场了。

温泉浴场大部分在室内，也少许延展到露天。室内有一二十个温泉池，大大小小，都是纯净的温泉水，只是在温度上稍有差异。我们从室内一直泡到了露天。眼前是夜色中的洞爷湖，空中不时闪烁着烟花，别提有多浪漫。同伙中有位小老弟，平时会玩点卜算，那一刻忽然说：要是下点雨就更有味了。他的话音未落，空中还就飘起了细雨，真是神了。幸好他没说飘雪花，否则就要下六月雪了。露天泡温泉的感觉实在太美妙了。

泡在纯净的温泉中，不知怎么就想起了国内近两年冒出来的众多的温泉主题公园。所谓“温公园”，就是挖上几十个形状、大小各异的池子，从千米深处取出地热水灌入池中，再向不同的池子里放入奶粉、中草药、啤酒等，让你泡花样温泉。当然，还要砌假山石，栽种花草树木，营造环境，做出公园模样。我第一次光顾“温公园”，感到很新鲜，很有兴趣。接下来再去“泡”，就有点不自在了，好像是在泡牛奶，泡啤酒，泡中药，而且都是劣质的“泡”液。

洞爷湖温泉山庄的日本料理。

又想起也是发生在日本的事。那一次我带队到日本考察，团员中有位是搞温泉的，执意要去看看温泉。而行程中未有此安排。我只好另外联系导游陪他独往箱根温泉。归队后，问他感想。他回答：很一般，不如国内搞得好。这让我十分愕然。这次到日本，除了泡北海道的，又特意安排了泡箱根的，也是泡的纯温泉水。

我现在算明白那伙计说的“很一般”了，一定是指日本的温泉没搞出“花样”来。

日本人崇尚纯天然温泉，不泡“花样”，讲究的是“天人合一”。这个理念是从我们中国传给他们的。如今，人家是在传承，我们似乎已不再珍惜。

10

在离开北海道的千岁机场，偶然见到一个暖心的场景：

当我们步入候机厅时，座位都被日本学生占满了。原来日本的中小学校将学生外出旅行作为上课的内容，不同于中国的假期夏令营。当下正是日本学生修学旅行的旺季。

我们一行正傻傻地站着候机，忽而听到有人吆喝了几句，座位上的孩子们立马齐刷刷地站起来，然后又找了个空地齐刷刷地席地而坐。他们是要将座位让给我们。当我们坐下后，倒有点坐也不是，站也不是了。

按理说，大人应该给孩子让座才对，而现在颠倒过来了。是他们出于对“老外”（指我们）礼貌的谦让？不怎么像，或不完全是。也许校方考虑出游的学生太多，不要扰乱机场的正常秩序，才这么发号施令的。原因恐怕很多。不管是何原因，有一点不容置疑：日本人守铁的纪律。

想起听到的一个真实的事：几万日本人在体育场观看比赛。比赛结束后观众散尽，在观众席上竟然找不到一片丢弃的纸屑。所有的人都自觉而严格地执行了公共卫生制定的法规。这件事听起来令人羡慕，也给人一丝畏惧。

这是怎样的一个民族呀？它拥有充满诗意的国名“日本”，意为太阳升起的地方。它的国旗白底中有一轮红日：白色象征正直和纯洁，红色象征真诚和热忱。这么美好的太阳旗，在中国也包括东南亚人看起来并不美好，至少我们这一代总会想起过去日本血腥侵略的劣迹。

有时候，美和丑是会颠倒的。

现在，日本的当政者似乎不懂得正视历史。日本的下一代，又将如何面对未来的世界呢？

11

从北海道飞至大阪的关西国际机场，我们开始了本州的关西之行。

日本的主要城市差不多都集中在本州。所谓关西，是指本州西部以大阪、京都、神户三大城市为中心的地区总称。

大阪，自然是关西之冠，1970年的世界博览会就是在那里举办的，当时创下了接待6 000多万人次的最高纪录。今年的上海世博会目标为接待7 000万人次，是冲着破大阪纪录来的，不知能否如愿。其实，“人次”真的有那么重要吗？

大阪世博会设立的“时间宝库”。

在大阪城公园，我注意到为纪念大阪世博会设立的“时间宝库”，倒可从中看到了日本下一代对永久和平的一种向往。

所谓“时间宝库”，是由日本每日新闻社和松下电器公司共同制作的两个圆形不锈钢容器，称作“时间舱1号”和“时间舱2号”。舱内分别用29个箱子存放2 098件涉及各领域的物品，包括松下公司的电视机和铁锅。这些物品代表着20世纪的现代文明和科技水平。其中1号舱在下，2号舱在上，两舱被深埋在地下15米处。始创者希望1号舱在5 000年后开启；2号舱则每隔100年开启一次，以检验物品状态，为新世纪的人们提供试验参照。始创者坚信：“浩瀚无边的世界会永远和平与繁荣，并为5 000年后的人类留下此宝库。”

这是多么具有创意的世博礼物呀。我说过，世博接待的人次并不最重要，关键是要给来的和没有来的人留下什么印象，得到多少收获。而大阪世博会竟然还给50个世纪后的人留下了如此丰富的遗产。

很难想象，5 000年后的地球村会是什么模样。那时候当地球村的村民打开“时间宝库”时，又会是什么样的表情。

12

在大阪，晚上逛过道顿堀夜市，就分散自由进餐。

我和太太找了个僻静的拉面店就座。那店小得只能坐四五个食客，店主人也仅姐妹俩。我们点了拉面（实际上就是煮面）、玉子（可能是玉米类食物）、大根（可能是香肠类食物）。这么几样东西，两姐妹在热气腾腾的后店捣鼓了半天，也没能端上来。这是在吊我们胃口呢。等到端了上来，才发现玉子是五香鸡蛋，大根是一段煮透了的萝卜。原来如此。我们开怀大笑。说实话，那顿饭没吃饱，倒是笑饱了。当然，是笑自己太聪明了，以为汉字中日通用呢。

13

名古屋，南京的友好城市。几次来日本参加外事或旅游活动，肯定会到名古屋。

这是座二战后完全重建的城市，街道整齐划一，配套设施齐全。而且，地底下也几乎掏空了，里面街巷纵横，店铺林立。人们似乎在地底下就可以舒舒服服地生活，不用跑到地面上担心“空袭”。

这次我们到名古屋市，停留的时间很短暂，仅安排了在电视塔下小憩。

名古屋电视台，高 180 米，建成于 1954 年，是日本最早的一座电视塔，也成为名古屋市区的地标之一。导游告诉我们：它已按规划要求快要完成使命，拟在明年停止工作。另一座新的电视塔即将建成，取而代之。听后颇有些感触。日本人很有计划性，搞个东西说多少年寿命就使用多少年，精打细算，很少造成资源浪费。我们呢，也有计划，只是计划不如变化。说个具体的例子：我们南京的城西干道，计划寿命是 30 年，现仅仅使用了 10 年，据说马上就要拆除改地下隧道了。这样的随心所欲，这样来花费纳税人的银子，让人有点心凉。

我似乎又在杞人忧天了，说点高兴的事吧。导游说：这座行将退休的电视塔，原打算拆掉的，现根据民意，将其作为现代文物保留下来，并继续发挥旅游观光的余热。这是个好主张。我连忙取出照相机对准了这个老一代的城市地标。

14

平城皇宫遗址展示的“遣唐使船”。

我们来到古都奈良，恰逢那里举办纪念平城迁都1 300年的活动。活动为期半年，在平城皇宫旧址举行。

实际上，平城皇宫早已荡然无存。偌大的宫址空旷如野，有点像南京的明故宫遗址。想不到这么一个不毛之地，观者络绎不绝，如同在赶集市。有意思的是，主办方专门辟出吸烟区，用栅栏围挡，其他地方不允许吸烟。尽管是块空地，毕竟还是在曾经森严的平城皇宫内呀。

皇宫旧址的一角，正在展示一艘“遣唐使船”。奈良作为都城的时候，中国正是盛世唐朝，日本的遣唐使者频繁前往中国。碰巧的是，我们参观的这一天，上海世博会正在举行日本国家馆日，馆中的主角之一也是“遣唐使船”。

日本善学，从飞鸟时代到平安时代（公元7世纪至9世纪）主要是学习中国。这一点，我们在奈良参观唐招提寺时很有体会。这是鉴真和尚东渡之后建立的。鉴真和尚的墓地也在那里。寺院至今遗存着鉴真和尚亲手建造的会堂、讲堂等建筑物，以及鉴真带来的珍贵经卷。这些都成了日本的国宝。

我想起去年9月看过福建大金湖的甘露岩寺，那座寺庙建在悬崖峭壁上，凭借一根木柱将建筑托起，形成“T”形头拱，十分险峻。听导游说，唐朝时日本的重源法师来此取经，将“T”形结构学了回去，在奈良建了显赫的东大寺。这次去东大寺，我就在寻觅这样结构的建筑，结果没有发现。后来倒是在京都的清水寺参观，看到有座建筑像那么回事。究竟如何，未找到权威释疑。

15

京都，是日本继奈良之后的都城，一条充满人文风貌的鸭川穿其而过，使整个城市弥漫着古都的韵味。

西阵织的老织工在织机上。

这次扶桑之行，京都是重要一站，目的是访问那里的“西阵织”。

扶桑，是一种木槿属的灌木植物，花开四季，多彩婀娜，在中国古文献《山海经》中，以此来称呼日本。古人眼中的日本，想必是如同扶桑花般美丽的岛国。这般的美丽，恰如其分地体现在“西阵织”上。

“西阵织”，系一种花样丰富的丝织品，因在京都西阵地区生产而得名。西阵织的华贵特征是织金、织银，与我们的南京云锦有同工异曲之处。它主要使用在和服的衣料及腰带、领带、披肩，以及室内装饰品上。

西阵织的历史仅500多年，与南京云锦相比算是小小之辈。追根寻源，它的老祖宗就是来自中国。早在公元五六世纪，中国的归化人秦氏一族来到这里开拓，不仅带来了农耕技术，还将养蚕和纺织丝绸技术植根于此。这也成为第50代天皇迁皇都平安（京都）的巨大经济推动力。以后发生了“应仁之乱”，织工们作鸟兽散。战乱平息后，一部分织工回归并立足于西阵地区，复活了战乱中中断了的大舍人绫，也就是后来被称作的“西阵织”。随着幕末维新后的动乱和迁都东京，京都的传统产业包括西阵织在内又一度处于低迷状态。到了明治时代，形势好转，西阵织行业不仅得到京都府的扶植，自身也在积极寻求发展，引进了法国、奥地利的提花纺织机等西洋技术，稳住阵脚，也使“西阵”成为日本丝绸纺织业现代技术革新的发祥地。

写了上述这段文字，好像有点“绕”。历史本来就是“绕来绕去”的。不过，有一点不“绕”，前面也已说过：日本善学。先学中国，再学西洋。这应了中国的一个古训：青，出于蓝，而胜于蓝。

扶桑之行，我们的团员以南京云锦人居多，虽说来自西阵织的祖庭，但这次走访，是诚心诚意来考察和学习的。

西阵织会馆的早濑胜先生，带着我们上上下下参观和讲解。与南京云锦工艺更为复杂、至今仍必须手工机织不同，西阵织已完全可以机械织造，但不舍完全抛弃传统，仍保留了相当一部分的手工作业。会馆中，有不少老织工在做现场操作。据介绍，他们的工资都是由政府资助的，以体现对这个传统行业的持续扶持。

内行看门道。西阵织用以织金的金丝箔引起了南京云锦人的特别关注。显然，它的织金材料比云锦的要好，而且还耐洗磨，是云锦人正要寻求解决的难题。早濑胜先生得知后，当场将一束金丝箔给了云锦人王宝林先生，让他带回来参照。

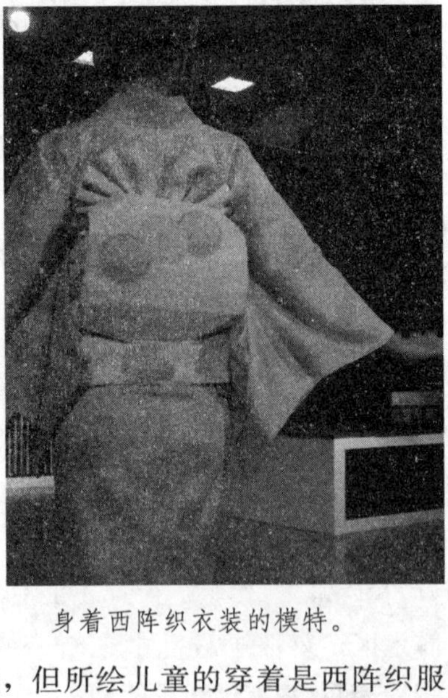

身着西阵织衣装的模特。

外行看热闹。我感兴趣的，倒是西阵织做成的琳琅满目的工艺品，尤以各种提包为多，件件惹人爱不释手。有一种小拎包，面料很一般，包边和拎带则是用了西阵织材料，使得整体的美感骤然凸现。我还看到一套绘有“两小无猜”儿童画的贺卡。虽说贺卡是纸质印刷品，似乎与西阵织无关，但所绘儿童的穿着是西阵织服饰，印制得十分精美。我买回来一套，给 80 后的人看。他们都喜欢得不舍还我。我是在想，将图上的西阵织换成云锦，不就能做成云锦的纪念品吗？旅游纪念品的研发，天地真的很大。

会馆底层的舞台上，正在进行和服时装表演，实在太漂亮了，太华贵了。仔细打量，发现走秀模特的长相其实很一般，是和服让她们独领风骚，而让和服生辉的是西阵织。

16

扶桑之行的最后一站是首都东京。

东京，这个庞大的城市排行亚洲第一，世界第二。我去过几次，就觉得环境嘈杂，人群忙乱，没留下过特别的印象，也就没写过什么文章。几次都听说东京的地铁在地下有好几层，走下去找不到北。我就没敢尝试乘坐一下，否则有可能会写篇“地铁迷宫”。

记得第二次到东京，结识了一对在那里打工的小夫妻。女的叫邢定美，海南人，因与我的姓名仅相差一个字，见了面特别亲。以后又见过两次，每次她都十分关照我。她开过一个小酒吧，我还从中国带了酒给她撑门面。这次来东京，特想见见她，可惜未联系上，深感遗憾。这次来，还想去的是内山书店。书店的老主人内山完造与鲁迅先生是世交，自然早已仙逝。而书店犹在，由后辈经营。因行程上未有这个安排，导游要另行为我“开小灶”，想想算了。

在东京，除了游览传统的项目皇居外苑、浅草寺、新宿歌舞伎町外，就是购物了。导游一路上免谈购物，到了东京一下子来了情绪，在车上大讲特讲钨金保健饰品、防磁辐射贴片、陶瓷刀、免用洗涤剂的洗衣球等几种新科技产品。我每样都买了一点，算是给一路辛苦的导游付一点小费。带回来的洗衣球还没用过，也不知这种利用物理原理去污的球体是否真的能去污。

我们最后来到的购物点是秋叶原电子一条街。我第一次到东京，就住在这条街上，有种亲切感。带我们进入的 LAOX 免税店，大股东竟然是南京起家的“苏宁电器”。它的大老板张近东过去与我蛮熟，现在玩大了，也极少联系了。不管怎么说，“苏宁电器”打进了日本市场，太难得了，让南

东京的自由女神像。

京人的脸上特有光彩。当然又要在那里买点东西捧场。这也为我们的扶桑之行画上了一个句号。

再见了，日本。沙优那拉，扶桑。

济州岛游

2015.6.22

一、"中东呼吸"

此文题为"济州岛游"，而非济州"导"游也。

我们一行5人在济州岛留影。

6月6日，我携太太储一琴，还有堂妹邢荣、邢红及妹夫赞双一行5人，参加了省中旅组团的五晚六日韩国济州岛游。

这虽然是我第四次去济州岛，但丝毫谈不上可以"导"了。去此岛，有两次是去年乘邮轮登陆的，每次差不多大半天，而且大部分时间是在乐天免税店购物。初次去则在十多年前，是从汉城（现已叫首尔了）飞岛的，也就宿了两夜，其间还有公务活动，没留下什么印象。

此次旅行，正值中东呼吸综合征疫情（姑且称作"中东呼吸"）在韩国发作。启程前，接到几个亲友电话，担心我们此行不合时宜。我倒以为，济州岛独立在外，应该无虞。不过，我们加入的旅游团还是有四五人临时退出。

在岛的第一天，地接的“天旗”旅行社导游金星晚上将我们送到饭店，便匆匆赶去总部开会。第二天早晨，我在饭店门口抽烟，看到金导又打了的士匆匆赶了回来。他告诉我，会议一直开到凌晨三点，讨论如何应对“中东呼吸”。我对他说，当务之急要突出宣传济州岛是最安全、最卫生的，“中东呼吸”入侵不了。当然，须在岛的口岸严防死守，保住韩国旅游的这块净土。

在岛的第四天，遇到几位台湾游客，他们来自苏州的台资企业。他们的游程为先首尔、后济州岛，而到了首尔机场，临时决定放弃玩首尔，直接转机飞了过来。

在岛的第五天，遇到国内的一个旅游团，正准备按行程飞首尔。他们一脸的无奈，不得已而为之。也就在这一天，我们看到央视中文国际频道播放的新闻，“中东呼吸”在韩国不断升级，香港已发布了不准去韩国旅游的红色禁令。

第六天，我们至机场准备飞回南京，遇到一个来自云南的旅游团队。他们本来是要飞回昆明的，因从昆明飞过来的旅游包机突然取消，也就不可能乘那班包机飞回去了，不得不临时安排与我们同机，飞到南京后再设法转飞目的地。“中东呼吸”实在是闹心呀。

我是搞旅游的，真担心韩国旅游会因“中东呼吸”而全面崩溃，如同2003年我国发生的“非典”疫情那般。我默默祈祷：“中东呼吸”，请尽快地呼吸正常吧。

二、几个看点

济州岛的陆地面积为1 845平方千米，仅是海南岛的十九分之一。

这么个巴掌大的地方，我们要整整呆上五天，哪有那么多东西可看呢?没想到岛上的景点星罗棋布，尽管大多为小不点儿的，但总能被旅行社组合包装，让你看也看不完。就说来岛的第一天，也就一个下午的时间，金导带我们一口气跑了五个景点，每个景点逛上四五十分钟，效率真够高的。再举个例子，第五天是我们自由活动的时间。团队下榻的cean家庭旅馆身后是海边，我们就在那里溜达。海边来了一支上海的旅游团队，导游让他们活动一个小时。原来这个海边是未列入我们行程的景点，叫“梨海木筏海边”。有位上海人说，这么个地方也要玩一小时呀。其实，海边的风景很纯朴，而他们是在游途中，没办法静下心来欣赏。我们则有充盈的时间漫步其间，细细品味。那湛蓝透明的海水，那俯身可拾海带的滩涂，那大人小孩逐波的嬉笑声……处处充满着甜美，让我们玩味得不舍离去。

济州岛的景点虽然大多为小不点儿，但其中也有些许值得一看，不妨挑几个说说。

看点一：三维错觉艺术馆。走进这个馆，但见四壁挂着世界各地自然风光及各种题材的图画，例如美国奥斯卡颁奖、西班牙牛仔庆典、巴西桑巴庆典等，一点没感到有什么“错觉”，反倒觉得内容杂乱，搞噱头，挺无聊的。因游客都在拍照，我也无意识地端起照相机，给太太取景。奇迹发生了，太太身后的图画在镜头里“三维”起来，使她仿佛走进了实景拍照。为此，太太便有了生平第一次“冲浪”“骑马”的经历。还有一张课堂上课的图画：听课的有爱因斯坦、霍金等大家，讲课的位置则空着，留给了游客。有两位90后女孩，一位加入听课的行列，一位则充当讲师。听课的女孩显然觉得不对劲，让讲课的女孩下台，转而请我帮忙站上讲坛。我往上一站，还真有点教授风采。于是，我也就有了一次“给爱因斯坦等大师授课”的经历。

太太在三维错觉艺术馆玩起了“冲浪”。

这个馆的规模虽然很小，但参与性强，充满趣味性和幽默感，有点意思。在图画题材方面，如能增加点本土文化的内容，如做泡菜、表演长鼓舞等民俗活动，效果会更佳。

看点二：朝安泰迪熊博物馆。听说要参观泰迪熊长毛绒玩具馆，有的团员，包括我在内就觉得是在“滥竽充数”了。妹夫赞双当即表示不下车，好借机闭目养神。我跟着队伍走进了这个馆，看到的果然都是各种泰迪熊的儿童玩具，很不以为然。不过，看着看着，就不知不觉被迷住了。我绝没想到，这么个“泰迪熊”，能研发出形形色色的形象：老的、少的，高贵的、平民化的，穿韩服的、着西装的，从事各种行当的……你想到的肯定会有，想不到的也会有，无论是小不点儿的，还是大块头的（比人的个头大呵），做得都很精致，十分讨喜。

济州岛何以会搞舶来物泰迪熊馆呢？堂妹邢荣说，好像在韩剧里见过泰迪熊。是这样吗？韩剧在中国的影响广泛，包括文化的、经济的均有渗透。专业机构应该对此作过评估，不可小觑。我后来查阅资料，又知：泰迪熊诞生于一百多年前的美国，缘于总统罗斯福在狩猎中保护了一只熊。有位画家将此事画成漫画，还做了一个熊的玩具。这个玩具熊经罗斯福同意，取名为泰迪。泰迪是罗斯福的小名。泰迪熊逐渐在世界各地风行起来，而且已非一般玩具的概念，赋予了特别的文化意义。尤其在欧美，一只泰迪熊往往被当作家庭的成员，陪伴一家三代人成长。

而今，泰迪熊在世界上已有上百个品牌，尤以德国、美国、加拿大、英国、韩国的品牌最为著名。可能正是因为韩国的品牌已经跻身于世界的最强行列，才会搞，也有资格搞这么个馆。了解了泰迪熊的来历，我一方面深感自己的孤陋寡闻，另一方面更为强烈地认识到文化创意的魔力、魅力，以及其产生的巨大生产力。

看点三：世界汽车博物馆。一听说要参观世界汽车博物馆，就觉得有点搞笑。韩国人大多驾驶“现代”等国产轿车，搞一个“现代”汽车博物馆还差不多，怎么搞起了“世界”的呢？原来，这是私人汽车藏品的展示，陈列着 90 多辆世界经典名车，被称作“亚洲首家个人收藏汽车博物馆”。这对汽车爱好者来说，是大有看头的。整个博物馆，比前两者的规模要大得多，不仅有室内的，也有室外的，并配有园林、茶屋等，如同一个公园。

我不会驾车，也就不善于细细品味名车。引起我极大兴趣的，是室外供儿童体验驾车、周游世界的电动车跑道。我先是发现博物馆建筑的一侧，建了个小型的天安门，还有五大洲的其他著名建筑。干吗用的呢？不明白。后来又发现，博物馆正门前的马路上设有红绿灯。这又干吗用呢？原来，这是一条环型的迷你电动车跑道。我看到：一位家长带着孩子驾车在跑道上行驶，忽而停车往后倒，因几只小松鼠窜到了马路上，须得保护动物加以避让；避让后又往前开，遇到红灯，停了下来，绿灯亮了，继续行驶，驶向了天安门方向。我特地去了解家长和孩子报名参加驾车的情况。整个流程有六项：家长帮孩子填写申请书；工作人员给孩子拍照；家长和孩子排队等候并听说明；家长和孩子驾车交通体验；孩子参加驾照书面考试；工作人员给孩子颁发“国际儿童驾照”。这太有情趣了，也很有教育孩子成长的意义。

孩子驾车经过天安门。

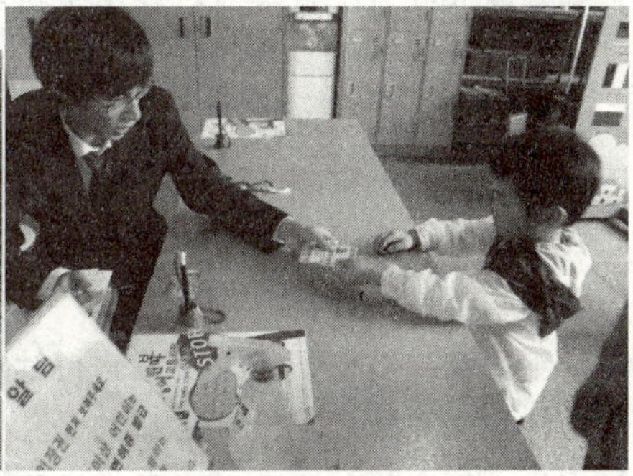

工作人员给孩子颁发少儿“驾照”。

写了这么几个看点，是觉得其中大有借鉴之处。尤其是当下我们的乡村旅游，还局限于喝茶打牌、弄个垂钓、吃个农家餐之类，能否打开思路，搞一些文化创意的产品呢?

说到看点，最值得看的当然数自然风光“城山日出峰”了。城山日出峰位于岛的东端，是突出于海岸的世界最大的火山口。实际上，整个济州岛为120多万年前火山活动形成的。位于中部的汉拿山海拔1 950余米，乃火山活动的杰作，并在山的四周形成了360多个寄生火山的山峰。城山日出峰便是其一，海拔180余米，是观海上日出的佳地，又因有99个奇岩怪石守护着火山口，远望如同城郭，故有“城山日出”之称。我曾在去年乘邮轮来过这里，当时好想爬一爬山，因停留时间有限，又下着细雨，只有望山兴叹了。这次不想再放弃机会，尽管膝关节有点不适，还是坚持往上攀登，好在有妹夫赞双相伴，终于登上了顶峰。在山顶，油然产生一种征服者的豪气。

令我有点不解的是，既然全岛系火山形成，理应有丰富的温泉资源，却一直没有听到金导提及，也没有在旅游资料上看到。行程单中倒是有一项“韩式汗蒸”，实际上类似于桑拿，与泡温泉不搭。济州岛到底是没有温泉，还是有而将其保护在地下，未做规模性开发呢？

三、美食之旅

堂妹邢红每次就餐前，爱用手机给餐食拍个照发到微信上，竟然得到了“美食之旅”的点赞。

我们这个团队，每人交纳的团费也就一千块钱出头，是个地地道道的廉价旅游团。每次团队餐后，金导就要问大家吃饱了没有？他说：我不问吃好了没有，是因团费的标准有点“那个”，吃饱了就好。这样的一个旅游团，怎么会是“美食之旅”呢？

细回味，不得不佩服当地旅行社的巧安排。济州岛的团队餐，是按一餐一特色来安排的。头一餐吃的是猪排，第二餐为韩式火锅，第三餐换成牛肉汤，第四餐是烤肉，第五餐又为人参鸡汤……顿顿变招，且都具有地方特色，也就“美食”起来了。特别要讲的是顿顿备有泡菜，而且不限量，可以敞开来吃，味道很是可口。要知道，我在国内是不吃泡菜的，这次倒是吃上了瘾，成了它的铁杆粉丝。话得说回来，因我们团餐的标准确实有点“那个”，整体菜肴的品质也就有点“那个”了。就说人参鸡汤，第一次来的时候品尝的味道好极了，而这一次真的有点“那个”，实在不好恭维。

我们国内的团队餐做法与济州岛的大不一样，国内讲究的是菜肴数量，不是八菜一汤，就是十菜一汤，而后才会考虑搞点地方特色，例如每一桌摆上一盘盐水鸭。说一件“痴人说梦”的事：上世纪 90 年代，国内旅游团的团队餐标准是每人每餐 15 元。二十多年过去了，物价翻了几番，现如今团队餐的菜肴数量没变，餐费标准竟然也没变，有的甚至还降为了 12 元或 13 元。你相信吗？旅游市场的竞争实在是太“脑残”了。

国内的旅游团队餐，有没有搞过正宗的地方风味？当然搞过。值得一书的是，上世纪 80 年代末，南京夫子庙景区推出的“秦淮八绝”风味小吃，就是针对旅游团队的。最早是由南京中北国际旅行社接待台湾旅游团，尝试将“秦淮八绝”引入团队餐，深受台湾同胞的欢迎。当时的餐标是每人 15 元。后来，“秦淮八绝”被台湾的组团社列入指定节目单，身价逐步提升，餐标也上升为 20 元、40 元，以至于越发高涨，也就无法再作为一般的团队餐了。

我是这样想的：游客到某地旅游，目的是观赏当地的自然风光和人文景观，也包括品尝当地的特色餐饮。济州岛为了展示自身的文化，尽管接待的团队餐标有点“那个”，但仍然想方设法让大家体验其饮食文化。我们呢？现在“秦淮八绝”的餐标，每位少则百元上下，餐馆都不愿放下身段接纳旅游团队了。

其实，完全可以有针对性地新辟一个秦淮小吃场所，专门接待大众旅游团队。这应该不是件难事吧。如果有关方面都能将旅游团队餐作为宣传地方文化的一个组成部分，岂不妙哉。

四、购物之旅

前面提及，我们这个团队是个廉价旅游团，说得白一点，就是购物团。

济州岛游的第三日，全天购物。金导带我们接连去了高丽人参展示厅、护肝宝专营店、化妆品专卖店、新罗免税店。其中的下午时间都安排在了新罗免税店。

除了去购物店购物，几天来游览的景点也都包含着购物。比较典型的是参观城邑民俗村。我一直对乡土文化抱有很大的兴趣。济州岛向来以三多著称，即风多、石多、海女多。所谓海女，是指以往岛上的女人都以潜水捕食为生。现在最年轻的海女也已五十多岁，而且很难见到，成为了岛上的一种文化符号。我以为，在城邑民俗村总能见到一二位海女吧。结果呢，见是见到了，仅为海女的照片。再有就是火山石雕刻的“多尔哈鲁邦”（相传是岛的守护神或子孙娘娘，也是济州岛的文化符号）、火山石堆叠的院墙、茅草覆盖的土屋及简陋的陈设等。如此而已。我后来才回过神来：让我们来城邑民俗村游览，目的是销售马骨粉。何以呢？

在城邑民俗村，接待我们的讲解员是位中年女士。她说，到民俗村来讲解是在做义工，而她的职业是教师，教来岛的中国人学韩语。她的丈夫是中国人，在教韩国人学汉语。她的几句话便拉近了彼此之间的距离。她又说，济州岛有饲养蒙古矮马的历史。矮马的马骨功效是后来发现的。因原住民的男人吃马肉，而女人（即海女）只配吃马骨，结果倒是滋养了一身好筋骨。她还说，城邑民俗村向全世界开放，唯一不接待的是日本游客，因过去日本鬼子曾用海女做活体试验。她汉语说得很溜，既幽默搞笑又不失严肃，太有才了。总之，她再三说，马骨粉是韩国的三宝之一，商品包装上印有国旗是最好的说明。

在城邑民俗村，没见到海女，只是看到了海女的宣传画。

韩国的三宝，指的是高丽人参、护肝宝、马骨粉。我收藏着上世纪 90 年代韩国观光公社（即旅游局）编的《韩国》旅游指南册，册上并无此说。那阶段我去过汉城（即今首尔），印象深的是高丽人参，还有紫水晶首饰，好像没注意过护肝宝和马骨粉。这次来济州岛，无论是“天旗”的金导，还是民俗村的女“义工”，都在不遗余力地宣传韩国三宝，以引起游客的关注和购买欲望。联想到改革开放初期，来南京观光的东南亚游客都爱买“芭蕾”牌珍珠霜，还有一种比较昂贵的中成药“片仔癀”。这与当时的宣传有关。例如讲到珍珠霜，是宣传其中含有珍珠粉，可以美容。而现在，似乎拿不出什么叫得响的东西了，至多是真空包装的盐水鸭。我们为什么不可以包装几种地方特色产品，有的还堪称国宝（例如南京云锦），集中“火力”加以宣传呢？“韩国三宝”的经验，值得我们借鉴。

据说，韩国地接的购物团是负团费。有人问我：你是搞旅游的，购物中的“猫腻”你懂，还购不购物呢？我当然懂。不过，我对购物之旅的态度是：视“物”是否需，需的话会购，即便价格高一些也不会太计较，否则人家旅行社吃什么、喝什么呢？七年前我写过一篇文章《“泰”好玩》（收入散文集《行色》），记录了这么一个桥段：

“有一个老年旅行团游泰国，全体拒绝自费旅游项目，也不愿意到定点商店购物。这让泰国的女导游傻了眼，以至于失声痛哭。关键时刻，中国的领队说话了，大致的内容是：同志们，我们都是中国人，都是有脸有面的老同志。大家想想，我们到泰国旅游，花了什么钱？只花了机票钱，而且是打了折的机票钱。我们在这里总不能白吃白住。那多丢人，多没面子。那不是剥削吗？我们该做点什么？那就多玩一些景点，多买一点自己喜欢的东西带回去。没人逼你，是到了你应该掏钱的时候了，行动吧。一场风波总算平息下来。”

泰国旅游很会搅局，是最早“玩”“零团费”“负团费”的。现在，不光是韩国，连一向严谨的日本旅游也在“玩”了。我们国内的旅游更不用说，尤其是海南、云南等地曾“玩”到了极致。由于旅游购物中的“猫腻”愈演愈烈，不时越过底线，在前两年制定的旅游法中，要求旅游团队不得到指定购物店购物。又由于有了旅游法并未制定实施细则，使得有关旅游购物的规定有“因噎废食”之嫌，因而具体执行起来很难到位。旅游购物中的问题，可谓积重难返。

我对“旅游购物”有自己的看法：旅游业是走在改革开放最前沿的行业。它的许多做法都很超前，其中就包括旅行社可以获取旅游购物店的“返点”。所谓的“返点”，实际上就是后来普遍通行的中介费。这足以说明早期的“旅游购物”是应该点赞的，尽管那时候也不被大家理解，甚至受到过管理部门的查处。问题是“返点”发展到现在，已经完全脱离了正常的轨道，使得商品价高质次，甚而假冒伪劣，坑害了游客。

购物是旅游过程中不可或缺的内容。如何化解“旅游购物”中的问题，“因噎废食”肯定行不通，应想出一个切实可行的办法。这正是我们旅游部门面临的具有挑战性的课题。

话题扯远了。要告诉大家的是：这次购物之旅，我的太太买了护肝宝和马骨粉。尽管回来后，太太在“淘宝网”上查询到所购商品的价格高出了不少，也没太多的怨言。她对我说：我享受到了旅游购物过程中的乐趣。

二上"公主"

2015.8.3

7月20日，我和太太乘坐"蓝宝石公主"号邮轮，游览日本的长崎、福冈。这是我们第二次上"公主"号了。

去年5月底，我们初登"公主"号，去韩国的釜山、济州岛。那也是我们第一次见识海上邮轮。我写了篇《在"蓝宝石公主"号邮轮上……》的文章（收入散文集《求缺集》），记录了邮轮生活给我的特别感受。

这一次呢?

一、比较一下

实际上，去年我们除了有过一次"公主"号的经历外，还在10月份坐了"歌诗达大西洋"号，去的是韩国的济州岛、釜山和日本的福冈。那次航班是南京中北友好国旅整船包下来营销的。南京十八频道《老吴韶韶》栏目的主播老吴及其粉丝都上了邮轮。老吴与我挺熟的。我和他还在"中北友好"的邮轮说明会上，给粉丝们合作了一把"脱口秀"。

"公主"与"大西洋"相比，前者显得华贵、高雅，总是那么彬彬有礼；后者似乎比较随性，有点意大利式的不拘小节。至于细节上有什么不同，说不好，只是感觉更喜欢"公主"。这也是我们二上"公主"的原因。

两次"公主"游，时间相隔了一年多，比较一下，会有什么变化呢?五个字：跟着国情走。我们第一次乘"公主"号，是它首航中国执行的第三个航次，纯粹是西方的那一套做法。例如，邮轮晚上的正餐，要求游客在规定的时间到指定的餐厅进食，以免就餐拥挤。这个规定显然有点太为拘谨，不符合大家的习惯，执行起来也有难度。而第二次上"公主"号，发现已不再要求这么个"准时准点"了。还是说吃的方面："公主"号的特色之一，要安排一个"世界领导人晚宴"。所谓"世界领导人晚宴"，是按美国总统奥巴马接待外国首脑的菜单上菜，仅为四道，即缅因水煮龙虾（或烤地瓜汤）、蓝莓莫吉托雪葩、菲力牛排、榛子巧克力配柑橘奶油。其中只有菲力牛排是道主菜，其他三道均为"配角"。"总统宴"呀，就这么简单。不过，头一次品尝"总统宴"，主菜一端上来就把我们"打倒"了。那牛排块头又大又厚实，嚼吞下去一半，就再难下咽了。浪费呀！而这一次，依然是“总统宴”，牛排的块头只有上次的一半还要小一点了。“公主”这么做，是为了降低餐饮的成本，还是杜绝浪费的举措呢？

顺便提一下，“公主”号的菜肴制作及餐饮服务都是很讲究的，比之“大西洋”更胜几筹。

“世界领导人晚宴”的“菲力牛排”。

或许有人要问，邮轮去的不外乎是济州岛、福冈等几处相同的地方，你们怎么会乐此不疲呢？

我的太太是邮轮的“粉丝”。她说，邮轮游不在于玩这么几个地方，而是充分享受海上自由自在的、悠闲慵懒的慢生活。我很赞同太太的说法。实际上中国式的邮轮游，无论是去韩国还是日本，上了岸哪是玩景点，不就是购物吗？

二、尝试两“鲜”

这里讲的两“鲜”，对我而言不是吃了什么“鲜”，而是经历了两件蛮新鲜的事。

第一“鲜”也与吃有关，是在公主剧院观看烹饪技艺演示，并参观厨房。因看错了时间，我们赶到剧院时，舞台上已演示过一道菜的制作。站台上一位是行政主厨萨尔达尼亚（印度籍人），一位是餐厅经理帕特里西奥（葡萄牙籍人），还有一位中国籍厨师充当翻译。他们接下来又做了一道西菜、一道西点，边烹饪边讲解，动作和语言诙谐幽默，使得剧院里不时发出欢乐的笑声，也让西式烹饪文化在不知不觉中传播给了大家。不得不说，这样的传播方式很是高明。

烹饪演示结束后，主办方带领我们参观厨房。想起来了，“大西洋”号也有参观厨房的项目，好像要购买入场券，也就没去关注。“公主”号是免费观看的，中间穿插了推销意大利橄榄油和调料醋。出于好奇，我们购了一瓶调料醋，还与萨尔达尼亚和帕特里西奥合影了一张照片。那张照片拍得实在是好，尽管搞到手得花 20 美元，我们还是将其拿下。

我们和行政主厨（左）、餐厅经理（右）在“公主”厨房留影。

“公主”号开放了厨房一角，供大家参观。那里面光洁明亮，一尘不染，堆叠的菜架井然有序，看上去很是可人。参观者挺踊跃的，鱼贯而入，点赞不绝。看来，游客中想到厨房看个究竟的大有人在。要知道“公主”号每天要供应 2 000 多名游客吃喝。据《公主日报》披露，食品每日的使用量为：肉类（包括牛、羊、猪肉及家禽）5 000 磅（1 磅约等于 0.9 斤）、鱼类 1 700 磅、马铃薯2 700磅、蔬菜 2 500 磅、做面点的面粉 1 500 磅、意大利面条 500 磅、奶油 200 磅、水果 6 000 磅、汤类 550 加仑（美制 1 加仑约等于 3.79 升）、咖啡 470 加仑、冰淇淋 80 加仑等等。这还不包括船上 860 名员工的进餐。天啊！此外，每天需要清洗 50 000 个碗盘、18 500只玻璃杯。这是怎样的一个运行系统呀！难怪我们要去探访厨房了。

第二“鲜”是参加艺术品拍卖会。这本算不上什么新鲜事，可我从未亲临过拍卖现场，就想利用“公主”送上门的机会尝试一下。

艺术品拍卖之前，有一个艺术讲座，是由一位美女拍卖官主讲《学习鉴赏西洋画》。她年纪轻轻，讲起西洋画来侃侃而谈，听得我深感自己知识的浅薄。我在读中学时读过一本法国丹纳的著作《艺术哲学》，里面有文艺复兴时期拉斐尔、提香及鲁本斯等大师的古典西洋作品，尽管图片是黑白的，还是非常喜欢。如是而已。直至21世纪初，有机会到欧洲考察与观光，才在梵蒂冈圣彼得大教堂、巴黎卢浮宫、圣彼得堡冬宫等艺术殿堂欣赏到了大师们的真迹。每次观画，都有一种心灵颤动的感觉。至于现代绘画作品的行情，我就真的是“丈二和尚”了。绘画的样式，例如油画中有丙烯油画，版画中有丝网版画、手工签名的限量版蚀刻版画等，听了美女拍卖官的介绍，方略知一二。那位美女还向在座的提问：世界上收藏绘画艺术品最多的在哪里？见大家未作答，她告之：在梵蒂冈。

拍卖会正式开始了。拍品多为现代绘画作品，底价均在上千美元。其中有几幅我非常喜欢，苦于囊中羞涩，根本不可能举牌。现场举牌的也寥寥无几，成交的仅一幅几百美元的儿童题材绘画。拍卖官为鼓励大家参与，让有的拍品背朝观众，问大家想不想看，想看的请举牌。我举牌了。这也是我生平第一次参加拍卖会，第一次举牌。

拍卖会的工作人员告诉我，他们是世界顶尖的艺术品经销商之一，在世界各地109艘邮轮上都有自己的分支机构，经销艺术品的品质百分百有保障。而且，当下艺术品收藏已成为回报率极高的投资项目。我私下在想：假如我有经济实力，一定会拍下几幅自己喜欢的作品，不会去作为一种投资收藏，而是要挂在家里天天欣赏。那是多么美不胜收的享受呀。

三、扫荡“神药”

二上“公主”号之前，《扬子晚报》登了篇文章，题目是“中国游客去日本又开始抢‘神药’了”。所谓日本“神药”，也就是居家常备的药品，不知怎么的，突如其来地在中国市场火了。

想起九个月前乘“大西洋”号登陆福冈购物，大家的目光还是集中在家用电器上，没听说什么“神药”，怎么说变就变了。对了，那次我在电器购物市场门口等队伍时，遇到另一个团队的一位小姑娘。她拎了个超大塑料袋，里面塞满了乱七八糟的药盒子。问她买这些东西干吗。她顾不上作答，紧张地操作着手机，好像在网络上查找还有哪些药品没买到手。“神药”正是网络营销的杰作。新媒体的作用了不得呀。看来，那时候已经有人在抢购“神药”了。

这一次，我们登陆长崎，到滨町商品街购物。商品街的进口有一家经销“神药”的超市。大家一拥而上，将店铺塞得满满的。太太因受人之托，在货架上寻找保健类药品，让我在收银处排队。这一排队，耗时一小时四十分钟。而团队规定在商品街的活动时间为一个半小时。我们竟然超时了。这真让人哭笑不得，还有点伤感。居家常备药，日制的称作“神药”，我们生产的又叫什么呢?

《扬子晚报》继而又发了一篇文章，题目为“日本‘神药’不敌国产止咳糖浆”。这是我们回国后看到的报道。尽管如此，中国游客赴日扫荡“神药”的势头依然强劲，想来还会持续一段时间。细想想，游客抢购“神药”除了出自追捧、跟风的消费心理外，国产药品的诚信度缺失也是一个重要因素。再有，日制的虽谈不上有多高的技术含量，但在制作的细节以及包装上均很上心，可谓是“以人为本”。例如，有一款儿童止咳糖浆，外包装是“面包超人”的卡通形象，内中糖浆有草莓、蜜桃等不同口味，好让孩子们从拒绝吃药到乐意去吃。好有创意呀。从这个意义上来说，抢购日本“神药”未必都是负能量，至少可以促使国内制药业反思，刺激其树立诚信形象，革新产品，让广大消费者在家门口就能获取“神药”。

顺便提一下，在长崎除了购物外，还安排我们参观了和平公园。这是为纪念长崎遭遇原子弹爆炸的罹难者而建立的公园。取其名为和平公园，意义深远。想起二十多年前，我在一次旅游规划研讨会上，提出将侵华日军南京大屠杀遇难同胞纪念馆（那时还是规模很小的旧馆）的范围扩大，冠名和平广场。这个和平广场除了保留原有的纪念馆外，还应新设侵华日军受降处、抗战馆、武器陈列馆等。没多久，有媒体报道称：有人企图要篡改侵华日军南京大屠杀遇难同胞纪念馆的馆名。这个说法不知是否有所指。如指的是我，我则“跳进黄河也洗不清”了。好在后来无人追究。而我，只有无语。

这里之所以提一下长崎的和平公园，是因长崎的导游将原子弹辐射与购物联系了起来，声称日本有核辐射现象。为此，日本的防辐射产品非常

长崎和平公园的巨大人物雕塑。

丰富，也非常先进。接下来，导游便推介了一种叫“超美水”的产品。所谓“超美水”，是一个小巧的金属块，里面藏着若干球状的物体。将金属块投入洗菜的水中，可清除蔬菜的农药污染；置于冰箱内或车中，可除臭而清洁空气。经导游一忽悠，我们也就毫不犹豫地买下了。回到家里，太太指着“超美水”调侃道：这玩意儿管不管用，天知道。

在日本购物，从智能马桶盖、电饭煲到“神药”，一拨又一拨。下一拨又会是何等“妖”物呢？

＞“量子”冲绳

2015.12.31

1

2015年12月26日，我和太太从厦门登上“海洋量子号”邮轮，前往日本冲绳，然后返回上海，为我们这一年的旅行活动圆满收官。

太太挺喜欢邮轮旅游的，我也以为这是一种蛮悠闲的旅行方式。此次邮轮之旅，虽说已是我们第五次上邮轮，但仍有两大吸引物值得期待，即“量子”和冲绳。

2

几次登邮轮，去的都是韩国的济州岛、釜山，日本的福冈，而冲绳从未涉足。

游冲绳，曾是我的向往。大约二十多年前，冲绳县政府复建二战时被摧毁的旧王宫首里城。首里城中原收藏着中国皇帝赠送的龙袍等珍贵织品，而今这些织品均流落在民间。民间收藏者不肯将其捐给首里城，仅愿意提供实物照片。冲绳县官员只有到中国寻求复制织品的高手，挑来拣去，选中了南京云锦研究所。云锦人仅凭对方提供的照片，将龙袍等七件织物一一按原样准确还原了出来，令冲绳人大为赞叹。我也曾是研究所的顾问，这次旅行，南京云锦研究所的所长王宝林与我们同行。我们都很期待访问冲绳，重温云锦人的旧作。

中国皇帝的龙袍何以会出现在冲绳呢？说来话长，且作短说。冲绳，是个政治历史的畸形儿，多少带有些许神秘色彩。它原名琉球，历史上是中国的藩属国，岛名还是中国明朝时期为之取的。日本在明治维新后，开始觊视琉球并入侵，至1872年将琉球王国变为日本的琉球藩，最终于1879年将其完全吞并，设冲绳县。期间，琉球国王曾向中国求援，而清政府自顾不暇，无能为力。到了1945年，美军攻占冲绳。为此，冲绳成立了八重山共和国。这个共和国仅维持了一周生命便告寿寝，而后被美国代管。至1972年，美国竟单方面将冲绳交给了曾经的敌对国日本，并至今仍驻军在其庞大的军事基地，占用的土地达冲绳岛面积的20%。由此，中国龙袍的冲绳去向，也可从中认识：美国凡事从来都从自身的利益出发，全然不顾其他，是个多么不靠谱的超级大国。

我和太太在万座毛景点留影。

冲绳街景有一龙舟装饰。

我们此次在冲绳停留的时间，掐头去尾也就大半天。行程中仅安排了两个游览点，其中有首里城，让我们吃了颗定心丸。我们游览的第一个点叫万座毛。“毛”是琉球方言，指的是大草坪。这个“毛”可容纳万人席地而坐，悬在20米高的断崖边，面向着蔚蓝的大海。其景观还是不错的，但规模过小，看点单一，未能点中大家的兴奋点。可能正是这个原因，参观了万座毛之后，整车的旅游团员大多嚷着要在有限的时间调整行程，增加购物点。结果少数服从了多数，游览首里城的计划就这样被“无情”地摒弃了。我们的团员多为搞旅游的同仁，没想到也会那么热衷于东洋货，可见在日本购物多么富有磁力。

我本打算好好游览冲绳，还想专门为之写篇文章，题目也想好了，叫“冲绳一日”。结果没找到任何感觉，也就没什么好写的，仅留下如何在购物点排队买单的印象了。

3

“海洋量子号”邮轮，是此行的另一个吸引物。这艘巨轮可容纳 4 180 名乘客，为迄今世界上最大的、最先进的邮轮之一，于去年 9 月下水试航，今年 5 月便迫不及待地驶抵了上海。

“量子”号上的“冲浪”设施。

由此可见，“量子”十分看好中国市场。这也让我们能在第一时间体验颇具科技含量的邮轮设施。例如，以 360 度摇臂支撑在距海平面近 100 米的高空，将游客高高升起俯瞰海景的 North Star（北极星）；让游客在安全、可控和模拟的环境下享受垂直降落和跳伞快感的 RipCord by iFly；可供冲浪初学者受训的 FlowRider（冲浪模拟器）等。不过，这次在邮轮上，几个高科技项目要么预约不上，要么完全不适合我们中老年人参与，只剩下旁观的份了。而且，我还觉得，“海洋量子号”在管理上比之我们熟悉的“蓝宝石公主号”，似乎也略逊一筹。

尽管如此，能在世界顶级的邮轮上一游，已是一种很大的满足。其实中国式邮轮之游，要点不在于落何地游何景，前面已经提到，落了地无非也是忙于购物；要点应是乘坐什么样的邮轮，受到什么样的规格待遇。从这个角度上来说，享受一次“量子”，值了。

4

虽说“量子”之旅未如期许的那么好，但在邮轮上遇到的两件事感动到了我。

第一件事，是南京市中国旅行社在邮轮上举办 2015 年年会。其掌门人包舒天在讲话中几度哽咽，引我共鸣。在我的印象中，这个旅行社过去上不了排行榜，而近几年屡有大手笔动作，令人刮目相看。此次“海洋量子号”航班，就是由它独家承包经营的。要知道，任何一家旅行社想要整船吞下来经营，都会面临着一场严峻的挑战。旅游界人士都知道，传统旅行社近几年受互联网冲击，日子不好过，包括经营大容量的邮轮业务充满了更大的风险。包先生一路走来举步维艰，做年终总结时酸甜苦辣齐涌心头，以至于不得不平复一下心情，方能将讲话继续。我作为老旅游界人士，特别能理解他此时此刻的心境。我在会上说：我们今天能站在“海洋量子号”上开会，没有倒下，而是站立着，就是胜利。

第二件事，是我和太太遇到一对老夫妻带着智障的孩子在邮轮上休憩，深感于：爱在人间。上船的第一天，太太就率先发现了他们。当孩子的母亲牵着孩子与我们擦肩而过时，太太拉着我的手说：一位伟大的母亲。我这才反应了过来：难怪那个孩子始终在盯着我们微笑。说是孩子，已是将近一米九高的大小伙子，只是看不出有多大年龄。次日，我们在碰碰车活动场所又遇到了他们。这回，孩子的父亲也在场。这对老夫妻来自香港，见我们主动上前攀谈，十分开心。父亲告诉我们：孩子六个月大的时候用药过度，将头脑烧坏了，以后只长个头不长脑子，已经四十岁了（真没看出有这么大年龄）。也就是说，父亲母亲已陪伴着智障的孩子，无怨无悔地度过了四十个春秋。我们感佩不已。他又说：孩子很懂事，很善良，和我们一样都怀有一颗感恩的心。他还说：你们主动来与我们交流，能够理解和体谅我们的用心，是对我们最好的褒奖。我握着孩子的手，那手很柔软，也很温暖。我们提出来要与孩子留影。父亲很激动、很认真地为我们拍了照。那场景，真的真的很温馨。

我和太太与智障的孩子及家人留影。

5

“量子”之旅后，就要与“2015”说声“拜拜”了。脑海里始终浮现着香港一家人乐融融的画面，挥之不去。走进“2016”，太阳每天会照旧升起，给大地带来温暖，将爱撒向人间。

“辉煌”出海

2016.7.22

1

7月10日，我和太太终于在上海国际邮轮码头登上了“辉煌”号邮轮。

我之所以用了“终于”二字，是因为“辉煌”号原打算4月首航，后推迟到5月，再拖延至6月，直到7月10日这一天，已是第三次更新航期了。

“辉煌”号邮轮的风采。

早在3月份，我便接受了邮轮主人邀请，答应一定参加“辉煌”号的首航。由于行程一而再再而三地变更，打乱了我原有的外出计划。其间，我有过两次应邀出游的机会，其中一次是去美国的西部，都因与改航的日期相冲突而放弃了。我之所以如此固执，既是为兑现自己的承诺，也是想看看我熟悉的几位创业者首次搞邮轮，究竟搞出个什么模样。

这艘邮轮，德国制造，是由太湖旅业集团购入并命名的，于去年11月从希腊雅典的港口出发，航行了24天来到上海。去年12月3日，旅业集团在上海和平饭店召开邮轮到港庆典活动，隆重宣布“辉煌”号的诞生。我也是在那次会上就定下来参加首航的。这个集团是我国迄今拥有邮轮且自主运营的为数极少的民营企业。也许那几位创业者过于自信，以为很快就能办好“辉煌”号出海的所有手续，于是早早确定了首航的时间。不曾想各项手续的办理没那么简单，中途还遇到有人质疑邮轮的改装并投诉，导致申办的过程变得十分复杂。这才使得首航一拖再拖，以至于真要开航了，反倒以为是“狼来了”。

好事多磨。我们是在7月6日忽然接到10日首航的通知的。正当我们整装待行，又传来“尼伯特”台风袭来的消息。这个特大台风从台湾登陆，转向福建，又直扑浙江和上海。这势必会影响到“辉煌”号的出海。大家都在时时关注气象预报，以为又会有什么不测，直至9日黄昏5点钟左右方被最后告之，首航的时间不再更改。看来“尼伯特”刮到上海，已是败下阵来。

7月10日，我们早早乘坐中巴从南京出发，中午抵达上海港国际客运码头。按原先的计划，邮轮将安排游客下午登船，17点开航。实际上，我们眼巴巴地等到晚上8点才登上“辉煌”号。这恐怕多少受“尼伯特”的残风影响，也可能还有其他人为的因素。好在游客上了邮轮，也就安下心来。我这个人有个坏习惯，换个新地方的第一个晚上总是睡不好觉。半夜爬起来，发现邮轮仍笃定地停泊在上海滩。这是怎么个情况呀？直到第二天清晨5点钟左右，邮轮才缓缓动了起来。也就是说，“辉煌”号正式出海并非7月10日，而是定格在了7月11日这一天。

“辉煌”邮轮的航程，原计划是4晚5天，中途停泊日本下关、韩国济州岛。经这么一折腾，它的整个行程变成了5晚6天，直到7月15日方执行完首航的任务。

2

“辉煌”号，吨位4万吨，属中小型邮轮，比之同类型的海航“海娜”号略小，又比渤海“泰山”号略大，可以一次性接纳1 200名游客。

“辉煌”号首航，没有搞任何仪式，一切都显得有些仓促。例如，按《海上生命安全公约》规定，大凡游客上了邮轮，第一项活动是参加紧急救生演习。“辉煌”号并无此程序，也许是考虑到游客饿瘪了肚皮上船，先让大家解决“温饱”问题再说。只是，到了当晚10点多钟还无动静。我真有点为“辉煌”号担心。这可是国际上强制性的规定，任何邮轮必须严格执行，难道这次要破例？还好，第二天上午10点钟，邮轮给大家补上了紧急救生演习的必修课。我们带上救生衣，按照邮轮指令的路线来到甲板上，接受船员的救生辅导。我太太对我说，前几次上邮轮参加演习，都没去学如何正确穿戴救生衣，这一回总算正儿八经地学习了。

登邮轮之前，我在候客厅与太湖旅业开拓者之一的曾先生有过短暂交谈。他告诉我，参加“辉煌”号首航的游客仅300余人，都是临时在小圈子里网罗进来的。我以为，从确定首航到成行只有三四天时间，能招徕到这么多游客，已经是高效率了。他又说，原本是要邀请各地旅行社老总参加首航的，以加强宣传促销，后考虑到时间过于匆忙，邮轮上的服务肯定也不到位，就放弃了。这是对的，否则效果可能会适得其反。

游客在邮轮上参加紧急救生演习。

在邮轮上，我遇到了太湖旅业的掌门人魏先生，与他也有过几次交谈。他虽有众多事务缠身，仍置身邮轮的首航之中，就是要亲眼看一看会出现哪些问题。他也希望我能帮助多找些问题，多提些意见。他还告诉我，邮轮返港后将休整10天，用于总结首航中的经验教训，并立即加以整改。

从严格意义上说，这次“辉煌”号的出海，既是首航，也可视为试航。

3

我以为，作为邮轮旅游，首要的是保证起航和返航的时间。这次航行恰恰是最无时间概念，好在因有“尼伯特”台风的说辞，还能找到推脱的理由。不过在航行中，邮轮对北京与日韩时间的转换也有点混乱，以至于游客按《邮轮日报》刊出的时间去参加活动，竟然找不到北。顺便提一下，《邮轮日报》的编辑似乎也有失水准。千万别小看这份普普通通的日报，它在某种程度上代表了邮轮的文化品质。

邮轮在设施及物品配置上也暴露了不少问题。例如，7 楼船尾的大型酒吧顶篷漏雨，阳台房的阳台因是顶篷也漏雨，而此次航行偏偏大雨不断，直接影响了这些场地的使用。魏先生已经注意到漏水问题的严重性，表示返航后马上整改。又如，客房里没有配置烧水壶，只是在餐厅或酒吧供应开水，以至于时见游人手拿水杯四处走动，形成一道怪怪的风景线。再如，有天晚上我在客房里洗澡，刚把身子弄湿，热水就淌不出来了，只好悻悻作罢。后来得知，因供应热水的水箱之间相互切换，会有短暂的停水时间，很快就可以恢复正常。我哪里知道其中的“奥妙”，反正那晚没洗成澡就上床了。

我还觉得，邮轮上的活动安排显得比较单调，缺少应有的欢乐氛围。这固然与活动场地面积有限有关，但也不尽然。倘若活动策划组织得出色，螺蛳壳里也能唱大戏。

我常去 7 楼船尾的酒吧取热水，看到与酒吧相接的一个场所，内设有若干排长桌，每桌配备了一台电脑显示屏。一群服务生整装待命，因少有游客光顾，也都闲极无聊。偶见一疑似游客坐上了桌，有服务生辅导他在方格纸上填数字。我上前瞄了几眼，感觉有点像去年在美国洛杉矶看到的带有博彩色彩的宾果游戏。那是我第一次见识“宾果”，很是好奇，还当作新闻写进了《加州阳光》一文中。我向邮轮的服务生讨教此玩法，果然是从“宾果”演变而来，又利用了轮盘概念重新设计的游戏，博彩的刺激性远大于美国的“宾果”。据说，这种玩法在台湾地区以及东南亚蛮流行的，大陆的广东一带可能也这么玩。不过我以为，这样的博彩游戏在华东地区未必水土就服，倘若要有人辅导才能玩得转，恐怕难有人气。邮轮上的活动场地原本就少，拿出这么大的一块地方搞这么个玩意儿，实在值得商榷。

邮轮上的餐饮质量，游客是非常看重的。我和魏先生在交谈中扯到了餐饮。还没等我发声，他就抢先说：你肯定要提意见，没有档次高的菜肴。我还真不是这个意思，倒是要为菜肴点个赞。因为尽管每餐的菜肴品种较少，但都在不断变换花样，看得出厨师搅尽了脑汁。重要的是，菜肴符合大众舌尖上的滋味。能做到这一点，并不容易。要知道，我在其他邮轮吃上几餐，就开始乏味了。当然，餐饮上的问题也有不少。例如，早餐上的牛奶和豆浆交替供应，显得有点小气。而其他邮轮不仅双供应，还备有酸奶。又如，水果及西点的供应也很可怜，尤其是水果，似乎不舍拿出来给大家吃。再有，餐厅包括客房均不提供袋装茶和咖啡，无形中大大降低了作为国际邮轮的品位。我是个茶客，每天都离不开茗茶。以往上邮轮我都会自备茶叶，后来发现邮轮上配备的袋装茶非常丰富，这次就没再带，结果足足喝了四五天的白开水。这事儿说起来既尴尬又好笑。

顺便再提一下，餐厅入口的洗手机形同虚设，几乎无人使用。要求游客餐前洗手，“公主”号抓得最紧。在“公主”号上，餐厅的入口设有专人，督促大家必须使用洗手机。我曾琢磨过这件有点繁琐的小事，深感有此必要。因为餐饮卫生安全绝不是小事，把好入口关就可避免交叉感染，无形中还能让大家养成良好的卫生习惯。而“辉煌”号的餐厅不设防，一方面说明对饮食卫生重视不够，另一方面也与服务不到位有关。

说到邮轮上的服务，显现的问题就比较多了。游客从刚开始登邮轮时，就遇到了大麻烦。因服务生要挨个给每位游客拍照登记，而他们操作的熟练程度实在不敢恭维，动作缓慢得让人发急。这就难免会让排长队的游客怨声载道了。我看到魏先生在那里观察了许久。他一定是在思考，首航登入者仅 300 来人便是这般状况，今后游客人数翻上几番又该如何是好呢？我还觉得，邮轮上广播员的播音比较生硬，有时说话的语气又像晕了船，可能是紧张之故。有件小事件也要说一说：在邮轮上的第二天，我发现客房中的小毛巾少了一件，以为是服务生一时疏忽，而第三天仍然如故，并未补上，让人感到服务过于马虎。类似这样的小事还有不少，不一一枚举了。服务的优劣，往往体现在服务的细节上。邮轮的管理者与服务者一定要有讲究服务细节的强烈意识。

4

前面已经提到，“辉煌”号首航的目的地是日本下关和韩国济州岛。

韩国的济州岛，我们几次乘邮轮几乎都要到此一游，我也写过《在蓝宝石邮轮“公主”号上》《济州岛游》等文章，这里就不多说了。唯一要提的是，这次导游带我们去的保健品专卖店，专卖的不是传统的高丽参、护肝宝，而是一种从未听过的新品，叫“蚕丝氨基酸”。据介绍，它以蚕丝为原料，通过12道工序制成，具有提高婴儿发育、调节月经、保护血管脑细胞、祛除身体有害物等18种机能。我的第一反应是，中国是蚕丝王国，这样的产品理应由我们来做才是。另外，韩国在保健品研发上真的很有一套，值得国人学习借鉴。由于这个新品尚无知名度，我所在的旅行团队无人购买，尽管如此，仍给我留下很深的印象。

日本的下关，位于本州的最西段，自古以来便以海、陆交通要塞闻名，是隶属于山口县的一座滨海城市。“辉煌”号在此港停泊，无疑是聪明的选择，因为我们从未来过，甚至没听说有这么个地方，对其充满了新鲜感。由于“辉煌”号是首航下关，当地政府也很重视，安排了新闻媒体采访，给大家发放了宣传资料，还招待我们夜游了“海峡梦之塔”。

“海峡梦之塔”，高153米，是下关市和关门海峡陆上的标志性建筑。其塔顶的观光球体，外为玻璃面、内设3层观光台，属世界首创。从观光台上360度眺望，除了城市建筑外，关门海峡、濑户内海、海峡彼岸的九州连山等也都尽收眼底。

这里得说说关门海峡。这个海峡夹在本州、九州两岛之间，最窄处仅700来米。可以这么说，从中世纪到近代，日本历史上每一次大的动荡无不与“关门”有关。而今，海峡上建了座关门大桥，沟通了海峡两岸，致使从本州的下关到九州的福冈，仅需半个小时的车程。实际上，我们这次既要在下关游览，也得去福冈。去福冈的目的，是安排大家到免税商店购物。而下关，因少有邮轮停泊于此，尚未开办大型的免税商店。不过我以为，随着下关旅游业的发展，肯定会改变这个状况。

在下关，除了当晚游“海峡梦之塔”外，第二天下邮轮乘坐大巴，仅去了一个叫“赤间神宫”的游览点。我们从停车场徒步前往“赤间神宫”，途中看到一个挂着“日清和谈纪念馆”牌子的建筑，询问之下方知竟是清政府李鸿章前来与日方谈判的场所。正是在那个建筑里，双方签订了《马关条约》。这是个令中华民族蒙受耻辱的不平等条约。我打开下关政府编印的《欢迎您来到海峡与历史的城市——下关》（中文版）宣传册。那上面刊登了20多个景点的介绍，并未将“日清和谈纪念馆”列入其中。看来编印者照顾到了中国游客的面子。不过，我倒很想走进去看一看，苦于没有单独行动的机会。这段蒙羞的历史，值得回头看，值得面对面，值得引以为鉴。那才叫有面子，那才能更加振奋我们的民族精神。

我们参观完“赤间神宫”，便坐上大巴离开了下关，跨过关门大桥直奔福冈。到了福冈，无非是接二连三地购物。游客购物，是地接旅行社的主要收入来源。这个，你懂的。而日本的商品，从家用电器到居家常备药，都挺受欢迎的，购物也就乐此不疲。我们最后一站的购物地点是在运河城。导游要求大家下午4点钟务必集合返程，因城里有大型活动，要实行交通管制。导游是位来自中国的女性，一本正经地对我们说，活动的时候满大街都是光屁股的男人了。这让我们感到愕然。

我们的大巴一路往回开，并没有发现马路上有什么异常，以为是导游忽悠我们早点结束行程，好让她交差了。忽而，游客中有人发出惊叫。原来他看到马路上行走着一个“光屁股”的男人。所谓“光屁股”，是这个男子上身穿着民族服装，下身仅围着个兜，类似相扑运动员穿的那般。大家正在议论纷纷，而随着大巴的继续行驶，眼前出现了惊艳的一幕：在马路的一侧站满了“光屁股”的人群，其间还穿插着不少花车。他们整装待发，准备游行。你想呀，那一望无边的“光屁股”队伍，扛着彩旗，簇拥着花车，是何等壮观的场景呀。导游告诉我们，这是福冈每年7月都要举行的“山笠祭”节庆活动。日本各地都有表现本土风俗的节庆活动，内容十分丰富。十多年前，我曾在京都有幸撞上了“葵祭”。“葵祭”的场面也很大，游行队伍的服饰不是“光屁股”的这种，而是非常华丽，带有浓烈的宫廷色彩。这次我又赶上“山笠祭”，很是难得，也是缘分，真想跳下大巴好好观赏一番，可惜身不由己。

我之所以欲跳下大巴，是因为很想了解一下游行时的交通情况。我一度负责过全市的旅游节庆活动，很难想象可以在城市的主干道上，组织如此庞大的游行队伍。

回到“辉煌”号，在甲板上信步，凝视着滨海的下关。那长长的海岸

福冈“山笠祭”的游行队伍。

上设有重工业区，但可见炼油厂等众多工厂高耸的烟囱正在冒着浓烟。日本的工业污染完全超出了我的想象。我又想到那个途经的“日清和谈纪念馆”，虽没捞着看，但已在我的心中留下了印记。我们南京的滨江也有个叫“下关”的城区，那里曾于1842年签订了中英《江宁条约》（又称《南京条约》），这是中国近代史上的第一个不平等条约。现在，尽管下关区已不再称作“下关”，而在当年议约的静海寺建了《南京条约》史料陈列馆，设置了“警世钟”，让我们这座城市世世代代警钟长鸣。

下关设有“日清和谈纪念馆”。

下关沿海岸的工厂冒着浓烟。

5

“辉煌”首航（或为试航）行将结束，虽没搞什么仪式，但还是安排了一场告别宴会。船长携高管首次亮相并与大家共进晚餐。我和太太因中途进场，没听到船长的致辞，只是注意到当船长及高管提前离席时，游客们报以了掌声。这掌声是对此次航行的认可。

太湖旅业集团掌门人魏先生对我说，他们注册了钻石国际邮轮公司。“辉煌”号是第一颗“钻石”，今后还将引进若干“钻石”，形成一串“钻石”项链。这是魏先生的中国梦。他正在为逐梦做着不懈的努力。

浦江“乱弹”

2015.2.28

长引

乙未年的春节来得比较迟。

2月10日，朋友张波约我赴浙江浦江，参加当地的乡村旅游节庆活动。尽管再过八九天就是春节了，我还是乐意前往。都是搞旅游的，不就是去捧个场嘛，何况人家还能看得上我。

浦江是金华市下辖的一个县。金华的义乌、东阳、横店都曾去过，唯浦江完全陌生。这恐怕也是想去的原因之一。

到了浦江，方知当地建了一个很有规模的温泉度假村，要在乡村旅游节上搞一个温泉论坛。而论坛的演讲人竟然指定张波和我。这让我们遭遇到“突然袭击”。张波是搞温泉的，常到各地做温泉讲座，加讲一次“小菜”一碟。而我，毫无准备，又不好意思推辞，只有硬着头皮“乱弹”了。

“乱弹”，浦江六项国家级非物质文化遗产之一。所谓浦江乱弹，乃是一种地方戏曲，始于南宋末年，初为以地方民歌“菜篮曲”打底的坐唱曲艺，至明朝中叶由坐唱搬上戏曲舞台，并在邻近州县广为流传。浦江县风景旅游局金见映局长陪同我们在农家大院进餐时，讲到了浦江乱弹对京剧的唱腔产生过相当大的影响。巧而又巧的是，我在2008年出过一本散文集《行色》，在文集中就设了一个“乱弹”篇。我在“乱弹”篇引言中如此感慨：“乱弹，清代对昆曲之外的戏曲唱腔的统称。京剧出自于乱弹。又会有什么可以从京剧中‘乱弹’而出呢?”

没能目睹浦江的板凳龙，只好将高淳的板凳龙亮出来了（濮阳康京供图）。

在浦江的国家级非物质文化遗产中，还有一项也让我倍感亲切，即民俗活动“板凳龙”，俗称长灯。这是我在农家大院门内的黑板上看到的：春节要到了，请来观看板凳龙。我之所以倍感亲切，是因为我的祖籍江苏高淳也舞“板凳龙”，俗称长乐抬龙。所谓“板凳龙”，顾名思义：龙身均为长板凳组合而成。虽说两地的“板凳龙”龙身都是长板凳，但也有很大差异。浦江的龙身板凳是裸露的，几十只或几百只串联在一起，操作起来十分严谨，相当有难度。高淳的是将每只板凳包扎成直径1米的一段龙身，舞耍更需相互间配合得“天衣无缝”。金见映先生告诉我，浦江板凳龙是在2006年被列入首批国家级非物质文化遗产的。至于高淳的是否有此荣耀，不得而知。不管怎么说，浦江和高淳两地的民俗文化是多么的“心有灵犀”。

金见映是个明白人，与我们一番交流后，便私下吩咐他的助手小郑：他们不会喜欢参加开幕式等形式化的活动，除了论坛，其他时间安排考察景点。这是小郑后来告诉我们的。正是金先生的特别关照，让我们获得了游览仙华山和江南第一家的机会，增添了我在论坛上“乱弹”的谈资，也就有了论坛的命题：乡游·温泉·文化。

还得补个白：这一节本为全文的“小引”，结果写得超长，而且可能比后几节的正文还要长，就改作“长引”吧。

乡游

“乡游”，是乡村旅游的简化，一般不这么“简”称，只因要与下两节“温泉”和“文化”相对应。在乡村旅游节的温泉论坛上以“乡游”开讲，想来是切合的。

说到乡游，自然会想到成都的农家乐，尤以三圣乡的“五朵金花”闻名遐迩。而农家乐的发源地并非三圣乡，是在与之相邻的郫县友爱乡农科村。那是个生产花卉的专业村，花农常在自家院落与客商茗茶、进餐。城里人也喜于来此消闲。1987年，成都报界的一位记者下来采风，见此场景，受一幅中国通俗年画的启示，将其命名为“农家乐”，并写了篇“鲜花盛开的村庄”报道。此后，便有了三圣乡的“五朵金花”，而且“农家乐”的旅游休闲项目逐渐风靡全国。

我曾于2006年赴成都参加全国乡村旅游现场会，并特意去参观了农科村。当时农科村已搞了一个“农家乐”史料馆，将乡村旅游最早绽放的这朵“鲜花”如实地记录下来。观后颇有感触，也从内心感谢那位采风记者的独具慧眼和为之作出的贡献。当时未能记住记者的名字，后来在会议材料中查找，虽然多处讲到有关农家乐的缘起，但只字未提有这么个记者，令人十分遗憾。我曾在《成都：金花五朵竞娇娆》（收入散文集《行色》）一文中叹道：“农家乐，一位记者的发现与命名。而农家乐，越是有了名气，越是淹没了记者的名和姓。”

南京的乡村旅游与成都相比，因城市的消费观念有差异，起步晚，零星分散，规模也小。直到2009年全球发生了金融危机，反倒给南京乡村旅游的发展带来了契机。怎么说呢？那一年，各地为拉动内需，广为发放旅游消费券，尤以长三角城市最为热烈，有新闻报道称发“疯”了。各地发放的对象，主要是外地游客，以吸引更多的人到自己城市来消费。唯独南京是向本市市民发放，而且发放的是乡村旅游券，目的既为拉动内需，还要培育乡村旅游市场。这个与众不同的举措，效果是有意外惊喜的：其一，激发了市民的乡村旅游热情，甚至也在潜移默化地改变市民的消费观；其二，激发了乡村办旅游的热情，并刺激了乡村的交通指示、环境美化、食品卫生等旅游品质的提升。

接下来，南京的江宁区开始打造“五朵金花”。江宁区旅游局局长杨永清曾约我讨论“五朵金花”规划。记得当时我建议弃用“金花”，改为“凤凰”，寓意山沟沟里飞出金凤凰。这个意见虽未被采纳，但江宁的“五朵金花”借成都的名气一炮打响，现已发展为十几朵“金花”了。南京的浦口、六合乡村旅游也在营造“珍珠”“茉莉”系列，大有你追我赶之势。

南京的乡村旅游还有朵奇葩，就是高淳国际慢城。2011年1月20日，南京旅游学会与高淳县旅游发展指导委员会联合举办“高淳旅游发展战略高层论坛”，主要议题是如何在高淳桠溪塑造国际慢城新形象。“慢城”，是世界慢城联盟组织的称谓。但凡加入这个组织的村镇，都可以成为“慢城”联盟会员。当时的高淳桠溪已经申请并即将被吸纳。我作为论坛组织者之一，以为“慢城”这个概念实在是太符合潮流了。与会的专家也都有同感，在论坛上提出了许多建设性意见。让人大开眼界的是，高淳桠溪一经以

“慢城”面市，立即红红火火起来。“慢城”，一个世界民间组织的名号，演变成了一个乡村旅游景区的名称。

我对浙江的乡村旅游，了解不多。此次之行，倒是在我们游览仙华山的过程中，偶见了浙江全省最早发展起来的农家乐专业村。这是同行的资深记者章国斌向我们介绍的。章先生供职于浙江《江南游报》，现出任华东旅游媒体联盟会长，曾单车“车游”全国，是位地地道道的旅行家。这次我们赴浦江“被”邀上讲坛，便是他一手谋划的。他告诉我们，早于仙华山的农家乐在富阳，只是未能坚持下来。想起来了，1998 年的元宵节，我去富阳参加杭州的华夏城乡游开幕仪式，其间考察了富春湖的新沙岛农家乐。那是一次挺新鲜的经历：先是乘船上岛，再坐老牛拉慢车前往参观点。从牛车上下来，品尝米酒，观看犁田、制作土纸等农事操作表演，并参与其间，乐在其中。我写了篇《富阳：农家乐，我也乐》的文章（收入散文集《印象》），予以了赞赏。不过，那时候我就有点担心，因当时“观光型”旅游主导着市场，像农家乐这样的项目是否会有客源，不容乐观。章国斌所说富阳的“没坚持下来”，多半是指新沙岛的农家乐。

我在温泉论坛的讲台上感叹道：浦江仙华山的农家乐完全是由农家自发开办的，而且至今仍办得有声有色，实在很难得。我向坐在第一排的金见映局长建言：真该为仙华山农家乐专业村搞一个乡村旅游的专题研讨，并通过研讨确认为“浙江农家乐第一村”，为之立碑。碑刻要做得美观大方，既形成一个景观，也增加了村子的乡游文化含量。

论坛上有人提问：乡游与温泉是否有关联？这就应了我的第二则“乱弹”：温泉。

温泉

说到乡游与温泉的关联，我太有感触了。

二十多年前，我去江浦县（今南京市浦口区）的温泉之乡汤泉镇考察。镇上的温泉设施是加了顶的大池，四周都是敞开的，外围有矮墙做遮挡。男劳力下工回来直奔大池，享受免费温泉，“泡”去一身疲惫，再回家吃老婆或老妈做的晚饭。日复一日。我曾问，老婆老妈泡不泡温泉？回答是，

这是 1995 年 4 月，我在南京汤泉拍摄的风情照片。

妇女们会在晚饭后赶“女汤”专场。虽说这对女性有些不公，但整体上不失为一幅恬静的风俗画卷。这样温馨的场景，至今仍印象深刻。

我在 2007 年写过一篇《啊！云锦》的文章（收入散文集《行色》）。文中提出：南京最应该打的旅游宣传口号是“温泉之都”。这是基于南京除了江北拥有历史悠久的汤泉温泉，江南更有汤山温泉。两温泉均与皇室有关。尤其是汤山温泉，1 560 多年前江夏王刘义恭颂《汤泉铭》；1 060 多年前文字学家徐锴建“汤泉馆”；现代有 1919 年建的温泉设施“陶庐”；再接下来是 1927 年国民政府定汤山为休沐之地。一座城市的温泉，拥有如此丰富的历史文献记录，在世界城市中恐怕也极为少见。

我查阅到民国十四年（1925）商务印书馆发行的《金陵名胜写生集》附录“最新南京游览指南”。其中介绍到的游程共六路，即以市中心为起点，分东路、西路、南路、北路、中路和汤山路。显而易见，汤山路是六路中唯有的一条乡村旅游线路，具体内容为：“汤山有温泉，四时常温。近就泉结屋为浴堂，复开有旅馆菜馆。凡至其地，可就温泉洗澡。澡资每人一元。即常浴此泉者，可疗皮肤病。若在陶庐住宿，头等房间每夜十二元，二等八元，三等四元，每间可住二人。西餐每客一元，中餐一元。”我们从中可以看到，乡村旅游与温泉的关联了。

不过，以往能享用温泉的，除了温泉原住民外，非富即贵，而且往往与疗养有关。在汤山史料中，不乏有名人泡温泉治好顽病的记载。新中国成立后，汤山建有军人和工人的温泉疗养院，亦可视作是传统泡温泉的延续。这样的格局一直到2004年方被打破。那一年，国旅联合上市公司在汤山建了座“颐尚温泉”，吸引了大批旅游团队前来沐浴，生意做得十分红火。它的成功之处在于，借鉴了广东等地区将温泉与旅游联姻的做法，即建露天温泉公园，在公园内设若干汤池，又在众汤池中分别添加中草药以及牛奶、啤酒等，玩“花样”温泉。在“颐尚温泉”市场的刺激下，华东地区许多城市纷纷效仿，大兴温泉旅游。有的地方深钻地下二千多米，大有不钻出温泉誓不收兵之势。地下水资源的管理似乎是个盲区，如此滥采，安知祸福?

我个人并不赞赏玩“花样”温泉，以为泡原汤才过瘾，才是真正享受温泉。我去过日本、新西兰的温泉浴场，泡的都是原汤。国内去的原汤温泉，印象深的有两处，即云南腾冲的热海、四川海螺沟的贡嘎神汤。尤其是后者，位于海拔2 580米之处，实在神奇。当我浸泡在高山上纯而又纯的神汤之中，面朝薄雾轻纱半遮脸的雪岭，顿感天地人融为了一体。

当然，我也不反对搞“花样”温泉，毕竟它迎合了市场需求。想想也是，人家购了张温泉券入场，可以泡出那么多花样来，还被小鱼“按摩”了一把，值呀。2012年1月，世界温泉组织秘书长索利曼、副主席乔瓦尼为第65届温泉年会选址来南京考察，看到有那么多旅游团队在汤山的“颐尚温泉”消费，很是羡慕，表示要从中学习中国温泉旅游的经验。他们都来自欧洲，而欧洲的温泉主要用于医疗。其实，国内也有温泉企业在向欧洲学习，以弘扬传统温泉的理疗作用。看来温泉多样化的利用，都值得肯定，而不该排斥。

再看看浦江兴建的温泉度假村，以90多个汤池号称华东温泉之最。这样的规模确实是个卖点。不过，主讲温泉的张波私下对我说，主办方让他结合浦江温泉谈点具体意见，只是上讲坛前尚没拿到温泉的日出水量、所含矿物质等资料，让他没办法点评。这可能是主办方忙于节庆及论坛的繁琐事务，没顾上提供资料吧。而这些资料正是反映温泉品质的基本依据。我在日本泡温泉，印象深的是，每个浴场都挂有铜牌，铜牌上标的是权威部门出具的温泉所含成分。我虽看不懂铜牌上的日文字，但看出了浴场主人的诚信，也产生了一种明明白白消费的安全感。这应该属于自然科学类的温泉文化。我在论坛上就特别建议，浦江温泉也应挂上这样的铜牌。

温泉文化除了自然科学属性外，当然还有往往被忽略的人文属性。接下来，我便就这个话题“乱弹”一下。

文化

我这里讲的文化，仅限于温泉文化，随意而“弹”，未讲章法。

说到温泉文化，首先想到的是我熟知的南京汤山、汤泉两大温泉。它们均有悠久的文化历史，都富含着太多的故事。汤山的“颐尚温泉”生意做火以后，忽而想到掏点小钱，“玩”一把文化，于是找到了我们旅游学会。其实，这是“颐尚温泉”在规划建设初期就应该“认真”去做，而不是“玩”一把的事。尽管如此，我们还是“认真”查阅汤山的史料，为“颐尚温泉”做成了两个小项目。

我们先做了一个题为“名人与汤山”的文化廊，设在“颐尚温泉”会议中心的外走廊上。文化廊展示了近二十位历史名人在汤山的屐痕，彰显出其文化之厚重。汤山地区有一座射乌山。射乌，即射日。乌，远古太阳之称。相传后羿逐十日至射乌山，射落九日，留一日在天上。我们将这个传说也搬上文化廊，并借此引出温泉之源：“乌没汤山，化作温泉”。这样的一个文化廊，投资极少，影响颇大。世界温泉组织秘书长索利曼在“颐尚温泉”考察时，曾在文化廊前流连并拍照，还让翻译逐图讲解。可以这么说，小小的文化廊，为汤山成功申办世界温泉组织第65届年会作出了贡献。

接下来，我们为“颐尚温泉”后续的温泉区域“汤山之汤”做了环境文化设计方案。其主题是：一座“汤山之汤”，一部《南汤山志》。《南汤山志》是民国二十六年（1937）出版的一部地方文献，而且是以记载温泉为主的典籍。在温泉记载中，又以当代艺文为主。为此，将《南汤山志》融入

“汤山之汤”，可让沐浴者进入后感知汤山温泉历史，尤其是感知民国时期的温泉文化。这是一个崭新的文化创意，得到了中国温泉协会的充分肯定。

又要说到浦江兴建的温泉度假村了。它叫“仙华温泉国际度假村”，名称太长，不好记，也就不利于对外宣传。我在论坛上进言：广东有个“御温泉”，全国有名；这里的应简称为“仙温泉”，一叫就响。何以可以称作“仙温泉”呢？因为它的地理位置极佳，是在仙华山下。

仙华山，山峰组成了“山”字。

仙华山，江南第一仙山，有明代刘伯温诗为证：“仙华杰出最怪异，望之如云浮太空。”据古《东阳志》称：轩辕黄帝之女元修在此山得道升天。民间传说更有少女元修祈雨救旱、采药济民等众多故事。山中有祭祀庙宇，香火不绝。宋嘉泰三年（1203）正月，宁宗敕赐庙额“昭灵宫”。其顶峰海拔720.8米，曰少女峰。它突兀耸立，造型奇特，从“仙温泉”眺望之，犹如昂首的神龟；换个角度看，又如二指禅；当我们入山至昭灵宫处再视，呈现的是少女的五指，还清楚地组成了个“山”字。实际上，当我们一走进仙华山，就能感受到山中有种缥缈的气场，让人心旷神怡。

在昭灵宫前，同行的旅行家章国斌说，山里面还有神秘的“天书”。所谓“天书”，是指在大山深处有不少顽石，上刻大小不一的相同的图案，形如蜗居之鞋印。章先生将之称作“天书”，后又看到一块指示牌，标的是“万古图腾”，看来还未有正式名称。我们按“万古图腾”的指示方向前去探访。章先生因考察过他所说的“天书”，自称熟门熟路，给我们带路，走着走着竟迷了路，几经辗转，仍一无所获。到底是仙山迷境呀！正当我们扫兴欲归时，章先生突然在低凹处找到了一块，让我们攀岩而下。在“天书”前，他告之：有人说它是自然形成的，也有人认为是人为的，尚无定论。我仔细观察、小心抚摸，以为天造无疑，只是不像文字类的“天书”，称之“万古图腾”倒还说得过去。我更以为，它是少女元修得道升天前想象天上的绘画作品，可以将其命名为“元修绘天图”。我这么冒昧地命名，是愿仙华山的故事更为完美。

仙华山中顽石上的“天书”。

我在论坛上花了不少口舌讲仙华山，想表达的意思是：“仙温泉”因新开发而成，本身虽无历史积淀，但完全可以与仙华山文化融为一体。我将它称作“仙温泉”，也是这么个意思。遗憾的是，“仙温泉”是欧陆式建筑风格，浴场的文化内容也比较杂。倘若它在规划建设阶段，就确立“仙温泉”主题，围绕主题选择建筑样式，将浴场营造为梦幻般的仙境，这样的温泉应该是独一无二、充满魅力的。话又说回来，现如今浦江温泉的主人真要做地方文化，还是可以“亡羊补牢”的，如同汤山的“颐尚温泉”一样。其实，我们要做的“文创”产品很多，例如，那个“天书”，或叫“万古图腾”，或为“元修绘天图”的图案，完全可以作为“仙温泉”的标志，还可以此图案研发旅游纪念品等。以上仅为个人见解，仅供温泉主人参考。

当然，我并不赞成将文化搞得做作而低俗。我有位朋友叫杨林川，被称作“中国当代前卫油画家”，也是位作家。他送我一本杂文集《千万别叫我学者》。其中有一篇文章调侃了当下所谓的“文化”：“现在洗澡不叫洗澡了，叫水文化；吃饭不叫吃饭了，叫食文化；上床不叫上床了，叫性文化；做裤子不叫做裤子了，叫服饰文化。前两天某地盖了个五星级茅房，一学者说这是‘在改变中国传统的厕所文化’。靠，他硬是把好端端的文化，抹上点卫生间的味道。”他这个人总是那么桀骜不驯、信口开河，不过还是给搞文化的提了个醒。

尾声

作为文章的结尾，是有感于在节庆活动招待晚宴上观看的浦江乱弹新编说唱。

那个节目，先是以唢呐、笛子、板胡等吹奏乐器开场，接着是一二十位中年男女上台说唱，唱腔粗犷高昂，表演激情四射，很难不被其感染。只是新编的唱词过于空泛，缺少劳动和生活情趣，让人达不到应该达到的兴奋点。

忽而想到我在论坛上的“乱弹”，缺少的正是那么个激情，不过自感说的东西至少是直白的、实在的。

寿县掠影

2015.5.25

1

五月初，好友朱泽荣、白玉琦拉上我和太太外出休闲旅行，选择的地点是二百多千米开外的安徽寿县。一来一回也就两天行程。

寿县，一听似乎就能嗅到一种历史的信息，而且觉得这样的地名值得呵护。之所以如此感慨，是因为我们江苏过去有个泰县，1994年撤县建市（县级市），改成了姜堰市，泰县的地名就此消逝。我当时就不明白，为什么不可以改为泰县市呢？泰县市，既保存了原称，又可从中看出城市演变的沿革，岂不一举两得。

我担心的是，寿县有朝一日撤县建市，是否也会不叫寿县了呢？

2

寿县之行，接待我们的是朱泽荣的朋友、在南京做玻璃工程的寿县人，姓顾名先进。我和小顾熟悉了以后便对他说，父母给你取了个好名字，要你争“先进”呢。他连忙解释，“先”是顾氏辈分中的字，轮到他这一辈，名字里就得有个“先”。

古人始生便有名，成人行冠礼时加字，合称名字。有的人到了一定的年龄会给自己再取若干名，为别号。例如，大众熟知的《红楼梦》作者曹雪芹，名霑，字芹圃，号雪芹、梦阮等。再则，大的宗族都有家谱，族人名字都是按家谱中辈分排序的“字”命名。前不久，我的祖籍高淳续修中山薛城邢氏家谱，让我补充资料。我有机会第一次看到自己的老家谱，得知我乃薛城邢氏第四十九代，谱“字”为“华”。家谱中还出现了我的名字“华毓”。这个名字自己也还是第一次看到，真让我大开眼界。而现在的年轻人似乎都不理睬这一套了，以往的名、字、号以及族辈的排字，仿佛都成了行将消逝的非物质文化遗产。这样的“非物质文化”如今还该不该有人传承下去呢？

回过头来说小顾。我称他小顾，是因他仅有三十三岁，长相敦厚，有那么一股杆子味，虽说年龄不大，却已在南京开了两家做建筑玻璃加工的厂子。我本以为，他小小年纪就小有家业，多半与他的社会背景或家庭经济的支持有关。错！他对我说，自己没读什么书，十几岁就到南京来打拼，一直做“玻璃”的活，直到五六年前才自家竖起杆子来干。这么说，他也算是“南”漂了。他取得的成果，与家庭条件无关、与学历也无关，开玩笑地说，倒是与“酒”有关。因为他告诉我，他一直在没完没了的应酬中，最多的一次连赶七个场子，通宵达旦地喝酒，喝得天昏地暗。他说得挺淡定，而我听了脸上在笑、心里在痛。这孩子真不容易呀。

这个自称没有文化的小顾，带我们接连看了寿县最有文化的几处地方，让我们在浮光掠影中感受到了它的深不可测。

至于小顾的文化表现在哪里，是学历，是智商还是情商？说不清，理还乱。

3

我们最先去看的是城北八公山下的淮南王刘安墓。刘安因谋反未遂，在汉武帝派审判的特使到达之前自刎而死，这已是距今 2 100 多年前的事情了。他的墓居然保存至今？这让我倍感新鲜。

清代修建的“汉淮南王刘安墓”。

走入刘安墓园，方知此墓为清同治八年（1869）修，后于 1989 年重修，列入省级重点文物保护单位。墓形为“覆斗式”，周长 120 来米，四面筑高 1 米的青石护土墙，墓前存清“汉淮南王墓”碑，如是而已。

其实，刘安葬在何处，一直有疑义。据古志书载，墓是在城南，至清末又有志书说是在城北。而最终选择在城北修墓地，显而易见是出自后人对刘安的一种念想。

无论怎么说，能看到有这么一座刘安墓，真让我为之一震。要知道，赋予刘安永恒生命的，不是其政治上的拙劣表现，而是他光辉的学术成就。他的影响至今的代表作《淮南子》，涉及自然科学、人文科学的各个领域，集古代思想之大成，开后世学术之先声，如同鲜花怒放，永不凋谢。其中还收有众多神话传说、至理名言、成语典故，又饱含着浪漫主义的文学色彩。我曾编著过《金陵神话传说之旅》小册子，写到玄武湖和汤山时，就发现其与《淮南子》中的“女娲补天”“后羿射日”有关。正因为此，我在虚拟而简朴的刘安墓前，找到了太多的感觉。我是搞旅游的，甚至以为倘若建一个《淮南子》主题公园，定会让寿县旅游大放异彩。

我忽而又觉得，将刘安墓放在八公山下，还真选对了地方。所谓八公山，与刘安的门客苏飞、李尚等八位方术之士有关。相传八公在山下终日研读炼丹，丹成，拥刘安登山大祭，即日“升天”。搞笑的是“鸡犬舐药器者，亦同飞去”。这也就诞生了“一人得道，鸡犬升天”的典故。这个典故充满哲理，至今仍成为一种普遍的社会现象，欲罢不能，令人深省。

离开刘安墓，走上几百米，便到了八公山公园的大门。因正赶上庙会，大门外广场一片狼藉。有外省来耍猴的，从猴子的表演中，可看出耍猴人平日里驯猴的残忍，让人不适。还有以领袖为招牌叫卖湖南臭豆腐的，那个叫卖声似曾熟悉，想起来了，是在高淳游子山庙会上听到过一字不差的吆喝。而今，有那么一批生意人专门跟着“庙会”走，走南闯北，不亦忙乎。

面对庙会的脏乱和嘈杂，我们一时没有了心情去登八公山，仅在山下销售紫金砚的铺子里转了转。紫金石是寿县特有的矿产，制成紫金砚也是当地的传统工艺，现因矿产禁采，已显得挺宝贵的。

我们还参观了刘安墓附近的一家豆腐加工厂。据说，豆腐也是刘安发明的。我们曾在刘安墓的入口，注意到寿县人民政府立有一碑，上书“豆腐发祥地”。尽管官方确认了这一“据说”，但在我看来依然是“据说”而已。由于淮南王刘安当政时“拊循百姓”，他的《淮南子》强调“安民之本，在于足用”，他本人又注重养生之道，所以后人将《淮南养蚕经》《淮南草木谱》《淮南王食经》等均伪托为刘安所作，其中也包括豆腐的发明。这一说法，最早见于南宋朱熹《次刘秀野蔬食十三诗韵·豆腐》诗句“早知淮南术”。淮南术，乃淮南王刘安之术也。可见，这一“据说”已有相当的历史，可以引为“正说”了。

大家在那家豆腐加工厂买了不少豆制品。晚餐时小顾还特意给大家安排了豆腐做成的几道菜肴。那桌上的豆腐菜肴，且不说吃，看看也觉“爽口”。想到刚才庙会上吆喝湖南臭豆腐，真是在关公面前要大刀了。

4

次日，有半天的游览时间。小顾让我们参观了古城墙和文庙。

寿县的古城墙规模有限，全长 7 147 米，仅为南京明城墙的五分之一长，高度也只有明城墙的一半。作为南京人游览寿县城墙，就像是在看微缩景观。不过，由于古寿县是中原通往江南的咽喉，地理位置显赫，筑城的历史十分久远，现存的城墙也已是宋代重筑的，被列为全国重点文物保护单位。

寿县古城墙之瓮城。

寿县古城墙不仅历史悠久，也很有个性。例如，城墙的四座城门均为瓮城，其中的北瓮门西向出、西瓮门北向出，均未按常规“出牌”。又如，城墙的顶宽 4～10 米，而底宽达到 18～22 米。这是因内墙呈直角三角形的斜边状。也就是说，在内城的任何一处城墙根都可以沿斜边登城参与防御。当然，这也为从城内逃往城外提供了方便。再如，城墙设置了十分科学的防洪功能。据记载，1991 年寿县发生百年未遇的特大洪水，正是这座城墙的防洪设施，保护了城内十多万人的生命和财产安全。这么古老的建筑，为世世代代子孙做出了这么大的贡献，实在令人感佩。

我们登上城墙北门，又沿内城的城墙根转了大半圈，禁不住为古寿县喝彩。有点遗憾的是城墙已基本修复一新，缺少了沧桑感。为什么不可以保留一段原始状态的城墙呢？亚洲对文物的保护与欧洲的做法不一样，喜好修旧如旧，而不是去呵护残缺。修旧修不好，自然就如新了。其实，残缺也是一种美，而且蕴藏着珍贵的记忆信息，尤其是古代遗存的残缺美，完全被我们忽略了。

寿县的文庙，与城墙一样，也是全国重点文物保护单位。这是我不曾想到的。我们南京的夫子庙“牛”吧，但充其量仅达到市级文物保护单位的级别。而寿县文庙之所以有如此荣耀，是因其古老的建筑。它始建于唐代，原在城内的东南隅，至元代迁移到现在的西大街中段。我们可以看到，大成殿前生长着一雄一雌的两棵银杏树，均有700多年的树龄，便是历史的见证。从元代到清末，它曾经历过42次修、扩建，形成了庞大的建筑群。如今的建筑规模，显而易见已打了折扣。例如，文庙原有“泮宫”“快睹”“仰高”“德配天地”“道冠古今”等五坊，现仅存前三坊了。尽管如此，它的核心建筑保存了下来，已实属不易。

我们在文庙转了一圈。游人稀少，大成殿等建筑也是大门紧闭。文庙一侧的奎光阁挂了块“寿县文化旅游精品斋”的横匾，里面是销售古玩的铺子。我走进去，遇到一位游客在向店主询问能否买到寿县的古玩。店主回答，寿县的都被人淘尽了。外省市的古玩，这里有的是，可以挑选；这里没有的也可以帮搞定。这样的回答让那位游客语塞。我从奎光阁出来，又见到一位游客在自言自语：这么好的地方，脏兮兮的，怎么没什么可看的。他说“脏兮兮的”倒不至于，可能是灰蒙蒙的意思吧。只是，寿县文庙确实没将文庙文化做出来，也就“没什么可看”了。我忽而想到，南京夫子庙景区刚开放时，奎光阁不是也卖过小吃、做过茶庄吗？

与清冷的寿县文庙相比，弥漫着商业气息的南京夫子庙则是人满为患的繁华。一样的孔庙，不一样的景象，假如你是“爸爸”，会去“哪里”呢？我说的“爸爸”，是指正在风行的电视栏目《爸爸去哪儿》中的“爸爸”。

5

午饭后准备返程，小顾忽而提出顺道去他农村的家看看。他的父母已给我们每人备下了黄豆。原来在此之前，我们欲找市场购买做豆浆的黄豆。他知道了便说，不用买，会给大家带。他也就这么一说，不想当真了。

我们驾车从大路开进小路，从小路拐入乡间小道，又拐，再拐。车窗外视野开阔，宁静致远；抵达目的地，方觉田园深处有人家。

小顾的家，在寿春镇九龙乡兴隆村顾家老圩。这个老圩想必居住的是顾氏一族了。小顾家的住宅有一座二层楼房。二层一侧的平台，搭建了玻璃暖房，无疑是小顾擅长的佳作。楼房的对面是一排平房。其中的粮库堆满了稻谷，好似“备战备荒”。平房的一侧有水井，是用摇臂下压抽水的那种。近处有水塘，塘畔的野树横长着伸向水面，实在是小景大美。

小顾与他的母亲在准备给我们带回去的韭菜。

小顾的父母，为人热情爽朗，已早早在屋前迎候。我们与他们初次见面，没感到有什么陌生感，倒像回到自己家里一样。他们不仅给我们准备了黄豆，还在现场整理着收获的韭菜，好让我们捎回家。不一会儿，小顾的父亲又拿了把镰刀，动作敏捷地往自留地里走。我们就跟着他去看，跟着，跟着，竟然跟丢了。好在我走在最前面，又有农村插队的经历，小跑几步，捕捉到了他的身影。他已在地里铲莴苣，也是要让我们带回去的。他的这番真诚，让我们心怀敬意。

小顾的父亲已年近花甲，身体还很硬朗，育有一儿一女，女儿也在城里跟着儿子干。在乡下，只有他和老伴忙着十亩的责任田，守着这个传统的家。我和他聊天，对他说，可以歇下来享受天伦之乐了。他回答，身体还行，还可以再干干。他又皱着眉头对我说，孩子大了，不听话了，真拿他们没办法。我不知道，也不方便打探他们父子间会有什么纠结。家家都有一本难念的经。不过，从他的眉宇之间，我还是可以强烈感受到，他对儿子的爱之切。

因要赶回南京，我们只有带着“大丰收”匆匆与他们告别。说实话，就这么离去，我有点不舍。

寿县之行，印象最深的倒不是看到什么景点，而是去了趟顾家老圩小顾的家。

"润耕"莱西

2015.4.24

1

4月中旬，我应南京路宝公司法人陈世金的约请，跑了趟山东的莱西。

莱西在哪里？在莱阳的西面。这是在潍坊火车站接站的小于告诉我们的。莱阳这地方，想必大家都听说过，因盛产梨著名。有道是：烟台的苹果莱阳的梨。这就像说到沙河鱼头，都知道那里有个天目湖，或是吃龙虾会想到盱眙一样。说句俗话，许多地方之所以受众面广，因为与"吃"脱不了干系。也有与"物"相关的，例如潍坊与风筝。潍坊，过去人们不甚了解，自打在那里搞了一届又一届的风筝节，也就有了名气。这应该是旅游节庆发挥的效应吧。

莱阳也好，莱西也好，都隶属于青岛。只是，我们没从青岛而是由潍坊转车去莱西的。

2

去莱西，挺不方便的。我们从南京出发，乘了4个小时的高铁到潍坊，还要再坐2个小时的汽车方可抵达。

到了潍坊，一出火车站就看到"青岛·莱西2015世界休闲体育大会"的巨型广告。我的第一感觉是忽悠。现如今拉上几个"洋面孔"撑场子，便冠以"世界""国际"的活动比比皆是。不过，这一次还真算不上忽悠。它确确实实是世界休闲组织举办的。

这个世界休闲组织（WL），我还真有所了解。它成立于1952年，成员来自世界各地，每两年都要选择一个城市举办成员大会。杭州就承办过2006年的大会，还搞了首届世界休闲博览会。我当时在南京市旅游局供职，曾组建了博览会的南京馆。杭州的那次世界休闲大会暨博览会，实际上是宋城集团的杰作。我曾与宋城集团总裁，也是我的好友马根木交流，得知集团的幕僚在一次闲聊中，偶然聊到了昆明世界花博会带来的广泛影响，以为杭州也应该举办一个世界级的，而不是自称"国际"性的活动。

他们就在网上搜索，发现有这么个并不起眼的世界休闲组织。进而，他们通过各级政府批准，向世界休闲组织申办大会，又觉得光搞个大会不过瘾，也不会产生多少经济效益，于是就创意了博览会，并得到世界休闲组织的首肯。他们如愿以偿，大获成功。

总裁马先生讲的这番话，听起来就像是一个童话。世界休闲组织大概就是从那时起，走进了中国。它一入门，一定会觉得自己跨出的一步实在太值了，因为中国的市场实在太大了。至于它后来又如何搞出休闲体育大会来的，就不了解了。这或许受杭州开拓博览会的启示，或许与“休闲”已成为当今需求的潮流有关。

这么个正儿八经的大会，选择在莱西这么个小地方举办，让我感到有点意外。我向接待我们的莱西市旅游局局长左杰一讨教：参会的外国运动员想来为数不少，而莱西条件好的宾馆很有限，如何做安排？左先生答：现在的楼盘销售不如以往。我们包租了一个楼盘，作为运动员村。开发商将收取的租金全部用来降低这个楼盘的房价，结果整个楼盘预售一空。原来是这样呀。联想到当年宋城集团利用承办休闲博览会的契机，将自己的一部分景区土地转为了房地产用地。两者真是异曲同工，各展新招。

3

在莱西，有个名为“润耕佰川”的农业合作联合社，让我收获了另一个“意外”。我感兴趣的倒不是它取了什么名字，而是什么叫“农业合作联合社”。这个称谓，既有点熟悉，又完全陌生。

“润耕佰川”掌门人王淑清女士（左二）与她的合作伙伴。

农业合作联合社掌门人叫王淑清，女性，五十岁，短头发，脸庞圆润，身姿飒爽，给人的印象是干练、率直。不过，她一口的山东腔，又带有莱西口音，说话的语速还快，与之交流起来似乎就不那么顺畅了。好在我只是陪客。主客是路宝公司的陈先生，前来与王女士洽谈有关电动观光车的事宜。他的“路宝”电动观光车乃青奥会的指定用车，那可是响当当的。

王女士的农业合作联合社，实际注册为现代农业发展有限公司。王女士十分自信地告诉我们：她已将孙受村等十多个自然村联合起来，共同兴办农业旅游。这些自然村均以果业为主，苹果、梨、桃、山楂等，拥有成片成片的果树，具备了发展农业旅游的天然条件。而每个自然村就是一个合作社，合在一起岂不就是农业合作联合社了。我问王女士：你所说的合作社，是否与解放初期的合作社一个模式？王女士答：那倒不是。原先什么样，还是什么样，只是借用了“合作社”的旧称。

农业合作社，是新中国继土地改革后，搞的一种生产组织形式。到了1958年，农村跨越式掀起人民公社运动，违背了科学发展观，结果也就不言而喻。直至改革开放，开始实行家庭联产承包责任制，农村才又重抖精神。我就在想：倘若当初沿着农业合作化的道路一路走来，中途绝不搞“跨越式”，循序而渐进，现如今又会是什么模样呢？

“农业合作社”已渐行渐远，变得十分模糊。王女士旧称新提，似乎是在追逐一种失去的东西，倒也很是吸引眼球。

4

我们在农业合作联合社的领域里转了几处果园。时值梨花盛开的季节，在白皑皑的梨园里漫步，自然联想起“忽如一夜春风来，千树万树梨花开”的千古名句。古人是以梨园花季来形容美不胜收的雪后景象，而今我置身于真真实实的梨园里，又恍恍惚惚地以为真是在赏雪了。让我惊愕的还有山楂树的长相，不见树叶，光秃的枝干显得十分沧桑，如同古董一

莱西的山楂树，长成这般模样。

般。据王女士介绍，莱西的山楂树种植已有五六百年的历史了。是这样呀？只是，它们的这般姿态，好像不会给人以“山楂树之恋”的感觉，想到的是“白头偕老”。

作为陪客，陈先生让我给主人提点建议。我以为下车伊始，也没什么好说的。如若非得要说，也算没白跑一趟，那就谈点感受。

王女士为自己的项目取了个“润耕佰川”的名字。名字好虽好，尤其是“润耕”二字很有诗意，我很喜欢（已用在文章的题目上），但过于雅致，也不直白，很难记得。要知道，名字切忌难记。为此，我以为得给它取个小名，便于对外宣传推广。这个小名要大气，好记，听得明白，叫得响亮，且称之为“莱西百果园”，如何？供王女士参考。

“莱西百果园”仅是“润耕佰川”项目的总称，旗下的各个子项目也应各有名称，建议叫“某某合作社梨园”“某某合作社苹果园”“某某合作社山楂园”等。这样，游客去的目的地和目的性就很明了了。我这里指的“某某”，是希望将自然村的村名放上去，例如叫“孙受村合作社梨园”，或者就叫“孙受村梨园”等。之所以强调村名，是因为村名包含了丰富的文化。据了解，莱西村镇的名称有以姓氏命名的、有以建村人名字命名的、有以寺院等古建筑命名的，也有以神话传说命名的……应给予地名文化以足够的尊重和敬畏。何况，将农业合作联合社成员的村名响当当地亮出来，更利于调动成员参与的主动性、积极性，增强成员的荣誉感。

我还想借此表达这么一层意思：现在众多的地名，包括城市的街巷、乡村的村落，在大开发、大建设中消逝了，这是无法对后人有个交代、难以弥补的文化伤害。

5

在农业合作联合社的领域里，我们发现贯穿其间的公路都重新做了整修，还在五个节点新设了小型停车场，交通很是便捷。原来这里是世界休闲体育大会的自行车赛道。为此，莱西在这里搞了不少市政工程。这些为大会服务的市政建设，似乎也同时在为“莱西百果园”鸣锣开道。

如此来看，王女士“润耕佰川”撞上了大运，真是老天爷也在助力。

这应该是集中宣传、展示“莱西百果园”的黄金时光，机不可失，时不再来。还有，不妨在赛道的适合地方立上一座纪念碑。纪念碑要做得大方、时尚，刻上大会的会标和中英文“2015 世界休闲体育大会赛道”字样。这既是世界休闲体育大会留给莱西的文化遗产，也就平添了一道游客喜于留影的风景线。

6

我们离开莱西前，莱西市旅游局的左先生给了我一些旅游宣传资料和一把鲁绮绢扇。打开这把折扇，映入眼帘的是宋代女词人李清照写的《如梦令》。这可能是她十六岁时的作品，读之，顷刻间将我带入一个美得不能再美的场景：

“常记溪亭日暮，沉醉不知归路。兴尽晚回舟，误入藕花深处。争渡，争渡，惊起一滩鸥鹭。”

莱西的旅游工艺品绢扇，选用李清照的《如梦令》，是因她祖籍山东。而我感受到的词境，是江南水乡的淡艳。“误入藕花深处”，好一个“误”字了得，莫非这位尚未到过南方的小才女竟已梦幻江南。虽说她写作时是在汴梁（今开封），但并不妨碍昔日《如梦令》为今朝江南水乡之旅游代言。

我的这次莱西之行，仅停留了一天，然信息量过大，似也误入“梨园”深处了。

五华山“先”

2016.5.10

1

“五一”前夕，我和太太整理好行囊，赴安徽五华山一游。

五华山？我在旅游界浪迹三十载，竟不识邻省有座五华山，说起来汗颜。要不是朋友张勇联络此行，真不知道有这么个地方。

我在网上“百度”了一下，得知叫五华山的不仅安徽有，云南的昆明市也有，而且昆明的五华山是座海拔 1 926 米的大山，中有永历故宫、光复楼等景点；湖北的天门市也有，在皂市镇境内，还是 4A 级的景区。这让我愈发觉得自己的孤陋寡闻。中国的山河水实在太浩瀚了。

我太太为这次出游做了不少功课，也在网上搜索到了安徽五华山。网络科技的大能量，是我们以往根本无法想象的。而今，不出门就可以网游天下啦。

2

说到要去安徽五华山，首先联想到的就是九华山了。十多年前，我曾自创了一册集文字（中英文）、图片、邮票为一体的《中国佛教四大名山》。所谓佛教的四大名山，乃五台、峨嵋、普陀、九华诸山也。为了搞好这个作品，我自然要一一造访这四座山，特别是须弄清楚何为“名山”，深感佛教的博大精深。其中的九华山，是因唐代的新罗国王子金乔觉来此修炼，才会有如此荣耀的。

金乔觉，新罗国（今朝鲜半岛）的一位王子，不远千里来到九华山。他自称“弃却金銮纳布衣，浮海修身到华西”，发愿“众生度尽，方证菩提；地狱未空，誓不成佛”。他在山中修炼 75 载，至贞元十年（794）坐化，时为 99 岁。三年后，僧众开启置其肉身的石缸，只见他颜色如生，兜罗手软，骨节有声，如撼金锁。再视之，其貌似佛经中的地藏菩萨，因他是王族出身，被称作“地藏王菩萨”。

地藏，梵文 ksitigarbha（乞叉底蘖沙）的意译，意思是如同大地一样，蕴藏着无限善良的种子，可谓“安忍不动犹如大地，静虑深密犹如秘藏”。据佛经介绍，地藏是在释迦牟尼入灭后，弥勒降生前的57亿600万年之间，现身六道，救度天上乃至地狱一切众生的菩萨。既然金乔觉圆寂后被视为地藏显示，九华山也就成了地藏菩萨的道场。

这是10年前创作的作品《中国佛教四大名山》。

我在这里喋喋不休地讲九华山，是因为我们最初接到出游通知时，误将五华山听成了九华山。九华山的名气实在是太大了。不过，我们在网上查阅资料时，发现那位新罗国的王子是先在五华山驻锡，然后才到九华山落户的。九华山的开寺初祖为南朝宋代的高僧怀渡。有意思的是，这位怀渡禅师也是先在五华山弘法，然后才迁往九华山住持的。现在，尽管五华山较之九华山已无足挂齿，但“五华山‘先’”，则是摆明了的。这让我们对其刮目相看。

3

五华山，坐落在芜湖市繁昌县平铺镇境内，从南京驱车前往，不到两个小时便可抵达。我们是在下午2点来钟出发的，被接待方直接引导到繁昌县城安顿，准备第二天才去目的地。想来五华山那里还不具备有点样子的住宿条件。

繁昌这地方，我在50年前来过。那时候，红卫兵全国大串联，我和九中同学一行4人步行“长征”，目的地是庐山和韶山。引以为豪的是，我们在冰天雪地中，沿着好汉坡一步步爬上了庐山。只不过，庐山后的“长征”

半途而废，改为搭汽车、爬火车了。那次旅行，途经的繁昌留下了很深的印象。因为在那一站，繁昌人不仅安排我们睡得好，而且还让我们饱吃了一顿大米饭。那白花花的米饭的滋味，至今仍能回味，就觉得繁昌真是个鱼米之乡。而今的繁昌，会是什么模样呢？

在繁昌，我们下榻的是华侨国际大酒店。冠以“华侨”的酒店，在改革开放初期是高档饭店的代表。那时候，南京的3503工厂建了座大楼，曾与我们旅游部门有过一次合作。我参与了合作的商谈，给对方开出的条件是冠以“华侨”品牌，以及饭店管理的支持。随着改革开放的深入，高档酒店日渐增多，纷纷引入了国际品牌及管理。“华侨”饭店在南京，甚至不复存在了。而这次在繁昌，又入住“华侨”，倒是有一份亲切感。

繁昌除了有“华侨”这样的老牌酒店，还有不少高档的饭店。我们当晚被安排在奥运酒店的美食城就餐。那座酒店，想来是北京举办奥运会那年建设的吧。美食城的包厢相当之多，间间高朋满座。吃，总是永恒的主题。我注意到，美食城的每个包厢，均以世界各个国家的城市名称命名，心想与“奥运”蛮匹配的。不过第二天，我们在下榻的“华侨”酒店吃晚饭。那里的餐厅包厢好像与“奥运”的一般多，装饰的风格大差不差，而且每个包厢也是以世界各国的城市命名的。我甚至产生了错觉，以为自己又走进昨天的“奥运”。

从华侨国际大酒店的客房向窗外观望建设中的繁昌。

环顾繁昌，不是高楼大厦，就是正在建设中的高楼大厦，好一个繁荣昌盛的景象。而窗外不时响起的爆竹声，还有做广告的喇叭声，刺耳地冲进客房，又搅起我的某种担忧：作为一个28万人口的县城，如此大规模的建设，会不会收获如此大富裕的库存呢？

晚上，我和太太在“华侨”酒店对面的市民广场散步。那一角凉风习习，树影摇曳，石木间道，情侣厮耳，好有现代城市的气息。至于那个白花花米饭的味道，那一刻愈发显得模糊而遥远了。

4

次日上午，我们来到了五华山。

五华山是座小山，海拔仅 289 米，与千米多高的九华山相比，确是小巫见大巫。这就难怪怀渡高僧也好，金乔觉王子也好，均“先主五华，后主九华”了。人往高处走，神仙也难脱俗。

五华山，旧名隐静山。相传南朝宋代怀渡禅师在此建隐静寺，山以寺名。江南首寺是三国时期康僧会在建业（今南京）建立的建初寺，此后便向外发展。可见五华山的寺庙亦有相当的历史。至唐代，金乔觉驻锡隐静山，见此山呈五峰，形如五龙戏珠，便称其为五华山了。因怀渡、金乔觉的五华山“先”，在这里留下众多的历史遗迹及民间传说，成为了当今难得的文化财富。

石阶梯上留有金乔觉的左脚印。

我们到达五华山后，听接待方简单介绍了当地的情况，便纷纷登山游览。我因双膝有疾，不便攀岩，只有在山下“隐静”了。想当年攀登好汉坡上庐山，是何等的英姿飒爽，如今却征服不了这么座小山头，实在是惭愧。罢了，好汉不提当年勇。不过，我又不甘寂寞，听说上山二三十米处，能看到“地藏王脚印”，于是勉为其难地爬去找那个脚印。相传金乔觉在此山中，见远方有九座莲峰高耸，祥云弥散，于是就一步跨了过去，当即留下了左脚的脚印。右脚的脚印则是在九华山的拜经台。我去过九华山，好像并没有留意有那么个脚印。现在，金乔觉的左脚印就在眼前，我用脚比划了一下，大小差不多。想来菩萨与凡人也没有多大的差别。这也应了禅宗的要旨：心中有佛便成佛。

我用脚与金乔觉的比划了一下，大小差不多。

"地藏王脚印"的一侧，立了一个宣传栏。原以为它是用来介绍"脚印"的，一看，不是的，是在做募资建观音寺的广告。这个"脚印"周围的环境真应该好好整治，立上铭牌，广为宣传。这是五华山联系九华山的一个亮点，也应该是五华山的核心景点之一。不光是"脚印"，其他景点我没捞到看，恐怕也是这么个状况。这既很遗憾，也很幸运。幸运的是，如早期就被开发，受当时条件的限制，很可能会导致开发性破坏。这样的案例，不计其数。与其这样，倒不如就这么"原生态"着，也就不无遗憾了。

5

我们这次到五华山来，是接待方在山脚建了一组徽派建筑，想让大家提点建设性的意见。接待方告诉我们：他们是准备在这里搞农家乐旅游项目的，因这里每年都有几次大的庙会，人气很旺。当我们问到规划问题，接待方拿出安徽师大做的一个旅游发展规划文本。根据那个文本，未来的"五华"要打造成以养生为主题的景区。接待方还说，五华山以往是免费开放的，现在搞了建筑，就打算收取门票。门票都已经印制出来了，考虑到山上景点未投资整治，就这么收费说不过去，也就未加实施。他们这样做，是明智的。搞了农家乐项目，就将整个山圈起来收门票？谁会买了门票来"农家乐"呢？更何况原本敞开大门的"五华"，突如其来地关门收费，恐怕对市民也无法交代吧。

我认为，进行旅游开发首先要做好规划。我所说的规划，首先是文物保护性规划。有了这样的规划，旅游策划和规划才可以深入下去。这应是地方政府要做的事情，当然也不排除将此打包，给有志于做“五华”整体开发的企业去完成。

“五华”的开发建设，既要依附于“九华”，又要有异于“九华”。“九华”毕竟是“航母”，太有感召力了。“五华”既然摆脱不了“九华”，就应该主动借力“九华”，方可脱颖而出。具体来说，做好地藏王和地藏菩萨的文章。例如，搞一个金乔觉王子纪念馆，以补“九华”之空缺，说不定还能吸引韩国的游客前来观光。又如，建一座地藏菩萨艺术馆，让游客从中感受佛教文化及禅修养生之道的魅力，以改变到“九华”仅是进庙磕个头、烧个香了事的不足。诸如此例，已属于旅游项目策划范畴了，需充分酝酿，反复论证之。

我还认为，“五华”山中的建筑规划切不可模仿“九华”。在我的印象中，“九华”山上寺庙丛生，各立山头，各自为政，规划缺失。“九华”的这种旧有做派，甚至波及了南京。20世纪90年代，九华山观音峰的宏成法师在南京祖堂山上建寺庙。他很有能量，外出四处募捐，募到一笔钱就搞一个建筑。至于建筑如何布局，据说是他拍脑袋“拍”出来的。我几次走访祖堂山，发现那里很快建成一个规划不甚合理的建筑群。我曾向规划部门的朋友议论过此事，当时他们也找不到好的办法加以制约。现在南京的规划建设法规已十分严格，再不会允许这么做了。“五华”是否也应当吸取这方面的教训，尤其在山上搞建筑，要慎而又慎，以免造成自然和人文景观的伤害。

回过头来说，在“五华”山脚搞建设，本应纳入“五华”的整体规划范畴。现在，建筑既成事实，就要考量它在“五华”未来建设中充当什么角色，以及如何与大景区相配套，如何搞出自己的文化特色。只有这样，方能闯出一片新天地。

6

五华山之行，最大的收获还不是游山玩水，而在于与两位老领导的相聚、同行、交流。

一位曾是我的邻居，后来成为倡导“你扔我捡”的“马路市长”张先生。你想想，你在街上随手扔掉的垃圾，被分管全市卫生工作的“马路市长”捡起来，会有何感受呢？现在说起堂堂的副市长“你扔我捡”，未免觉得幼稚可笑。然而，当时南京的市容面貌脏乱差，市民也养成了不少不良的卫生习惯。要治理城市的脏乱差，城市领袖的示范作用是至关重要的。那时候，全市还经常开展突击性的卫生大检查，让基层的工作人员忙得不可开交。我当时有过抱怨：突击搞卫生，能治本吗？能！现在，南京城市的卫生面貌与以前已不可同日而语。这样的成果，正是通过无数次“突击”运动，一次次完成了从量到质的变化。“马路市长”另一个重要举措是在城内禁放烟花爆竹，并通过了市人大立法。这也在全国开了先河。不曾想没过几年，立了法的规矩禁不住社会上的反对意见又被废除了。我曾在《免“春节”左右》一文（收入《南京旅游研究》2011 年第 6 期）中对此进行了批判。呜呼！社会文明之倒退，竟易如反掌。如今，雾霾压境促使南京重启禁放烟花的法规，令人欣慰。我以为，一个市长在任上做一二件能让市民长久记住的事情，就是一位称职的市长。

张先生卸任后，在做与环境保护有关的事情。几年前我遇到他，得知他搞的是垃圾发电和秸秆生物质产业化利用项目。后者是将麦秆像“压缩饼干”一样压成麦秆饼，用作发电燃料。这是要破解农民在田间烧麦秆的难题。做这样的项目谈何容易，困难重重，吃力不讨好，而他一直在坚持，在守望。这次相聚，从他太太华老师那里听到了好消息：他的项目受到光大集团的青睐并投资，前景一片光明。见到了张先生，真的很为他高兴。他长我 7 岁，身板还是那么矫健，精神还是那么抖擞。在“五华”，他率先爬山，登上了一个山头，还要去登另几个山头，欲罢不能。对此，我望尘莫及。

另一位是俞先生。南京城北狮子山上的阅江楼，便是他的杰作，现已成为城市的标志之一。我与他就是在建阅江楼的时候结识的。最初，我对他捣鼓这么个项目未抱太大希望。因为当时资金匮乏，项目又选址在军事用地，让部队腾地方的可能性不大。而他，从未有过动摇，执拗地昂首向前走，终将阅江楼“送上”了狮子山。后来他去了新疆的伊犁挂职，回到南京任市政协副主席，我俩就鲜能碰上了。这次与他同行，对他有了些许了解。他与我同龄，个头儿不高，嗓门挺大，快言快语，充满热能。他在伊犁挂职时，建过一座汉家公主纪念馆。这是他发掘地方文化创意出来，请了故宫博物院专家论证，在江苏省资金支持下得以完成的。这个纪念馆而今成了伊犁的必游景点。他不是搞旅游的，竟在南京、伊犁两地各折腾了一个知名的旅游项目，让我们搞旅游的情何以堪！

我在与俞先生交谈中，得知他在上中学时就徒步走镇江。他的姐姐在镇江，给了他 10 块钱，让他乘车过去。他将钱揣在兜里，没舍得花，改作“马拉松”式的步行，走了 15 个小时到达了目的地，胆子忒大。他还告诉我：除了镇江，也步行去过扬州。他因喜欢扬州这座城市，曾以乘火车、坐大巴、自驾车、骑自行车等方式数次去扬州，体验不同交通工具带来的旅行乐趣。最近一次去扬州，是在几个月前，他采用了一种全新的乘车方式，仅花了 11.9 元的车费。怎么做到的呢？我很好奇。他给我列出了清单：他从家里出发，乘地铁 2 号线到仙林中心，转 K2 公交到六合东沟，再坐中巴去仪征，到点后改乘仪征 8 路公交到终点站，再转乘扬州 77 路公交，便可最终抵达扬州汽车总站了。这一路走来，真够曲折的，而他津津乐道。我搞了这么多年的旅游，突而发现，眼前的这位才称得上是真正的旅游达人。相比较而言，我不免显得相形见绌。

五华山之旅，转眼间结束了，很轻松，很愉悦。而接待我们的五华山下建设者，还有很长的路要走。欲将“阅江楼‘送上’狮子山”，是要“苦其心志，劳其筋骨，饿其体肤”的，切不可寄希望于“金乔觉王子从五华山一脚跨到九华山”。

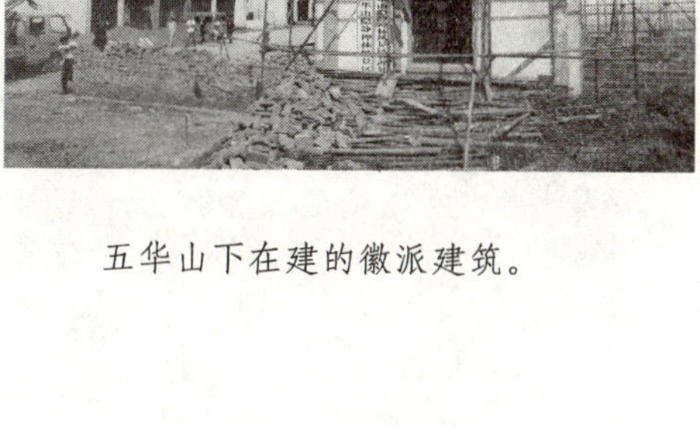

五华山下在建的徽派建筑。

习水泱泱

2016.7.1

1

六月下旬，注意力经济开拓者江苏经贸职业技术学院注意力经济研究所所长吴之洪约请我和南京大学任黎秀女士，走了趟贵州习水，完成了一次难得的旅游考察。

吴之洪（左二）、邢定康（左三）、任黎秀（右二）考察团一行在习水鳛源楼前，与陪同的习水林旅集团杨林（左一）、易政（右一）留影。

习水在哪里？过去只知道，也喝过习酒，却不知出品习酒的习水。它在黔北、川南、渝西的交界处，是个比较偏远的县城，去那里很不方便。我们是从南京飞到重庆，再坐了 3 个半小时的汽车才到达。不过，习水县林业局的胡局长对习水的大交通很是乐观，他告诉我们：重庆至习水的全程高速公路即将完工，届时车程不会超过两小时；途经习水的高铁很快就会建成；茅台镇机场也将通航，距习水仅 50 千米。

此次之行，是习水县林业局邀请吴先生来做习水的旅游策划的，也才让我们有了见识一下习水的机缘。

2

习水，隶属于遵义。

“习水”名称的来历，可追溯到尧舜时期。那时有一支部落族群在这一带河域生息。河中生活着一种非常特别的鱼，被人们称作“鳛”。河流也随之名鳛水，即当今的习水河。

生活在鳛水河域的这个族群，曾于春秋时期建立了鳛国，又在春秋末被新兴的夜郎国所吞并。其中的一支部落离国而去，为缅怀故土，以国名“鳛”为姓。“鳛”字，后简化为“習”，继而再简化为“习”。据中央文献出版社《习仲勋传》载：“习姓历史渊源久远。传说在春秋战国时有诸侯国(今贵州习水一带)，国灭后，即从国名习为姓氏。”

今人有艾淅作《习水赋》，开首云：“鳛鱼绵绵，鳛水泱泱。鳛国以远，习姓其昌。星呈异彩，境毓华章。天荒地老，人文脉长。”

鳛国地区后来的演变比较复杂，毋庸赘述。而鳛鱼尽管已濒临绝种，仍成为地区的一种永恒的象征。据古籍记载，“鳛鱼，鳝然”。“鳝”，视同于“鳅”。而“鳛”，并不同于通常所说的“鳅”，乃龙头鱼尾，喜逆水而行，“为他水所无”。现在的习水人又充分发挥了想象，将《山海经》中有种“会飞的鱼”嫁接到鳛鱼的身上。于是乎，鳛鱼不仅深潜水底，也展翅凌空，不仅稀珍，而且神奇。

鳛鱼的神化，让我们平添了对习水的景仰。

3

我们在习水考察了两天，虽不曾见到远离县城的习水河，却总能感受到因鳛鱼而衍生的鳛文化。

我们下榻在习水新区箐山上的森林之家，眼前就是箐山之巅高耸着的一座楼，名“鳛源楼”。这楼建得挺有创意，形似塔，七级六面，据制高点。楼以“鳛源”为名，尤为之好，一下就确立了鳛文化的核心标志物，让我们为之仰目。

习水发电厂的烟囱在绿水青山中冒出浓浓白烟。

登上鳛源楼而四顾，满目青山，云雾缭绕，宛若仙境。久违了，云雾！在我们那里也只有雾霾密布了。我们正沉醉不已，忽而似被泼了盆冰水，拉回到现实中来：山下有个不小的发电厂，厂内一座与鳛源楼试比高的烟囱，以及两个大胖子冷却塔正在冒着浓浓的白烟。那翻腾的白烟融入群山的云雾之中，分不清是雾还是烟了。这也太煞风景了！好在接待我们的易先生告诉我们，电厂很快就要整体搬迁，为青山绿水让路。他又告诉我们，电厂是在十几年前建设的。那时候县财政窘迫，发不出职工的工资，只有咬牙跺脚搞了这么个项目。电厂建成后，县里不仅摆脱了困境，而且邻近的贫困县还前来借款以渡难关。

听罢易先生的一席话，很是感慨。凡事，得动态地去看。现在铁定是错误的，未必就是过去做错了的。而今，县里又欲咬牙跺脚地将电厂拆除，实属难得，应为之点赞。

我们既然是来做旅游策划的，总得给出点意见。我们的建议是，拆除电厂，不一定就要拆掉厂内的建筑，可以搞一个工业转型后的鳛源文化创意乐园。例如，高耸的烟囱改作跳伞塔或蹦极设施，部分厂房拿来做文创企业或艺术家的工作室等。我们还发现，山下电厂的附近有块空地。易先生指点着说，那是电厂用来堆放废弃煤渣的。他还特意领我们去看了现场。那地方足够大，可以搞一个以文物馆为主的鳛源博览园，里面的吃住游娱购一样也不要少。里面还可以设立青少年培训营地，以培训工匠技能为重点，发扬工匠精神，培养孩子们的动手能力。总之，要建设一个突破传统的新型博物馆模式。

我们以为，有了鳛源文化创意乐园和博览园，就能为核心的鳛源楼撑起支架，使鳛文化得以全面呈现。

4

习水县的四周重峦叠嶂，美得醉心。

习水人不满足于守山，他们还要造水。易先生将我们带到九龙村一个山谷洼地说，这里将建成湿地公园。易先生是县林旅集团的高管，熟知和热爱故土的一草一木，说起家乡山水如数家珍。有意思的是，当我们打开卫星图观看地形时，当地有几位居民围了上来，主动与我们交流，还不时发表意见。看得出，他们很支持政府搞这个项目，而且有股子参政议政的劲儿。他们的质朴和热情，给了我很深的印象。我问其中的一位参与者，这里还有什么景点。她回答：有，往前走，精彩就在后面。

考察人员在九龙村观看地形图。

精彩就在后面，是吗？我们往前走，来到三八水库，瞬间受到了惊吓，以为是到了九寨沟。何以呢？水库的水呈现的是夹杂着绿元素的深蓝色，色彩之艳一点也不输给九寨沟的景观。同行的任黎秀老师曾参与过九寨沟的旅游规划，表示一定好好做番研究，特别是要和九寨沟的做一个比对。她是位在学术上十分严谨的女教授，而且做起规划来特认真、特务实。期待着她的研究成果。我了解到，此处之所以称三八水库，因这是妇女们肩挑手挖的建设成果。我以为，出于旅游的需要，可以将它改称细妹彩湖或幺妹彩湖。这么称谓可能不够准确，不知当地方言对“美女”是怎么个叫法。怎么叫，就怎么来吧。

我们还先后考察了远郊的天鹅池、三岔河景区，均为风景这边独好。尤其是三岔河的丹霞地貌很独特，曾有位学者观此后诗吟“夜郎不用自夸口，碧海丹崖也醉人”。我以为，它完全可以与丹霞山、龙虎山、江郎山，以及泰宁的寨下大峡谷等丹霞地貌试比高。那几处已经作为中国丹霞地貌的整体项目列入世界文化遗产名录。三岔河的丹霞地貌也应该作为其项目的扩容，申请加入世界文化遗产的行列。

5

为我们开车的司机小严是当地人，与易先生一样，对习水的一草一木了如指掌，问什么都能答出个一二三。我起初不知道他的姓名，就称他“百度”。我们想看看古村落。“百度”回答：要的。

我们先后去了羊九村和马皇村。

羊九村的民居散落在山中的关门山湖畔，环境实在是美。我原以为这里盛产鳛部麻羊（又称黔北麻羊，是贵州地方的优良山羊品种，主要分布在习水县境），所以称为“羊九”，其实不然。一位年长的村民告诉我，早年的村名叫“阳久”，因这里的光照少，希望能久一点阳光，后来不知怎么弄的就写成了“羊九”。我们还在一户民居前做了停留。吸引我们的是，一位少妇抱着孩子在门前院子里溜达。她姓杨，是来自江西的打工妹。姓杨的姑娘嫁到了姓“羊”（羊、杨谐音）的村落，也算是命中注定了的。我忽而发现，老房子前晒着 5 双时尚的女鞋，肯定是孩子的“杨”妈的。我们就请杨妈抱着孩子与老房子、新鞋子合影。这种历史与现代的交融，是多么的妙不可言。

羊九的民居多为三合院。正中的一间门槛很高，是祭拜祖先的正堂。我们走进一家正堂，看到祭台的上方书写着“天地君亲师”牌位。这可能是民间的一种信仰。敬畏大自然（天地），尊重父母官（君），孝顺长辈（亲），尊敬老师（师）。如此的民风民俗，是多么和谐的写照呀。难怪与村民们交流，无形中给人一种亲近感，显得特别自然、心畅。

羊九村少妇和她居住的老宅，以及她晒的新款鞋子。

马皇村则是在一个相对独立的山坳里，环境更是美得不行。“百度”将车慢慢地开进了山坳，见到途中的村民都要招呼一下，就像一家人一样。我们呢，都被眼前的景色迷趴了。这可是比世外桃源还要“世外”呀。听说省林业部门的领导也曾大驾光临，也无不为之倾倒，发誓要将这里建设成生态家园的样本。这当然好，但也有点担心，以为在这个地方，无论何种建设都应小心翼翼、顺应“天地”，切不可天翻地覆慨而慷。

羊九村老宅正堂的“天地君亲师”牌位。

在马皇村民居里，我又看到了正堂上的“天地君亲师”牌位。我对担当此次旅游策划的主策划师吴之洪说，就紧紧抓住“天地君亲师”五个字做民俗的文章吧。我还为羊九村、马皇村这组古村落想好了一个总称："习水民谣"。

6

习水县林旅集团的法人杨先生，给我们推荐了比较偏远的古镇土城。他曾是土城的负责人，指挥过那里的建设，在与我们交谈中自然就提到了土城。尽管土城不在这次的工作范围内，但我们还是决定驱车前往。

土城离县城大约有 50 千米。途中得知了一个很特殊的地理情报：县城海拔 1 200 米，而土城仅为 200 米，是前者的零头。由于两地之间的海拔高低差，气温等环境也就明显不一样。我忽而冒出个想法：如果在两地适当的位置各设一个注明海拔高度的标志牌，不就无形中增加了供游人拍照的两处景点吗？导游一路走来也就更有说头了。

车近土城，迎面的石崖上镌刻着"鳛国故里"四个大字。这里是古鳛国的遗址吗？无从考证。谁先用了起来，谁就占据了先机，即所谓的先入为主吧。由此可见，土城的建设者是颇有智慧的。主策划师吴之洪有了些许顾虑：人家已做了古鳛国的文章，我们再做，是否拾人牙慧。我倒不以为然。我们构思的是鳛源博览园，具有古文化遗址和博物馆双重性质，又海纳现代文化娱乐的时尚内容，与土城的项目设计完全是两个概念。再则，土城濒临赤水，当年红军四渡赤水，其中有三次是在习水境内发生的。土城的重点是红色旅游，对古文化多少也会顾此失彼。我们在县城做古今文化的文章，完全可以大展拳脚，与之错位。

我们还看到了土城人贡献的会飞的鳛鱼形象，听说是一位上海画家的绘画作品。这条会飞的鱼，总体上说画得有点新意，构图也很工整。如果要挑它的毛病，似与"龙头鱼尾"的古籍记载有异，添加的翅膀也略显沉重，还不足以浪漫。我以为，鳛鱼作为一个城市的标志物，可以在社会上广泛征集作品，借此也能开展一次广泛的宣传。城市标志可以一图，也可以一个主图、若干个附图。我在想，能否创作一幅张开轻盈的翅膀"飞天"的美人鱼呢？

走进土城老街，已到中午时分。土城负责人陈先生安排我们就餐。餐前我们在附近转了转，没觉得房子是老的，而且误以为跌入到了丽江大研。任老师参与过丽江的旅游规划，也有同感。餐间，我坦率地向陈先生发问。陈先生回答：这里不存在去模仿丽江大研。云贵川的建筑风格本来就有许多相似之处。土城的老街绝对是原汁原味的，只不过搞了些新建筑，作为补充和延展。你们餐后可以亲身去体验。

土城的老街足够长，有 2.5 千米，而且确实是老味十足。这样的规模和风情，是我们不曾想到的，而且还有一种心弦拨动的感受。何以呢？是老街有守望家园的原住民。现在说到古镇老街，都会提到乌镇样本。其实，我并不怎么欣赏乌镇，原因是乌镇的原住民已经出局，使之沦为了一座以老宅为背景的新型人造景观。土城就不一样了，居民乐滋滋地生活其中，充盈着人文情怀。我们走访了一户居民。在住宅的正堂又见到了“天地君亲师”的牌位。这是民风之魂呀。此外，我们还参观了四渡赤水纪念馆、十八帮的帮派展示馆等。听说还有女红军纪念馆，因在老街之外，限于时间没捞到看。

老街上设有一座法国艺术作品馆，很想进去观赏，可惜大门紧闭。这是有关部门请了一批法国艺术家在这里体验生活，创作并留下的作品陈列。我对林旅集团的杨先生说，这种形式非常好，不仅开展了中外文化交流，也宣传了自己，应继续往下开展。长春有个世界雕塑公园，已经搞了近 20 年，有这方面的成熟经验，可以学习和借鉴。

老街与赤水之间有一条红色的自行车跑道。据介绍，这条跑道贯通茅台镇和遵义市，全长 108 千米。我能想象得出，建设这样一条跨区县的跑道，一定是个系统工程，多么不易。骑着自行车沿红色跑道走一段长征路，也很有意义。我有个想法，可以在老街上建一个自行车陈列馆，这也算是在跑道沿线的“占有先机”。中国是自行车王国，民国时期有个旅行家叫潘德明，曾骑自行车环游五大洲，震惊了世界。我们搞过这方面的研究，如需要可帮助老街来做这件事。

在老街，印象最深的是偶遇一位 93 岁的老人。他留着八字胡须，戴着顶礼帽，穿着件长马褂，拄着拐杖碎步前行。陪同我们的导游喊他“袍幺公”。原来他是当地十八帮之袍帮的最后一位帮主。他是在去吃午饭的途中，见到我们便笑盈盈地驻足，与我们交谈和合影。等我们参观了几个景点回到街上，又见到“袍幺公”拄着拐杖，踏着碎步，在小广场上独自行走。他多半是饭后以散步的方式来锻炼身体。这是老街上多么美好的一道风景线呀，以至于直到现在，我眼前还会不时晃出碎步行走的“袍幺公”的身影。

土城的“袍幺公”在与任教授以及导游交谈。

土城的文字是不是写多了，毕竟是在我们这次调研的范围之外。不过，我们都觉得土城已是个比较成熟的景区，从中学到了不少东西，确实不虚之行。任老师当即表示，明年三八节要组织南京大学的女教授们到此一游。我也会向南京的旅行社推荐，建议将到遵义的红色旅游线路延伸到土城。当然，我更希望习水县城也能成为旅游的热点和休闲目的地。这正是我们这次要做的课题。

7

我们在习水足足待了三个晚上两个白天。我们白天考察，晚上交流“新观察”、讨论旅游策划方案，每每搞到十一二点钟方熄灯。熄了灯，也无法入睡，脑海里尽是白天的“新观察”。

我观察到许多市民背着篓子往山里行。篓子里装的都是空空的矿泉水瓶子。他们不可能是在拾荒，那是要干吗呢？原来是去山里取水。取来的山泉水其品质肯定是要远超“农夫山泉”的。

习水有这么好的山，这么好的水，又有这么好的人文情怀，让我们越观察，越倍感压力。我们的策划方案，如若交不出“这么好”的答卷，情何以堪！

我们以为，首先是要保护好习水的生态环境。听说浙大专家提出在这里搞森林小火车，我是很不赞同的。这样一来会损伤环境，二来投资巨大，更主要的是有没有做过市场调研和可行性研究呢？再则，现在提倡慢生活，到了习水就是期许让生活节奏慢下来，完全不必要以小火车来提速。

习水现在是在以建设生态家园为目标。我们以为，其旅游发展的指向可以定为“守望绿色，呵护文化，爱我家园”。我们讨论来，讨论去，就是围绕这样的框架来做文章的。

我和任老师已先行返回南京。吴之洪老师仍留守在习水撰写文案，准备向主人作一个完整的陈述。我们虽人在南京，仍与吴老师保持着热线联系。吴老师最终绘制的蓝图，能让习水人满意吗？

泱泱习水，大路朝阳。

陕州坑居

2016.10.16

1

国庆节后，跑了一趟河南的陕州。这也是我第一次去陕州。

陕州，去年还叫陕县，今年1月划入三门峡市的城区，就称之为陕州区了。我对现在各地方随意改地名一直抱有怨言，期许能留住“历史”。例如，陕县改作城区，如命名为陕县区，岂不可以品味出它的历史沿革，又何必舍“县”为“州”呢？就因为“州”比“县”大、比“县”叫得好听？不过，我这一次的看法露出了自己历史的浅薄。陕州区政协的王贯新先生在与我交流中告之：这里最早为陕县，叫了一千年；后来改作陕州，也叫了一千年；民国初才又废州置县。现在称之为陕州区，并非凭空生造。原来是这样呀。

陕县也好，陕州也好，可见此处的地域历史相当悠久。而“陕”字作为地名，则与地理地貌有关，大意是其地呈“东西狭，南北长”之状。据史载：周武王驾崩，成王即位。成王尚幼，由周、召二公以陕塬为界辅佐。周公主东，召公主西，分陕而治，并在陕塬立下了“分陕石”。

陕塬在哪里？就是在“东西狭、南北长”的陕县，是境内的一个高台地。“塬”者，四周被流水切割而自然形成的高台地也。“陕西”因在陕塬之西而得名，只是未有“陕东”之名。我国不少省名是对应的，例如，有河南，就有河北；有山东，就有山西；有广东，就有广西。“陕东”之缺失，不知何故，肯定有许多遥远的、繁杂的、好玩的故事。有趣的是，作为古代正宗的“陕”之地，现在并不在陕西境内，而辖属河南省。这也是我来陕州前有点犯迷糊的地方。

人文历史与自然地理的“飘移”总是那么纠缠在一起，我等非专业人士是说不清、道不明的。

2

这次来陕州，是应秦淮灯彩国家级传承人顾业亮先生约请成行的。他所在的秦淮灯彩文化发展公司，明年开年要在陕州的地坑院景区搞一个灯会，让我来看看，也好帮出出主意。

秦淮灯彩传人顾业亮与陕州庙上村原住民在地坑居留影。

地坑院是怎么个景区？弄不懂。出发前，我在网上“百度”了一下。这么一“百度”，方知它是今年五月才正式开放的，已经火得不行。据说国庆期间，央视对它做过几次报道，只是我不曾留意而已。至于何以叫“地坑院”，字面上不太好理解，也未再深入去“百度”，给自己留点悬念吧。

我们是从南京南站乘高铁，经过四小时四十分钟，抵达三门峡站的。这趟由上海至西安的高铁前不久刚刚开通，给我们的陕州之行带来了太大的方便。

我们下榻在陕州的一个叫翡翠丽池的度假酒店。这座酒店挺高档的，不仅有露天汤池，在客房里也可浴温泉，美中不足的是没有将温泉文化做出来。我之所以有这个感受，是因参与过南京汤山温泉的文化策划，还写了篇《闲聊温泉文化设计的那些事儿》的文章。说实在的，在浴温泉的过程中品味地方文化，是件“乐不思蜀”的事儿。

我后来才知道，陕州的温泉资源相当丰富，而且历史悠久。据《直隶陕州志》载：“魏武曹操，光武帝曾浴于此。”这可是皇家温泉所在地呀。温泉旅游，是当今休闲度假的一个潮流。我以为，陕州完全可以响当当地打一张“温泉之都”的牌。当然，这其间有许多工作要做，例如温泉资源调研、温泉文化整理、温泉专项规划等。陕州有着丰厚的温泉文化底蕴，再树立一个标杆，努力去做，一定能做出大名堂来的。

3

地坑院是此行的重点。我们一行中的杨女士先行做过考察，关照我们上地坑院前，要多穿点衣服，以免风寒。“上”地坑院，难不成要爬山？莫非去个地坑院，得“上天入地”？其实也不是进什么“山”，是“塬”也。不过，我们的汽车确实爬行了相当一段路程的坡地，方来到地坑院。一路上，我有点疑惑：在这么个地方搞灯会，会不会影响人气。

地坑院，我们来了。

地坑院景区的大门，是座假得不能再假的城门，又略带乡土气息，只是没给人一点“地坑”的感觉。我曾有过假想：既然叫地坑院，大门应是一个通往地下的坑道，从坑道直接入“地坑”。我在还没弄清什么叫地坑院的情况下，就做如此设想，真有点未“下车”就“伊始”了吧。

入地坑院景区城门，通过墙上的图片和导游介绍，终于给我们揭开了地坑院的真相。原来这里是一个村落。所谓地坑院，就是找一块平地，挖上一个6米多深的方形大坑。在坑的四壁凿出一间间窑洞，形成民居。一个地坑院就是一个大户或小户人家。也就是说村民都在地下坑里安居乐业，以至于“进村不见人，见树不见屋”，但闻欢声笑语，还有鸡鸣畜叫。这也令人太匪夷所思了。

我不知道该如何表达眼前见到的“真相”，既信又不信，既不信又不得不信。如今社会造假泛滥，假亦真时真亦假，以至于常犯疑心病。

我看到挂在墙上的一张老照片，是抗战时一位美国飞行员飞经此地时航拍的地坑院，实在太珍贵了。以此为据，美国作家、建筑师鲁道夫斯基在著作《没有建筑师的建筑》一书中，就提到了20世纪30年代陕源规模宏大的地坑院，以为其主体结构没有一砖一瓦，在中国生土建筑中居首要位置，是人类从原始社会迈向文明社会的有力佐证之一。

抗战时期，一位美军飞行员飞经陕县时拍摄的地坑院照片。

我查阅了有关资料。地坑院，属黄土高原地域民居“窑洞”的一种特殊样式，学名为“下沉式窑院”，也被称之为“天井窑院”，迄今至少有两千多年的居住史。现如今地坑院的建筑，随着绝大多数居民的迁出，已在坍塌，并在逐渐消亡。在这个转型期的节骨眼上，陕州区（包括陕县）的掌门人站了出来，对此加以保护利用，搞成了一个地坑院景区，实在是创举、壮举，令人感佩，值得点上一百个赞。

我们现在参观的地坑院景区，叫庙上村，大约有二十多个院落。目前已有十多个院落重新做了修缮，在其间开展一些民俗活动，供游人参观。不过，因修缮彻底，已难看出它的完整原貌了。好在还有十多个院落保留着原生态，倒也成为我们的关注点。我注意到，这些老“坑”的地面上没有护栏，以往村民在地上活动，会不会掉进“坑”里呢？接待我们的区规

改造后供人游览的地坑院。

未经改造的地坑院人家。

划建设局尚先生，恰巧就是在地坑院里长大的。他说小时候顽皮，与同伴们在地上追逐，还真掉下去过。好玄呀。我又注意到，这些老“坑”基本上已无人居住，建筑破损严重。这也是尚先生为之苦恼的事。他说，房子越是没人住，就越会加剧损坏。我认为，可以将它们做些原生态维修（例如不要动用砖瓦），免租吸引文化工作室进驻。他表示，可做参考。

我们在老“坑”四周转来转去，终于发现有个老“坑”冒出炊烟。我们随即下“坑”，见到了“坑”主人。“坑”主人大约五十多岁，正忙着做饭。他对“坑”上来客十分热情，拿出自家种的枣子，让我们无论如何得尝一尝。他家的院落种着苹果树、枣树等，好有情趣呀。不过，他的窑房已破烂不堪，仅有一间勉强住人。他告诉我们，几个孩子都外出谋生了，只有他和老伴在这里留守。这可是守望家园的一族呀。我们一行中的秦淮区人大韦先生当即提出，像这样的户头是不可多得的人文资源，应给予政策性补贴。我想到的是：地坑院景区算是建成开放了，地坑院的软性建设尚刚刚开始。对地坑院原住民的访谈录等田野调查，是其中必要的一环，即使现在做，也已是“亡羊补牢”。这应该是掌门人“守望家园”的情怀和职责。

我还以为，文化遗产需保护利用，又惧保护利用。因保护利用不得当，缺乏科学性，不但起不到保护的作用，还是一种破坏，而且是堂而皇之的破坏。

前面提到的陕州区政协王贯新先生，是忠实的守望者之一。我与他反复探讨“地坑院”这一南方人难以理解的名称。他说，“地坑院”就是当地老百姓的俗称，南方人听不懂，那么有什么可以直白地表达呢？我说，作为搞旅游的要为之推广，也在琢磨这件事，想过好几个名称都觉得不妥，现在算是想好了一个名词：“坑居”。“坑居”，他以为可行，还蛮形象、蛮有味道的。秦淮区人大的韦先生也来凑热闹。他说，地坑院的居住犹如“窝”状。“蜗居”，是当下一个时尚的用词。我谓之：想不到呀，现代“蜗居”的老祖宗在陕州。

昆山辟谷

1

2016年10月19日上午

我和太太前往昆山淀山湖“鹿鸣九里”，参加第66期“郭连杰道医辟谷”培训。这里设有上海玄撒健康管理咨询公司的道医辟谷养生基地。我们这一期的学员来自北京、河北、四川、上海、浙江、江苏等地，共计128名。

昆山淀山湖，我在二十多年前经苏州市旅游局的安排来过一趟，看到的是湖上“打鱼船，汪洋一片”。而今，湖畔已建有不少楼盘，“鹿鸣九里”即为其一。在如此风景宜人的环境中学习辟谷，有“天地人”合一之感。

辟谷，是古代道教的一种养生文化，早在先秦时期就有记载。所谓“辟（古汉字“辟”通“避”）谷”，意为避开五谷杂粮，通过道家的修炼方式，达到不吃也不饿的状态，而且连续几天下来，不仅不饿，精神还特别饱满，又能减肥、祛病。这种“活”法，听起来不可思议，还有点邪门。不过，现在随着社会上对养生的需求，也包括胖子的剧增，形形色色的辟谷班就前赴后继地冒了出来。“上海玄撒”推出的郭连杰“道医辟谷养生”是其佼佼者，仅一年多时间就已办班60多期，在辟谷群体中赢得了声望。

我原本对辟谷是持排斥态度的。我的好友、原南京云锦研究所掌门人王宝林从昆山辟谷回来后，动员我去“辟”。我是避之不及。后来，宝林的不少朋友都去“辟”了，赞声一片。特别是有位朱先生，常年嘴唇乌紫，经辟谷竟恢复常态，很是神奇。朱先生这样的一个“样本”，比什么都有说服力了。又与宝林见面，我和太太就不知不觉加入到他的“辟”圈了。

在昆山开设讲坛的郭连杰老师，乃中医世家，研修道家养生二十多年，现为中国道医文化推广会的会长。传统的辟谷，习者必须要有一定的练功基础，而且经过多年的修炼方能实现。为让辟谷走进普通人家，郭老师总结了前人经验，自创了一套《道医辟谷养生速成法》，可以用三天的课时，就让没有任何功法的学员掌握辟谷的基本要领。这说起来是个创举。

需补充的是，郭老师讲授的课程，除了辟谷外，还有胎息、骨病调理、道家强肾功等。宝林正在研修他开办的所有课程，是他的铁杆粉丝，并成为了他的弟子。可以这么说，我和太太正是在宝林的感召下，来到昆山淀山湖畔的。

2

10月19日下午

午饭后一点半钟，第66期“郭连杰道医辟谷”正式开坛。

首先登台的主持人是位来自东北吉林的小女生，显然过于稚嫩，似乎与道医养生讲坛应有的持重有点不搭。不过，主持人年轻化已是现代的潮流，要的就是青春洋溢，充满活力，善于热场。果然，小女生三下五除二，就将课堂的气氛调动了起来。

在热烈的掌声中，郭连杰老师登台亮相。他五十岁上下，穿着云锦衣饰，身姿矫健，声音洪亮，给人的第一印象是不愧为道医辟谷的传人。

郭老师向大家讲授了辟谷的基本原理。他认为，私藏于深山老林中的古老的辟谷，现在已不再神秘，因为人人都有辟谷的潜能，只是没有开发而已。要开发这种潜能，首先得树立一个强烈的意念，要充分相信避开五谷是能生活得更健康、更有朝气的。他说，这样做的目的，是给体内始终得不到休息的肠胃放一个大假，并顺势排解长期积累其中的“毒素”。古代名医张仲景在《伤寒论》中云“损谷则愈”，讲的就是这个道理。

既然避开了五谷，可以几天不吃饭，那么靠什么补充能量呢？那就是“采气”。要运用意念“采气”于胃中，形成碳水化合物，使之成为一种最佳的食物。郭老师再三强调，辟谷绝不同于绝食，是有“气”的能量来源的，还引用了古人的话，“食肉者勇敢而悍，食谷者智慧而巧，食气者神明而寿”也。

郭老师接下来就辅导大家“采气”。“采气”的方法比较简单，大多数学员当场就能学会。有的学员一时掌握不了“采气”的要领，则由郭老师的助教团队在课间加以辅导。

小结一下这个下午的讲课内容，有两个关键词：“意念”和“采气”，尤其是“意念”，最为重要。郭老师引用了古代“李广射虎”的故事，给了我颇深印象。李广将军“意念”前方有只老虎，一箭射过去，竟然将一块石头射穿。当他发现是石头时再射，就再也无法将石头射穿了。“意念”神力完全超出了人们的常规认识。为此，一定要意念“辟之五谷，以养身心”；一定要意念“采气”于胃，等同于食五谷于口。

3

10月20日

今天进入辟谷的第一天。

昨晚大家还在“农家乐”猛“撮”了一顿，今天一早，就不再进食了。

上课了。郭老师问大家有没有吃早餐，见大家回答不一，有点失落。他坚定地说，你们都吃了，并要求大家响亮地喊：吃了！之所以“吃了”，是郭老师昨日传授了“采气”，而且大家清早确实也在床上采了“气”。

其实，我们除了“采气”，也还算进了食。其饮食标准为早、中、晚各喝一小杯盐水和蜂蜜水。另给大家配制了补气茶，可随时饮用。到了中午，又给大家派发了“郭连杰道医辟谷养生散”，让大家早、中、晚各喝一剂。“散”的成分为黄精、茯苓、黑芝麻、制麸皮、蔗糖等。郭老师解释道：严格意义上讲，给你们初学者传授的是半辟谷。如此来说，我们研习的仅是“辟谷入门”，或者说就是“郭氏辟谷养生速成法”。

上午的课程，主要是巩固昨日讲授的有关辟谷的内容，重点还是“意念”和“采气”。郭老师之所以提问早上有无进食，就是要不断强化大家“采气”的“意念”。“采气”必须建立在“意念”的基础上。“意念”不到，“采气”乃空。课堂上，有学员提出很难采到“气”。郭老师就请这位学员上台，亲自给予指导，并要求助教团队务必加强辅导，使每个学员都能熟练掌握“采气”的方法。他再三强调，“采气”就是吃饭，要早、中、晚各“采”30分钟。“采”不了“气”，也就“辟”不了“谷”。

下午的课程，主要是传授推腹术、灵动功、静坐等几种养生术，似乎已与辟谷的内容无关。不过，郭老师说，这几种养生术都可以作为辟谷期间的辅助运动，也是日常生活中炼身的好方法。郭老师还引领大家“带功加持”了半个小时。所谓“带功加持”，类似于静坐，是让大家在宁静的意念中不断获取能量。

至此为止，我得出的结论是：“辟谷养生”的讲授及实践，实际上仅用了昨日下午和今日上午的时间，便基本完成了。这确实速成，既经济，又适用，是郭老师给大家带来的福慧。

4

10 月 21 日

辟谷的第二天。

这一天的课程，主要是介绍养生及祛病的几种方式方法，虽然讲解的内容不再是辟谷，但因与大家切身的健康有关，还是蛮吸引人的。再有，上午和下午各一次的“带功加持”，也使大家的身心得以放松和愉悦。

郭老师在讲到高血压病时，提出了一种“胎息”健身法，声称它是高血压、心脏病、糖尿病的“克星”。掌握胎息，犹如可“启动”身体内所有细胞的“开关”，为之充分“充电”，建立“新程序”，使生命按“新程序”向健康、长寿运行，高血压等疾病也随之消散。如果说辟谷是“泻”，那么胎息就是“补”。郭老师亦擅长“胎息健身法”，并在办班。课堂上有 27 名学员当场上台，报名参加他的下一期“胎息培训班”。这实际是郭老师的一种办班营销方法，还真是立竿见影。

这一天的课外，也有几则花絮。一则：我们一行中有位资深高血压患者朱先生，对辟谷时高血压不超过 180 的不可以吃药提出疑义。他涨红了脸，与助教团队成员展开激辩，最后以胜利而告终。二则：少数学员头脑发晕，身体不适，以啃苹果应对。我看到一位大块头女学员，一路赶往课堂，一路啃着苹果，挺搞笑的。按规定，学员辟谷时在特殊情况下是允许吃上一只苹果的。我的太太也有点头晕，虽随身携带了苹果，但忍住没吃。三则：19 日开课的那天，我在吸烟处遇上一位特胖型学员，见他无精打采，动作迟缓。今天再见他，竟雄赳赳地在我身边走过。我赶上去了解情况，得知辟谷才两天，他剧然掉了 7 斤膘。7 斤呀，太奇妙了！

5

10 月 22 日

辟谷的第三天，也是培训班“收官”的一天。全部课程会在下午 3 点来钟结束。至此，大家就要各奔前程了。

第一轮辟谷，通常应为7天时间。接下来的两个月，每月也均要辟谷7天。再以后就可以视具体条件而定，想吃饭就吃饭，想吃“气”就吃“气”，随心所欲。郭老师在课堂上反复问大家，回去后各自要独立辟谷4天，有没有信心？能不能做到？大家齐声回答，有信心！能做到！

全部课堂结束前，“上海玄撒”的董事长袁炜走上讲台，发表了简短的讲话。我记住了他其中的一段话。他说，做一件事不难，认识这件事很难。例如喝水，包括喝什么水（白开水、盐水、苏打水等），什么时间段喝水最为科学，营养学家各有所表。哪一种说法最正确呢？听谁的呢？

袁先生提出了一个难解的课题。联想到我们现在尝试的辟谷，它科学吗？不过，经过这次实践，有一点无可置疑：三天没吃饭，没有饥饿感，反倒是精神饱满。这真有点不可思议。我们是乘坐朱先生驾驶的商务车来的。他原先担心辟谷后没力气开车返程了，结果当然反之。

我一直在琢磨，难道我们真的是吃了“空气”，填满了肚子？这似乎找不到科学依据。我是这样猜想的：每天喝三次盐水、蜂蜜水，再加上“辟谷养生散”，已满足了人的生理需求。每天采三次“气”，是用气撑住人的胃器官，使之不会感到饥饿，也使之不至于萎缩，避免受到伤害。这仅是我个人的猜想。认识这样一件事，确实很难。

至于我回去后能否坚持辟谷4天，恐怕难做到。因两天后我要奔赴江西抚州，参与抚州市的旅游策划案。届时，大家都在吃饭，而我独自“采气”，岂不成了一个怪人？我“怪”不来，还是顺其自然吧。

闲聊温泉文化设计的那些事儿

2016.2.22

1

温泉，地质地热有异所致，地理历史十分悠久。

泡温泉，古之习俗。中国温泉圣地之南京汤山地区，于1993年出土了距今约30万年至60万年前的南京直立人头骨化石。当代人推断：我们有理由相信，最早享受泡温泉的当数南京直立人了。

泡温泉，除了温泉地区的原住民，有钱有闲的人群更是闻之趋之，乐此不疲。温泉之旅，成了一种休闲商品，颇有人缘。日本是个温泉大国，分布着约2.2万个温泉源。日本人对温泉天生有一种信仰，以为它仰仗地球的力量升温，涌出地表，具有不可名状的魔力。老百姓在劳作疲乏时，就会不由自主地说："好想去泡温泉啊！"欧洲亦然。作为温泉之神的雅典娜，普遍受到顶礼膜拜。文艺复兴时期画家卢本斯有幅名画《青春泉》，描绘了老人们泡温泉后返老还童的场景，以此歌颂人生。这幅画作现收藏在德国柏林美术馆。

人们在泡温泉的过程中，逐渐认识到了它的理疗价值，并作为养生之道一直流传。中国的南朝梁《沐浴经》、唐《千金要方》及《宫廷千金要方》等，均对温泉的医疗作用有详尽的记载。日本在奈良时期，温泉便作为神泉用于治疗疾病。欧洲在罗马时代，众多温泉源地建有温泉设施，平日里供社交活动所需，战争时则作为伤病员的疗养场所。而今在欧洲的许多国家，温泉理疗被纳入到了公共医疗的范畴。

2

中国在改革开放后，国内旅游风生水起。其中，泡温泉由小众的休闲疗养拓展为大众的娱乐项目。这种中国式温泉旅游，先是在广东地区发力，后来迅速蔓延到重庆、江苏、辽宁等富温泉源地区。

为迎合中国式温泉旅游方式，温泉设施的建设亦风起云涌。建设的形式大同小异，无非是刨若干个大小不一的露天汤池，汤池四周营造园林环境，汤池中分别置放牛奶、啤酒、中草药等各种添加物，供游客玩“花样”温泉。规模大的也有称作温泉主题公园的。这样的表现方式千篇一律，讲究的是娱乐性、趣味性，而缺少了些温泉文化。

这是1933年东南大学周玲荪的水彩写生画《汤山温泉》。那时候的温泉自然溢出，现在须打井获取了。

所谓温泉文化，大致可以分为自然、人文两大类。

温泉的自然类文化，主要指温泉本身的自然科学属性，以及温泉所处的自然环境。我在选编“民国旅游人写南京”的旅游文集《金陵屐痕》时，收集到一篇《温泉沐浴记》（刊登于民国十六年的《旅行杂志》）的文章。作者记叙了在汤山泡温泉的经历，其中就详细记载了温泉的化学成分。我到访过日本北海道、富士山、福冈等地的几处温泉，每一处温泉均挂有铭牌，其上标出了温泉的科学含量，让游客明明白白地去“泡”。这当然与温泉的理疗作用有关。而我们现在过度强调了它的娱乐性，反倒淡化了其他。再有，是温泉的环境。我印象最深的是在四川海螺沟的贡嘎神汤泡温泉。

这个神汤坐落在海拔 2 580 米高处的海螺沟二号营地。泡在神汤之中，眺望着薄雾轻纱半遮面的雪山，顿感天地人融合在了一起。当然，像贡嘎神汤这么好条件的很少有，大多是前面讲到的营造园林环境。这些年涌现的温泉人造景观大同小异，并无特色可言。

温泉的人文类文化，主要指温泉本身的历史及所在的地方文化，也包括温泉沐浴的仪式感。

2010 年 6 月，在日本的洞爷湖温泉山庄，大家泡温泉前进餐，特有仪式感。

说到仪式，日本人很是讲究。那些从我们中国传到日本的茶道、花道、香道等，人家都搞出了一套一套的仪式，很像是那么回事。至于他们泡温泉有何仪式，没去多了解。不过，我们每次在日本泡温泉，都得先换上统一的浴衣，然后集体被安排到餐厅席地而坐。服务员给每人端上一盘精美的日本料理。大家一边品尝，一边交流。餐毕，方鱼贯而入温泉池。每每经过这么个过程，我似乎就有了一种泡温泉的仪式感。

再说温泉本身的历史及地方文化，这就要因地而议了。前面提到的南京汤山温泉，历史就相当悠久。早在南朝刘宋时期，便有江夏王刘义恭赋《汤泉铭》，为汤山温泉留下最早的文字记录。南朝时期，文字学者徐锴在汤山建汤泉馆，又成了温泉设施的最早文字记载了。到了民国，众多政府要员，包括蒋介石夫妇、张静江、于右任、吴稚晖、张学良等，都是汤山温泉的常客，现还遗存着蒋介石先生温泉别墅。汤山还有许多与温泉有关的美好传说。汤山地区有座射乌山，相传是后羿射日（“乌”，远古对“日”的称谓）的地方。十日中之九日被射下，沉入地底下，化作温泉。又传，南朝萧梁时期皇太后在汤山沐浴，治愈了皮肤病，为此皇帝封其温泉为“圣汤”。汤山温泉的历史，实在太丰富了。

2005年春，“国旅联合”上市公司在汤山建成了“颐尚”温泉度假酒店，是模仿了广东一带搞温泉主题公园的做法，而没有理睬汤山温泉本身具有的历史文化，很令人惋惜。在此之前，我参加过“国旅联合”开发温泉项目的研讨，提出能否利用汤山温泉的皇家文化优势，搞一个世界各国的皇室温泉博览园，让游客在参观的同时泡温泉。这个意见当时无人理睬。“颐尚”温泉尽管没什么创新，投入运营后仍然一炮打响。毕竟，这是江浙沪发达地区首个温泉主题公园，有新鲜感，也就很有市场，尤其是受到上海游客的青睐。

3

2010年6月，“国旅联合”规划发展总监张波到南京旅游学会找到我，希望能在“颐尚”温泉度假酒店补给一点本土文化的项目，花钱不要多，点缀一下就可以。这是“颐尚”温泉开业后的第五年头，业务做得挺火的。在这种情况下，人家还能想到给项目增添文化色彩，蛮难得的，或者说有所觉悟，算是“亡羊补牢”。我和张波，还有旅游学会会员、“包豪斯”艺术设计总监朱泽荣，在“颐尚”上上下下走了几圈，议定搞一个“名人与汤山”的文化长廊，地点选在酒店会议中心的外廊。文化长廊由钢化玻璃构建，文字及图案直接印在玻璃上，使其有通透感。我负责总策划及文案工作，收集了从古至今近三十位与汤山有关联的名人资料，并配以图片，集中展示到文化廊中。其序言则引用“后羿在射乌山射乌，乌没汤山，化

2012年2月，世温联秘书长索利曼在“颐尚”“名人与汤山”文化廊前流连拍照。

作温泉”的神话传说。此文化廊建设共计投资10万元人民币，应该算是很小很小的文化项目。没想到，这么个很小很小的文化项目亮相后，获得了很大的反响。2012年2月，世温联秘书长索利曼为第65届年会选址来汤山考察。他在“颐尚”“名人与汤山”文化廊前流连拍照，还要求译员将廊中文字逐句翻译给他听。他一定是被汤山温泉具有的如此深厚的文化底蕴镇住了。

4

2011年底，“国旅联合”张波又一次来到南京旅游学会，找到我和“包豪斯”的朱泽荣。他告之：“颐尚”温泉现已辟出一片相对独立的区域，大约有近二十个汤池，命名为“汤山之汤”。希望我们能对这一区域进行环境设计，使“汤山之汤”成为整个“颐尚”温泉的文化核心区。

这是一个很有意思的命题。它不同于“名人与汤山”文化廊的平面展示，而是要将汤山的历史文化作立体的呈现。好在我曾于2008年组织、陪同中国作家协会的会员到汤山进行过采风，并将他们的作品编辑成文集《逐日汤山》。为此，我对汤山地区的情况比较熟悉。其间，我还阅读到民国二十六年（1937）出版的《南汤山志》。这部地方文献与一般的志书写法不同，实际上是一部记载温泉的典籍，而且还是以实录当代的艺文为主。我有一个想法，要以《南汤山志》为主要参考资料，将其融入“汤山之汤”之中，可让沐浴者进入后感知汤山温泉的历史，尤其是感知民国时期的温泉文化。于是，便产生了这个温泉区域的主题：一座“汤山之汤”，一部《南汤山志》。

我的这一构想，得到张波、朱泽荣二位的认同。大家统一了设计方向，

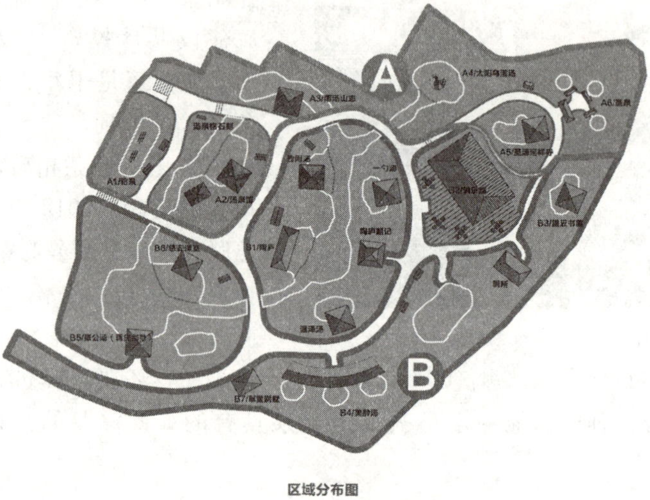

“汤山之汤”区域分布图。

与“美龄池”匹配的文化廊效果图。

共同谋划方案，再由朱泽荣领衔的“包豪斯”完成全部设计图纸。大致的方案是，将这一区域分为两个部分。第一部分，主要表现《南汤山志》中的“旧闻”篇章，涉及内容有汤泉铭、汤泉馆、圣汤延祥寺、圣汤、射乌山等。其中，射乌山传说是汤山温泉之源，重点加以表现，并在整个“汤山之汤”中占领制高点。圣汤亦作为重点包装对象。第二部分主要表现《南汤山志》中的“建置”和“艺文”。这一部分特别具有情趣。因志书中的“艺文”篇章收集了许多民国名人的诗词，我们就从诗词中取其字词给汤池命名，如“一勺”汤、“偷闲”汤等。此外，还重点做了“美龄”池，并在池畔设文化廊，展示宋美龄的书画作品。

这一次给温泉做环境的文化设计，是以往不曾有过的尝试，其成果得到了“颐尚”方很不错的评价。遗憾的是，“包豪斯”完成设计以后，未参加工程的招标。为何没去参加？朱泽荣告诉我：这个项目虽然不大，但文化艺术含量很高。而此类项目造标，往往轻视艺术创造的因素，将工程造价压得很低，以至于实施起来大打折扣。他作为设计者，确实很想去投标，确实也很希望能中标，以完整地完成自己的作品，但又不愿意以牺牲其艺术质量为前提，所以就不去搅这个浑水了。至于后来的工程实施情况如何，不大清楚，又因项目倡导者张波调离了“国旅联合”，后来的情况就更不得而知了。

5

还是这位张波先生，在尚未离开“国旅联合”前，曾约请我去了趟重庆，给“颐尚”温泉的提档升级提点意见。原来“国旅联合”在重庆也搞了一个温泉项目，而且也叫“颐尚”。

人到重庆，才知道重庆是个富温泉城市。它宣称自己为“五方十泉”，即城市的东西南北中“五方”都分布着温泉，以十大温泉为明星、百个温泉为配角。“颐尚”是十大明星之一，为巩固“明星”地位，搞了个改造升级方案，请我们来参谋参谋。

按张波先生的想法，重庆“颐尚”既然要提档升级，就应注重它的“文化提升”。这恐怕也是让我跑一趟重庆的缘由。为此，我和张波先生进行了充分讨论，一致认为重庆“颐尚”可以做陪都文化的文章。这次我们来后能感受到，重庆作为二战时期的陪都，留下的屐痕至今仍可寻觅。只是，以往提到陪都，就有些不屑，甚至回避，现在应该不这么看了。在那样一个特殊时期，陪都意味着国家没有倒塌，国家的脊梁仍然倔犟地屹立在硝烟弥漫的东方。

我们在讨论陪都文化的过程中，显得十分兴奋。我们自信地认为，如果以此为主题来装扮“颐尚”温泉，那么在重庆的“五方十泉”中，“颐尚”肯定是独一无二的。不过，我们后来发现，重庆“颐尚”拿出供讨论的提档升级方案，兴奋点并非是要做温泉文化，而在于如何结合温泉做“颐尚”地块的温泉地产。这让我大失所望。重庆之旅就这么告结了，有些失落，也有对重庆再认识的收获。我还写了篇《重庆：太阳花》的文章，收入散文集《求缺集》中。

6

撇开本身就有历史，如同南京汤山温泉类型不说，那么新型开发的温泉如何做文化呢？

去年二月，我应邀参加浙江省浦江县举办的旅游节庆活动。主办方搞了一个“温泉论坛”，让我结合当地温泉讲讲温泉文化。所谓当地温泉，就是不久前兴建的“仙华温泉国际度假村”，也是此次论坛的举办地。我事先毫无准备，从何谈起呢？

幸好我是提前抵达浦江的。“仙华温泉国际度假村”坐落在浦江的仙华山下。我就上了趟仙华山。此山有“江南第一仙山”之称。据古《东阳志》称：轩辕黄帝之女元修在此山得道升天。民间传说更有少女元修祈雨救旱、采药济民等众多故事。当我进了仙华山，确实也能感受到山中有种缥缈的气场，让人心旷神怡。直觉告诉我：“仙华温泉国际度假村”要做文化，就应采仙华山之“仙”气。

那么，“仙华温泉国际度假村”的现状如何呢？它的整体建筑风格是欧陆式的，拥有 90 多个汤池，堪称华东温泉之最。这么大规模的浴场，也搞了不少异国文化的设计，但内容显得繁杂，什么都想表现，什么也难表现到位，以至于没有哪种表现给人以鲜明的印象。

我以为，倘若它在规划建设阶段，就以仙华山文化为靠山，确立“仙温泉”主题，围绕主题选择建筑样式，将浴场营造为梦幻般的仙境。这样的温泉应该是独一无二的。

我在“仙华温泉国际度假村”召开的“温泉论坛”上进言：这里叫“仙华温泉国际度假村”，名称太长，不好记，也就不利于对外宣传。广东有个“御温泉”，全国有名；这里可称之为“仙温泉”，一叫就响。

我恐怕也只能说这么多了。这么说，恐怕人家已经不高兴了。至于人家认同不认同，会不会去做“亡羊补牢”的事，天知晓。

从《金陵游》到《金陵新四十八景》

2016.6.5

1

这里要讲的《金陵游》也好，《金陵新四十八景》也好，不是书名，而是我创新的一种“三合一”作品的名称。

我的“三合一”作品《金陵游》《金陵新四十八景》。

所谓“三合一”，是文字（中英文对照）、图片和与图文相对应的邮票合在一起，编辑成册。这样的作品，亦可称作主题集邮专辑，既适合中外人士阅赏，也有一定的收藏价值。

从1998年创作《金陵游》，到2009年编辑《金陵新四十八景》，不经意间已越过了10余个年头。在这期间，我连续创作的作品还有《江苏游》《中国老屋》《孙中山》《长江大桥》《中国佛教四大名山》《江南水乡古镇》《中国当代博物馆》《桨声灯影秦淮河》等，几乎每年都会有一部作品诞生，可谓硕果累累。

2

“三合一”的《金陵游》创作灵感，来自于旅游宣传。

我自1987年参加组建南京市旅游局以来，很长一段时间负责旅游市场宣传事务。宣传需要投入资金，至少得花钱印制宣传品。而市旅游局，直至2001年才升级为市政府工作部门，在此之前仅是事业单位，经费少得可怜，更别说肯挪出多少钱来搞宣传了。

我既然负责旅游宣传，就得尽心尽责。那时候，为节省费用，印制宣传品以单页为主。记得1995年9月，我们旅游局代表市里赴汉城（今首尔）参加江苏省出口商品展览会，带去的就是单页宣传品。就那么一张纸，除了文字介绍，还要配图片，实在局促。为节约版面，我全部采用了韩文，而不是中韩文对照的方式。我还请了南京大学的韩籍林教授做义工，为文字做翻译。在林教授家里，他请我吃了一碗味甜而怪的韩式凉面。这件事过去那么多年了，至今仍记忆犹新。

我也曾编过两种以“金陵游”为题的宣传画册。说是“册”，每册也就十来张纸，算是很小的制作。虽是小制作，能有资金投入已属不易。我倍加珍惜，在设计制作上耗费了不少心血。这两种宣传画册，后经市委宣传部报送，分别参加了1994年、1996年的首届和第二届江苏省优秀外宣品评比，均获得了一等奖。宣传部的人对我说，你们给南京争足了脸面。

不过，我后来发现，许多旅游宣传品发放出去，便被人随意丢弃。尤其是在旅游交易会的会场上，不少宣传品成了拾荒的垃圾，看了令人心疼。我忽而想到，假如在宣传品中加塞一点有收藏价值的玩意儿，情况就不一样了。这“玩意儿”的首选，自然就是邮票了。于是乎，“三合一”的作品油然而生。

3

首部“三合一”的作品，自然非《金陵游》莫属。

我在1992年就主编过南京导游词的手册。册子编好后，偶尔在华侨大厦遇到书法家田原（亦名饭牛）。我恳请田原题写“金陵旅游”四个字，作为导游册的书名。他斟酌了一下，挥毫写下“金陵游”三个字，并说“三个字足已”。他的这三个字写得十分洒脱，很有点“逍遥游”的韵味。自此，“金陵游”成为我们各种宣传品的款题，也成了南京旅游宣传的促销口号。前面提到获奖的旅游画册，就是以“金陵游”为题的。我还曾充当编剧兼制作人，拍摄制作了《金陵游》旅游风光片，用作宣传。

首次尝试“三合一”，难就难在如何选出与南京景区景点相匹配的邮票，而且邮票的单价还要适中，过高就会直接影响制作成本。好在我从小就喜欢集邮，对邮票并不陌生。我收集的中外邮票，曾装满三大本邮册，后在“文革”中遭抄家被红卫兵顺走了。我由此放弃了集邮梦，否则很可能已是位集邮家了。现在再来玩邮票，对我来说并不算是件太难的事。

不过，以南京为题材的邮票实在少得可怜，即使有那么一二枚，也不适合收入。例如，民国三十五年（1946）发行的航空邮票，图案为“飞机飞临中山陵”，可以用在中山陵景区的文图上。无奈邮票量少价格高，不宜收集。又如，1957 年发行了 1 套“中国人民解放军建军三十周年”纪念邮票，共计 4 枚。其中第 4 枚“解放南京”的图案是以总统府为背景的，很适合收进《金陵游》之中。而这套邮票，仅收单枚不好办，收全套价格又太高，只好弃用。

尽管邮票配图文的难度很大，总还是能想出办法来的。我挑选了“孙中山诞生一百二十周年”的小型张邮票，与中山陵景区相匹配，亦作为全册的主邮。我找出了“梅花”的邮票，配合梅花山景点；找出了“青花追韩信图梅瓶”邮票，配合朝天宫及市博物馆；找出了“天文学家张钰哲”的邮票，配合紫金山及天文台；找出了马里为庆祝中国邮政开办 100 周年，发行的“南京长江大桥”小型张邮票（价格很便宜）等。我还挑选了 1996 年发行的“中国飞机”“中国汽车”2 套邮票，分别用于搭配新建禄口国际机场、沪宁高速公路的图文。

为了突出《金陵游》中南京邮票的史料性，我开辟了“历史的瞬间”栏目，将所有与南京有关的邮票均影印上去。我又开辟了“南京风景日戳集锦”栏目，收集了 20 枚南京风景邮戳，以共赏之。

为了让《金陵游》制作得更为出彩，“三合一”中的图片采用的不是摄影作品，而是南京籍国画家王永顺的《金陵百景图》。这是他十载耕耘集墨而成的。我从“百景图”中选用了“石城潮月”等20景图，致使全册倍增亮色。册名“金陵游”，当然亦非田原书法莫属了。

首部“三合一”的“出笼”，恰逢南京建城2 450周年（以公元前472年，范蠡在长干里筑越城计）。我特意请人设计制作了1枚纪念票收入其中。纪念票的主图为王永顺绘“六朝风韵”辟邪图。这也权当我们献给南京这座伟大城市的一份薄礼。

4

在我创作的10部“三合一”作品中，自以为2000年出品的《中国老屋》最有个性。

创作《中国老屋》，缘于三个方面。

一为旅游。建筑，历来是旅游的看点之一。我刚开始从事旅游工作，就自始至终参与了海南金陵度假村的建设。为了度假村的建筑设计，我不知与设计师讨论过多少个回合。其建筑是由南京工学院（今东南大学）教授设计的，在全国获了奖。我对建筑是有感觉的。

二有邮票。“三合一”的作品，邮票是必不可少的核心内容。我看中了中国邮政先后发行的21枚“民居”普通邮票，量大且价格也低，完全可以充当《中国老屋》的主角。

《中国老屋》封面。

三有需求。2000 年 8 月，第十届中国民居学术会议在北京召开。度假村设计者之一王文卿教授是学术会议筹办人，得知我有此创作的想法，表示可将其作为会议的礼品。为此，我还特意请人为会议的召开设计了 1 枚纪念票。纪念票的主图，当然是选用了我们江苏的民居。

《中国老屋》的创作有了这三方面的条件，可谓是顺风顺水了。这一回我不再为挑选邮票而犯愁，不过也面临着挑战，那就是"三合一"中的"文字"。前面提到，"中国民居"共计发行了 21 枚邮票，每枚均为一方民居，包括北京的、山西的、东北的、陕北的、江苏的、内蒙古的、西藏的、福建的、台湾的等等。要将它们用简洁的文字（文字越短越难写）一一加以介绍，确实不是件容易的事。我除了恶补这方面的知识外，聘请了王教授做顾问，又请人帮助收集资料及参与写作。我深有体会的是，创作的过程，也是实实在在学习的过程。

《中国老屋》的突出个性在于封面设计：以黑色为全底色，衬托山西的乔家大院建筑。设计者是安徽电视人左庶。我制作的电视片《金陵游》，就是由他掌镜的。他很少搞平面设计，纯属"客串"。他对我说：封面全部黑底，一般人是不可能接受的。也就是你，我才这么放开来用色。他的封面设计，我不仅接受了，而且十分欣赏。制作出来的效果，充盈着老屋的沧桑感，大家看了都赞不绝口。"客串"者，往往能冲出常规，玩出新意。

为了丰富《中国老屋》的内容，我除了置入 21 枚民居邮票外，增加了建筑学家梁思成的邮票，并摘录了他在《中国建筑史》一书中的语录；又在"卷首语"双页中，置入了中国邮政发行的"国际住房年"邮票。我们的"卷首语"写得蛮有诗意，不妨摘录两段共赏：

"二十世纪的最后一个秋天悄然而至。阳光依旧温暖，而围城中的蓝天白云已不多见。我们惊叹生活的变化如此之快：伴随着一幢幢摩天大楼的拔地而起，祖辈们赖以生存的老屋，却在视野里渐渐消失。"

"新世纪的钟声即将敲响，我们的心中充满眷恋。当生命翻开新的一页，逝去的岁月，连同这本册内的老房子，永远定格在我们的记忆里……"

5

在我的“三合一”作品中，2002年出品的《长江大桥》具有“突破”性。

2002年，长江沿岸中心城市经济协调会在南京举行。我所在的市旅游局是协调会的成员之一。承办会议的市经协办负责人找到我，商讨会议的礼品事宜。我当即就提出，可以为会议定制一个以“长江大桥”为主题的“三合一”纪念册，得到了大家的认同。

我之所以有这样的底气，是因为那几年邮票的发行有所革新，已许可各地制作“个性化”邮票。所谓“个性化”邮票，是国家邮政部门将邮票的一侧固定某个图案，而另一侧供地方设计自己所需表现的内容。这应是邮票发行史上的一个“突破”。

要知道，以往创作“三合一”的作品，难就难在如何为作品配置邮票。前面提到为给《金陵游》配邮票，可谓是机关算尽。邮票，堪称国家名片，以往在内容表现和发行上都有严格的限制。就以“长江大桥”为例吧，国家邮政部门仅发行过4套12枚邮票，即1957年的“武汉长江大桥”1套2枚、1969年的“南京长江大桥胜利建成”1套4枚、2000年的“长江公路大桥”1套4枚（万县、黄石、铜陵、江阴等4桥各1枚）、2001年的“芜湖长江大桥”1套2枚。也就是说，只有7座大桥上了邮票。就凭这么几套邮票，是搞不出《长江大桥》来的。而现在有了“个性化”邮票可利用，就可以“天马行空”了。以后创作的《中国当代博物馆》《金陵新四十八景》等，均充分运用了“个性化”邮票。

最初发行的“个性化”邮票是版式的，一版8枚或16枚。如若一版一版地置入册中，既不经济也过多占用了册页的版面。我就将其“撕”开来用。一版可“撕”获8枚或16枚邮票，用以配8座或16座大桥的图文，大大降低了制作的成本。这也算是我个人在创作“三合一”作品中的一个小小的“突破”。

《长江大桥》中的“邮票”解决了，接下来就是“文字”和“图片”了。首先得收集资料。当时的互联网并不发达，网上有关长江大桥的信息残缺不全。我只有通过各种渠道获取“情报”，又再次恶补有关的科普知识，还只身从宜昌登快艇逆江至重庆，沿江拍摄了许多大桥的照片。总之，吃去了不少苦，也得到了不少的成果。

长江，发源于青藏高原的唐古拉山，在河源区内按段称作沱沱河、通天河，流至宜宾与金沙江汇合后始称“长江”。截止到2002年年底，长江（不包括河源区）上已架起了整整30座大桥，囊括了拱式、梁式、刚架、索体系列等各式体系的桥梁，堪称反映各个时段造桥水准的“桥梁博物馆”。

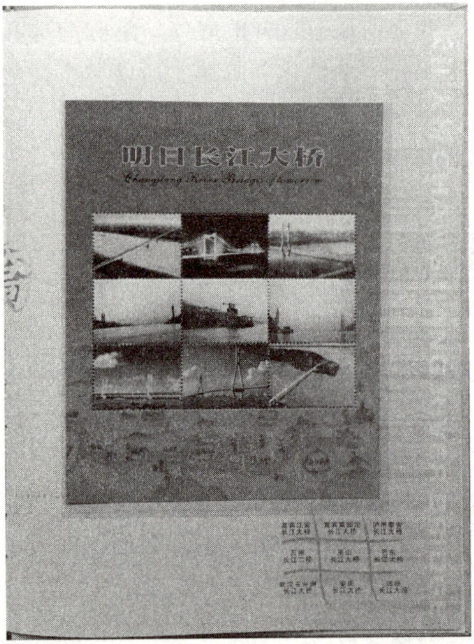

《长江大桥》中“明日长江大桥”纪念票。

《长江大桥》中的大桥展示，是从上游往下游依次排序的。为了有助于了解长江大桥的建桥史，我又辟出专页，列了“宜宾以下长江大桥（已建）一览表”，以大桥的建成时间来排序，并标明是何桥型、是何用途（铁路或公路桥，以及公铁两用桥）等。我还请人设计了一张大型的“明日长江大桥”纪念票。主图选用了部分在建大桥的效果图，包括宜宾江安长江大桥、万川长江二桥、安庆长江大桥、润扬长江大桥等计9座。南京长江二桥管理局的周三亚是《长江大桥》的顾问，他拿到册子后，感慨地对我说：这也是为“长江大桥”建了个档案。

有社会学者曾于20世纪初预言：长江上若有30座大桥，中国的经济就腾飞了。这个预言如今已经成了现实。

6

如果说《金陵游》是我所在单位有这样的需要而研发的，那么《中国老屋》《长江大桥》《桨声灯影秦淮河》等则为“私人定制”了。也有不属于“私人定制”的，如《中国佛教四大名山》《江南水乡古镇》等，制作经费又是从哪里来的呢？用现在时尚的话来说，是“众筹”。有些旅游企业有这方面的需求，希望自己交际的礼品不俗气，有文化含量，他们就会共同出资，请我来谋划制作文化礼品。

现在的所谓“众筹”，目的是为了赚钱。而我当时毫无“赚钱”的概念，纯粹是出于爱好。其间当然也有回报，那就是“赚”回一部分作品，好私底下赠送同行和好友。既然不图钱，创作的动力何在呢？是满足个人的欲望。说起来也怪，一个人的创作欲望一旦点燃，便欲罢不能了。专业作家之所以耕耘不息，恐怕不光是为钱，也有实现自我满足感和成就感。

从《金陵游》到《金陵新四十八景》，我已有10部“三合一”的作品在握。期间还创作了《花车巡游》《红梅俏金陵》《雨花石与体育》《南京郑和足迹》《南京红色之旅》等5个邮品折页小品。能有这样的创作成果，自己也感到十分意外。前几年，南京市集邮公司单宏在云锦博物馆与我相遇、相识，得知我以往的创作成果，以为这是专业人员也未必能做到的。

秦淮灯会杂议

2016.4.15

1

我在七年前写过一篇《灯彩·灯市·灯会——秦淮灯会案例》。那段时间，北京大学成立了中国节庆研究中心，我曾被聘为客座研究员，写过两个节庆案例。一个是“南京国际梅花节”，题为“赏梅·办节·赏梅”，收入北京大学国家软实力研究院编辑的《中国节庆案例——中国城市节庆最佳实践》一书。另一个就是“秦淮灯会”。

我在“秦淮灯会案例”的开头写道：

“秦淮灯会，是中国传统节日在特定地区和环境下的集中展现，是南京人的一种社火形式，是灯如潮、人如海的独具魅力的民俗现象。”

我在“秦淮灯会案例”的结尾“展望”中写道：

“秦淮灯会，又叫金陵灯会或夫子庙灯会，是南京人难以割舍的历史情结和传统习俗。

秦淮灯彩是南京人历来的审美理念、表现自我的物化形式。

灯会，具有无比旺盛的生命力。

我们有义务，也有责任办好灯会。

民国时期，夫子庙兜售秦淮灯彩的小贩（邹尚供图）。

我们不仅要善于继承传统，也要勇于创新思维，永葆灯会青春，使之成为一张金光灿烂的城市名片。”

2

今年4月，秦淮区人民政府邀请有关专家学者，开展“秦淮灯会三十周年理论研讨”，这无疑是很有意义的一件事。所谓“秦淮灯会三十周年”，是从1986年在夫子庙举办的为期6天的“金陵灯会”算起。而改革开放以来，秦淮灯会应该已有三十一周年的历史。因1985年，曾举办了一次“元宵节花灯晚会”。那次活动虽仅一天，但属“摸石头过河”，是大胆的尝试，应视为恢复灯会的开端。

实际上，源于汉代的灯会，就是在元宵节这一天。至唐代，唐玄宗在元宵节前后加了一日，放灯三天；北宋乾德年间增至五天，即“起于十四，止于十八”；南京淳祐年间又追加一天，形成“十三上灯，十八落灯”的灯节传统。

明代，朱元璋建都应天，改应天府为南京后，南京的灯节愈加繁华。永乐七年（1409），郑和二下西洋归来，明成祖朱棣叹太平盛世，谕礼部诸臣，“正月十一日开始，其赐元宵节十日，百官朝参不奏事”。这样，元宵灯节成为了前所未有的最长的节假期。

现在的秦淮灯会，灯期从春节前就拉开序幕，持续了一两个月的时间。这既为亮化、美化古城南京作出了贡献，也满足了南京旅游的需求，是一个非常好的举措。今年3月中旬，元宵节已经过去了20多天了，我在义顺茶楼接待来自山东的旅游界同仁，看到夫子庙灯彩炫丽、游人如织，心里感到特别的自豪和舒畅。

3

秦淮灯彩，俗称花灯，无疑是构成灯会的基本元素。

2006年元宵节，国家邮政局发行1套5枚特种邮票《民间彩灯》。其中，第2枚为秦淮灯彩“莲花灯”。邮票有“国家名片”之称，也就是说，秦淮灯彩已经被列入了“国家名片”。这是可喜可贺的一件事。南京至今仍拥有一批扎制灯彩的世家。其作品采南北花灯之长，造就了色彩上的瑰丽明快，造型上的简约大方，品位上的大俗大雅等特点，成为金陵一绝。据

民国时期，民间艺人在扎莲花灯（邹尚供图）。

说，秦淮灯彩还曾多次赴新加坡、英国、法国、比利时、中国香港、中国台湾等国家和地区展销。这十分难能可贵，要百般加以呵护。

这里想说的是，秦淮灯彩在题材上尚有很大的拓展和创新空间。

先说说大型灯组组成的灯彩，以往以历史的或民间故事的内容偏多，现代的偏少。2008 年（鼠年）灯会，我曾提出搞一个“老鼠爱大米”灯组，后来被采纳，效果也不错。以后几年又有了“米老鼠与唐老鸭”“哈利·波特”等灯组，这是观念上的进步。当然，现代题材的创作思路还可以更广阔一些，包括可以和“动漫”以及网络文化相结合、相融合。历史的民族的题材也不能丢，同时也要创新，例如以“金陵成语故事”为主题、以“《语文》课文中的南京”为主题、以“南京与海上丝绸之路”为主题等，都可以搞上一个系列，既能体现南京的文化底蕴，又能增加其知识性、趣味性、参与性。

再有，就是手提的，或便于携带的玩要类灯彩，以列入“国家名片”的莲花灯为典型的代表，此外还有宫灯、兔子灯、飞机灯等众多传统灯彩，一度深受游客的欢迎。这其间也有个拓宽思路、创新产品的问题，需要专业设计师与民间扎灯艺人相结合，方能创作出更多、更好并适合购买的新品。此外，我还注意到一些非灯彩产品，例如戴在头上的兔耳灯、状元帽等，游客也非常喜欢，购买后随即戴在头上，形成灯会上的一道亮丽的风景线。这类产品价廉物美，很值得进一步加以研发。

4

在国家历史博物馆，收藏着一幅明代所绘《南都繁会景物图卷》，属国家一级文物。“南都”，指的是南京，因朱成祖迁都北京后，仍将南京定为行在，故称之。此“图卷”纵 44 厘米、横 350 厘米，有“南京版《清明上河图》”之称。“图卷”中蕴含着恢弘、丰富、大气的市民商贸、节庆活动场景，是城市面貌和城市文化鲜活生动的复制。我曾在 2008 年主编了《守望南京：六百年前的守望》（大众文艺出版社出版）一书，邀集有关专家就“图卷”为蓝本撰文，以此打开一扇门，开启一叶窗，展示一座繁华的古金陵，共同守望我们的家园。

在《南都繁会景物图卷》中，出现了史料上常提到的元宵节之“鳌山灯”。据传，明成祖曾下令元宵节在皇宫午门外扎鳌山万岁灯，与民同乐。以此可断定，“图卷”绘画的正是南京的元宵节灯会。所谓“鳌山灯”，是以数千百种几万盏灯彩，叠成山形的特大型组合灯彩，各种花灯尽收其中，五光十色，叹为观止。是日二更时分，皇家及百官出宫门观“鳌山”，待他们观毕退去，百姓随即如潮水般涌向“鳌山”。那一刻，“银烛影中明月下，相逢俱是踏灯人”。

“鳌山灯”在“图卷”的出现，至少提供了两个信息：古代扎灯艺人扎出的灯彩，品种已经十分丰富，而且已经可以扎巨型的灯组。这很值得今人借鉴继承，更要求我们创新再创新。再有，“图卷”上的“鳌山灯”上有佛教形象。有资料显示，灯彩与佛教的俗讲宣传是有关联的。扎一座巨大的“鳌山灯”，也许只有佛门才具足够的财力。由此想到，大报恩寺遗址公园已于去年年底建成开放，今后应是秦淮灯会的主力之一。

《南都繁会景物图卷》的整个画面，可谓是人丁兴旺，充满了节日的氛围，仅不同身份的人物就有千余个。有舂米的、织锦的、进香的、逛街的、卖元宵的、送盒饭的、划拳的、下棋的、讨饭的、骑马送信的、扛伞的、乘轿抬轿的、划龙舟的、在闺房凭窗眺望的等。最为醒目的是行游的队伍，有吹长喇叭的、舞龙的、舞狮的、踩高跷的、玩顶技的、玩飞叉的、玩鱼灯的、跳大头娃娃舞的等，热闹非凡。再有，就是台上台下唱戏和看戏的场面，也十分生动、精彩。

我之所以罗列“图卷”中这么多的人物，要表达的意思是，明代南京的元宵节内容十分丰富，可供今人思考。我绝无要照搬硬套之意。时代不同了，审美观也完全不一样了，但不断更新活动内容，不断输入新鲜血液，应该是硬道理。2010 年，两只“台湾凤凰”落户秦淮灯会，同时六组大型秦淮灯彩在台湾嘉义灯会上点燃。海峡两岸联办灯会，很有创意，也增进了两岸旅游文化的宣传和交流，可谓一举数得。

秦淮灯会在 2008 年 3 月举行的首届节庆中华颁奖庆典上，荣获“弘扬传统节日奖”。

我以为，秦淮灯会可以与青少年科普教育相结合。扎制秦淮灯彩，属非物质文化遗产。能否搞一些讲座，让青少年自己动手制作呢？据说现在北京教育部门已将专项修学旅行列为正式课程，例如在学习唐诗宋词中旅行等。在观赏秦淮灯会中，了解灯会文化，学会民间手艺，就是一项非常好的修学旅行内容。

我认为，现在已开展全域旅游，秦淮灯会就是一个极好的平台，可以引导游客夜宿秦淮，不光是观灯，还要放慢脚步，在休闲中品味秦淮文化。

又想到我接待山东旅游界同仁的义顺茶馆。“义顺”可是百年老店的招牌了。还有“三问”，即“问柳”“问渠”“问津”，都是清末就开办的茶馆的名号。前“两问”也已重新被注册，做了茶馆或菜馆。类似的有名气的老招牌相当之多。已经被注册使用老招牌的，都还营造了一定的文化氛围，做得还不错，是件好事。我的意思是，请这些店主再增添些引为乡愁的老秦淮味道，效果会更好。未经注册的，政府可以先行注册起来，让真正要做文化的餐饮人无偿使用。还有一些旅舍，也可以改造为以文化为主题的客栈，这样，我们的全域旅游才会更加有文化含量。

这里再顺便提一下：有一年的元宵节，我和朋友逛夫子庙，夫子庙的核心区人多得难以想象，我们不敢深入其中，就想在美食街找个店铺吃个元宵，讨个喜气，结果抱憾而归。因美食街上的所有店铺，都在销售秦淮小吃套餐或菜肴，没有一家是专门供应元宵的特色店。元宵，应是除了灯彩之外的另一个节物。如何在餐饮上为灯会做好配套服务呢？当然，这已经是老掉牙的陈年旧事了，现在可能大有改观。

5

最后还想讲讲秦淮灯会的对外宣传。

秦淮灯会，似乎无需做宣传，就已人气十足，而且即使自己不宣传，也会有人宣传。例如央视一套的新闻节目，秦淮灯会是每年必播的春节新闻，便是最好的例子。前面提到的海峡两岸联办灯会，也是对外宣传很好的实例。记得2007年，我组织南京旅游推介团，到江浙沪吆喝“赏梅·观灯”。这也是秦淮灯会为数很少的一次专项宣传活动。那一年，因灯会和梅花节的开幕是前后脚，我们的宣传内容是：白天赏梅，晚上观灯。这可谓是最佳组合的旅游产品了。我的意思是，现在已进入全域旅游时代，将秦淮灯会与其他产品组合做宣传，很有必要，也能起到很好的效果。

这里还必须强调一下有关灯会的名称。历届的名称有叫“金陵灯会”的，也有叫“夫子庙灯会”的，申报非物质文化遗产时又称作“秦淮灯会”。称“金陵灯会”，恐怕是为了突出灯会的历史悠久；叫“夫子庙灯会”或“秦淮灯会”，也许是为了强调地区性。搞笑一点说，当初是朱元璋给城

为迎南京举办的青奥会，秦淮灯彩国家级传承人顾业亮创意吉祥物“砳砳”灯彩，与外国友人共同扎制。

市命名为南京，又将灯节炒得红红火火，理应称“南京灯会”才是。而到了2009年，搞了个很长的名称，叫“中国南京夫子庙——秦淮风光带国际灯会”。名称的随意更换，是一系列高级运作中所犯的低级错误，极不利于灯会品牌的确立和培育。应该说，“金陵灯会”等几个名称都是可取的，关键是只能取其一。唯一不可取的是所谓的国际灯会。冠以“国际”就国际化了吗？其实，灯会本身具有的浓烈的民俗化，才最具有“国际”的诱惑力。要有这样的自信。今天我们在这里举办“秦淮灯会三十周年理论研讨会”，应是确定并固定“秦淮灯会”的名称了吧。

衷心祝愿“秦淮灯会”这张城市名片愈加金光灿灿。

民国南京旅游研究启示录

2013.11.6

2014年2月，南京出版社出版了我的著作《守望南京：民国旅游寻寻觅觅》(简称《守望》)。

2014年12月11日，江苏省旅游局台湾事务处刘旭旭打电话给我，告诉我："台湾中国旅行社"董事长周庆雄先生读到了《守望》，很是感佩，索要我的联系方式。不到一个小时，周老先生便来电话了。称之为"老"，是因他已七十八岁高龄，比我大了将近一轮，仍活跃在旅游界。他应该是我的前辈了，看到《守望》中有关中国旅行社在南京的履痕，自然会"感佩"。而我，也为周老的敬业精神"感佩"不已。我们交谈了半个多小时，仍觉得意犹未尽。

在原总统府礼堂的"论坛"上，我和南京大学吴小根（左一）、南京师范大学黄震方（左二）、秦淮正大旅游人才培训的夏宏伟（右一）等旅游学会成员留影。

2015年3月，日本爱知大学张慧娟女士来南京探亲，告之：她撰写了介绍《守望》一书的文章，已于1月份刊登在《爱知大学国际问题研究所纪要》（第144号）上。此"纪要"，一年仅发行一册，上榜的均为有一定学术价值的文章。张女士将"纪要"有关部分的影印件郑重地交给了我。

《守望》一书能有这样的影响，是我始料未及的。想起2013年11月22日，我们旅游学会在原总统府礼堂举办"民国南京旅游文化论坛"。我在论坛上主讲了"民国南京旅游研究启示录"。这是写完《守望》一书收获的若干感悟。我将演讲文稿找了出来，加以整理，收进继《求缺集》后的《不二集》之中。

1

《守望南京：民国旅游寻寻觅觅》（简称《守望》）一书，终于在“中国旅行社”成立90周年之际完成，并即将正式出版了。

此著作，缘于2012年8月10日，南京信天游国际旅行社总经理、民间收藏者钱长江走进我的办公室。他的收藏比较专一，藏品以旅游书刊、旅游宣传品、各种旅游票证以及旅行用品为主，而且大多是民国时期的。他当即拿出民国三十七年（1948）“中国旅行社”编印的《南京导游》（增订本）小册子，让我赏读。正是这则与我年龄一般大的旅游手册，开始了我研究民国南京旅游，并将研究成果形成著作的计划。

一年多的时间过去了，这个“研究”计划已付诸实现。面对付出了许许多多心血的《守望》书稿，倒是未见有多少的喜悦和兴奋，更多的是感慨，还有些诚惶诚恐。

2

我在南京市旅游局供职时，就接受过省旅游志南京篇、市地方志旅游篇的编写工作。每当编写到民国时期的南京旅游，也就是虚晃一枪，一带而过，只因缺乏资料，无从下笔。那个时候，我就觉得这样编“志”很不负责任，也就产生了一个冲动：一定得找个机会，实实在在地写一写民国南京旅游。

偶然看到国家旅游局编写的《中国旅游业50年》（中国旅游出版社出版）一书。此书虽然阐述的是新中国成立50年来旅游业的发展概况，但在开篇的第二节《新中国成立前的旅游经济现象》中提出“近代以来的中国旅游活动局部存在，未形成产业”这样的一个观点，很值得商榷。由此来看，旅游部门自身似乎对民国旅游缺乏一定的认知。而我觉得：既然民国十二年（1923）就有了中国人自己创办的旅行社，那么它们一定会在牵动相关行业的发展中有所作为。我们千万不应忽视民族旅行社在现代服务业中的地位和作用。这让我更加增强了研究民国南京旅游的使命感。

3

我们说：旅游部门从上到下，对民国旅游似乎都缺乏一定的认知。这不是随便说说的，是有依据的。且不说《中国旅游业 50 年》中的观点有误，还可以略举地方上的几例：

其一：我们为撰写《守望》一书的第一章《寻觅旅行社》，查阅有关资料时，就发现了《江苏省志·旅游业志》（江苏古籍出版社 1996 年出版）中的一个明显错误。该“志”第六章第二节中记载：“1927 年，正式成立中国旅行社苏州分社。这是江苏历史上第一家专门的旅游接待机构。”这个说法是完全不对的。

实际上，“江苏历史上第一家专门的旅游接待机构”所在地，非南京莫属。何以呢？

所谓中国旅行社的各地分社，前身均为上海商业储蓄银行旅行部的各个分部。1927 年，银行的旅行部独立为中国旅行社，各地的分部也随之改为分社。从科学发展观来说：各地专门的旅游接待机构，应从各个旅行分部，而不是旅行社分社的成立算起。南京分部成立于 1924 年 6 月，苏州分部成立于同年 7 月，接下来是同年 12 月成立的镇江分部，再接下来是 1926 年 5 月成立的无锡分部。为此，“江苏历史上第一家专门的旅游接待机构”的诞生时间和地点，应是 1924 年 6 月的南京。

南京、苏州、镇江、无锡的旅行分部，均于 1927 年改为中国旅行社的分社。倘若非得按江苏旅游志的说法，将 1927 年改分部为分社作为专门的旅游接待机构，那么，“江苏历史上第一家专门的旅游接待机构”，至少也应该是苏州、镇江、无锡 3 家，而不仅仅是苏州分社（注：南京那一年定为首都，成立特别市，姑且不算在江苏省范畴内）。

江苏旅游志中的这个错误，恰恰说明了我们对民国旅游的认知度。

其二：关于上海商业储蓄银行南京旅行分部，以及中国旅行社南京分社的旧址，经考证有两处。一处在城北的下关鲜鱼巷，一处在城南的建康路。

要找到这两处旧址，首先须弄清上海商业储蓄银行在南京的踪迹。据有关资料显示：上海商业储蓄银行首先于民国六年（1917）在南京下关地区的龙江路开设了下关办事处，后于民国九年（1920）改为分理处；次年分理处迁至下关鲜鱼巷56号，并升格为分行。自此，南京分行在鲜鱼巷落下了脚，一直到民国二十二年（1933）方迁往建康路。由此可以推断，民国十三年（1924）6月成立的上海商业储蓄银行南京分行的旅行分部，地点就在鲜鱼巷。民国十六年（1927）旅行分部改为中国旅行社南京分社，地点依旧在鲜鱼巷。我们在《旅行杂志》第四卷3月号上还看到这样一则报道并附有照片：中国旅行社南京分社由于业务越来越繁忙，挤在银行大楼内办公已经越来越不适应。民国十九年（1930），该社在银行大楼对面（注：仍在鲜鱼巷）“觅新址一方，鸠工赶造，于本年三月落成迁入”。该社“与上海银行望街对宇，旅客出入，购票诚款，仍极便利。此外专在浦口增设招待处，料理来往旅客，以期南滇北冀，宾至如归，服务行旅，愈趋周密云”。

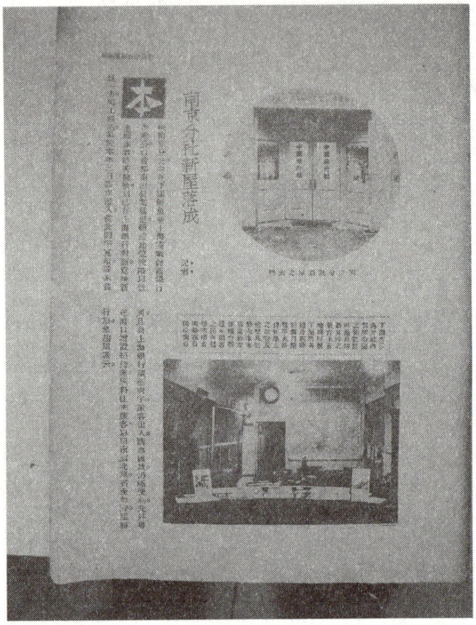
南京分社新屋落成

民国十九年（1930）中国旅行社南京分社鲜鱼巷新屋。选自《旅行杂志》第四卷3月号。

令人遗憾的是：在下关区政协2012年2月编印的《下关揽胜》“近代印记”篇中，列有江南水师学堂、扬子饭店、招商局南京分局等11处旧址，就是没提到鲜鱼巷的上海商业储蓄银行南京分行，以及银行旅行分部和中国旅行社南京分社。在此之前，也就是2010年，下关区地方志编纂办公室等还编辑了一本《下关民国建筑遗存与纪事》，仍未提及鲜鱼巷。现在虽说鲜鱼巷的整条街建筑都拆掉了，但作为南京旅行社的发源地，总该在原址上立个铭牌，至少也可以在“近代印记”或“纪事”中有个文字记载吧。这些都没有。

其三：前面提到，民国二十二年（1933）上海商业储蓄银行南京分行迁到了建康路。与此同时，中国旅行社南京分社也随之进驻。这第二处旧址也是有当时拍摄的照片为依据的。我们编著的《守望》一书的封面，就是用的这个照片。而南京出版社 2010 年出版由叶皓主编的《南京民国建筑的故事》，也特别讲到了建康路的上海储蓄银行南京分行大楼，只是只字未提同楼办公的中国旅行社南京分社。建康路上的这座大楼还在，现在是工商银行南京城南支行。大楼的外墙挂有 2011 年 12 月 19 日立的“江苏省文物保护单位”铭牌。令人有点哭笑不得的是铭牌上仅注“上海商业储蓄银行旧址”，仍未标“中国旅行社旧址”。

说到底，大家恐怕都还没把

民国二十二年（1933），中国旅行社南京分社迁至建康路，与上海商业储蓄银行南京分行合署（邹尚供图）。

在省级文物保护单位铭牌上，仅标明为“上海商业储蓄银行旧址”，未注明“中国旅行社旧址”。

南京民国的“旅行社”当作一回事，或者说都不清楚还有“旅行社”这么回事。这些都是应该一一加以修正的。

4

民国旅游的宣传促销和服务，给了我颇深的印象。

就说在宣传方面，中国旅行社不仅办了全国有影响的《旅行杂志》，以及包括《南京导游》在内的各地导游手册，而且率先到海外做旅游宣传。在民国二十三年（1934）的美国芝加哥博览会上，中国旅行社就曾编印英文小册数种，在会上发放。民国三十七年（1948），英国伦敦举办了为期一个多月（2月23日至3月27日）的“康乐休闲展览会”。中国旅行社设展台参展，绘制了巨幅“中国名胜鸟瞰图”（高六英尺、阔八英尺）供其陈列，并编印说明书、游览手册等在会期散发。在游览手册中，特别介绍了交通情况，例如对号火车等，使得国外人士耳目一新。这次参展，被称作“中国旅行事业国外宣传第一声。”

中国旅行社在服务方面也是很到位的。在《旅行杂志》上曾刊登过两幅手绘的宣传画，画的是旅行社备着行李车到车站码头接站，很生动地描绘出他们的服务品质及装备。中国旅行社南京分社从鲜鱼巷迁到建康路后，又在全市设立了许多分支机构，包括中山路办事处、大行宫办事处、下关办事处、下关车站服务处、明故宫机场问询处、中央大学办事处、金陵大学办事处、金陵女子文理学院办事处等。由此可知，他们的服务与营销已深入到高等院校中了。

这里特别要强调的是：中国旅行社的一大功勋和两大发明。

一大功勋：承接了故宫文物南运这样一个重大而神圣的任务。这足以说明中国旅行社当时在政府和社会上的信誉度和能力。我们收集到一张故宫南运文物展览的入场券。这个展览是民国三十七年（1948）5月30日至6月5日在中央博物院筹备处（注：现在的南京博物院）举办的，参观者十分踊跃。这恐怕也是南京博物院最早的最重要的一次展览，其间倾注了多少旅行社人运宝护宝的心血。

两大发明：一个是作为旅行代理机构的专有名称“旅行社”，就是他们发明的。另一个专有名称“招待所”，也是由他们发明的。所谓招待所，就是通常所称的旅馆、饭店、客栈等。他们之所以这样标新立异，是要让员工体会“招待”二字，以恪尽旅行社的服务宗旨。还有个用意是增加其识别性，一看到“招待所”便知是中国旅行社的旅店。中国旅行社在南京建设的规模最大的招待所，即首都饭店，也就是现在的华江饭店。

还要补充的是，民国时期已开展了观光之旅、宗教之旅、科考之旅、会议之旅、徒步之旅、救亡之旅等专项旅游。其中，徒步之旅，书写了极为华彩的篇章。特别是民国十九年（1930）2月，上海9名青年组成“全国步行团”，提出了响亮口号：“凭我两条腿，行遍全国路，百闻不如一见，前进！前进！前进”！他们从上海出发，一路北上并沿途进行社会考察，行至北平，因直奉战起方中止行程。他们在南京期间，访问了教育家陶行知先生，还在莫愁湖、桃叶渡、午朝门、雨花台、石头城、紫金山等众多地方拍摄了照片。再有，也是在这一年，上海组织“中国青年亚细亚步行团”，于6月28日出发徒步旅行。这个九人的步行团历尽艰辛，徒步至安南（越南）海防，仅剩下三人，再到了清化，只有一个人。这个人就是从南京出发加盟步行团，后被誉为“中国名片”的潘德明。

这里一定得讲讲潘德明这个人物。潘德明，湖州人，就读于上海南洋高等商校，毕业后来到南京，在四牌楼东南大学一带经营一家叫“快活岭”的西餐馆。他在《申报》上得知亚细亚步行团的消息，阅读了步行团的宣言：“在历史上背负了五千余年的文明和创造的中华民族，不幸到了近世，萎靡和颓废，成了青年们普遍的精神病态。我们觉得时代的精灵，已在向我们欢呼，我们毫不客气地把这个伟大的重担肩负起来。我们决定以坚忍不拔的勇敢精神，从上海出发，逐步实践我们的目的。在每一个步伐中，我们要显示中华民族历史的光荣，在每一个步伐中，给社会以极深刻的印象，一直到我们预定的途程的最终点。”这使得从小就有环游世界抱负的潘德明热血沸腾。他放弃了“快活岭”的生意赶到上海，又追至杭州，成为亚细亚步行团的一员，也开启了世界旅行史上的一段传奇。

民国二十年（1931）元旦，亚细亚步行团的最后一员潘德明决定不就此结束旅程，继续“前进”。他在西贡买了辆自行车，开始了世界之旅。他或骑车，或徒步，访问了泰国、马来西亚、新加坡、印度、印尼、伊拉克、叙利亚、埃及、土耳其、罗马尼亚、丹麦、意大利、英、法、美、古巴、澳大利亚、新西兰等40多个国家，与20多个国家元首及名人，包括罗斯福、麦克唐纳、甘地、尼赫鲁以及泰戈尔等会面、交谈，还探望了在巴黎治病的张学良将军。张将军给他题写了“壮游”二字。8年之后，也就是民国二十六年（1937）7月，他返回了上海，成为用双脚和自行车完成环球之旅的世界第一人。

潘德明给世人留下的文化财富，是他的旅行收获《名人留墨集》。这个财富“文革”时被抄，幸好存放在当地派出所，未化为灰烬，方使得这段被湮没的史实重现。我写《守望》一书时，虽提到了亚细亚步行团，但尚不了解其中有位南京“快活岭”的潘德明。他太了不起了，是民国旅游的骄傲，是中国的骄傲，也是地球村的骄傲。

5

南京市政府部门对旅游的宣传，也是不遗余力的。我们收集到一本民国二十二年（1933）出版的《新南京》，就是由市政府秘书处编印的。这本书，对南京的吃住行游购娱做了全方位的介绍，实际上是一本极好的导游手册。再有，民国三十六年（1947）社会部南京服务处编印了一套南京游览手册，包括陵园、玄武湖、莫愁湖、白鹭洲等计10册，几乎涵盖了南京所有的景区景点。据悉，南京出版社得知我们收集到的这套丛书，准备翻印出来，重新出版。这个社会部南京社会服务处除了发行了这套丛书外，还编印了一册《旅客指南》，专为外地旅客提供服务。

社会部南京服务处于民国三十六年（1947）编印的《旅客指南》。

这里特别要讲一讲代表官方的社会部南京社会服务处。那时期不像现在，政府未设旅游局，由社会服务处兼管。它尽管不是专门的旅游行政机构，但旅行服务无疑是工作重点之一。这个社会服务处，在新街口和下关中山码头两个重要窗口设立了服务站，为游客提供咨询服务。这实际上就是旅游咨询服务中心。大家想想，民国时期就搞了旅客服务站，是十分难能可贵的。而我们现在的旅游咨询服务中心，是一直到2003年才在夫子庙搞了一个，到了2007年又在禄口机场搞了一个。民国时期南京这两个服务站都还有一个特别之处，设有“行李及零物存放处”，免费提供存放服务。可见，他们的咨询服务工作安排得何等细致、周到。社会服务处的所作所为，目的很明确，正如其编印的《旅客指南》开篇所言：“旅京人士或京市居民，如果碰到了困难，一时无法解决，有如锁门而失去了钥匙，焦虑万分。这儿，我们准备了一连串钥匙，为你打开困难的‘门’，请你一试。”

6

民国三十六年（1947）中国旅行社编印的《南京导游》将在南京游览设计了4日游线路，次年《南京导游》再版时又增为6日游线路。6日游的线路呀，这是我怎么也没想到的。且看当时的6日游是如何安排的：

一日游程：上午八时出发，游明孝陵、中山陵（陵前附有茶棚可吃午膳)、灵谷寺、国民革命阵亡将士纪念墓、谭墓等，约下午二时可毕。即返入中山门，可乘马车或人力车至新街口，转公共汽车至鼓楼，游鼓楼公园、鸡鸣寺、玄武湖。

二日游程：第一日八时余出中山门，游半山亭、廖墓、明孝陵、紫霞洞、中山陵、灵谷寺、国民革命阵亡将士纪念墓、谭墓、中央体育场，返时并游四方城，参观遗族学校。第二日上午游夫子庙等东南区，至雨花台或天界寺为止，不必去牛首山。下午游鼓楼公园、玄武湖等北区。这个游程安排，对其中的“不必去牛首山”做了说明：“牛首山现时破坏过甚，一时不易修复，山中一切设备均缺。路又过远，往返不便，未列入游程。”

三日游程：前两日同二日游程。第三日上午游莫愁湖、石头城等西区，下午游燕子矶区。游燕子矶区，去时可乘马车或人力车由和平门前往；返时须沿幕府山麓沿江公路至下关，或去时由下关出发，返时经和平门，藉免路线重复，可以多览风景。

四日游程：前三日与三日游程同。第四日游栖霞区。

五日游程：前四日同前。第五日游览宝华山名胜区。

六日游程：前五日同前。第六日过江游琅琊山风景区。

以上游程的安排，现在来看可谓是南京深度游。尤其是在“一日游程”中，乘什么样的交通工具、在哪里午餐、游览多少时间，均介绍得一清二楚，很周全，很到位。

六日游程的第五、六日是去宝华山、琅琊山。另有中华游览服务社将第六日游程定在了采石矶。这些现在都属于南京都市圈游。其中的琅琊山，离南京已有一定距离，南京人去玩的已不多，而那时候也许受收入教科书的欧阳修《醉翁亭记》的影响，名气相当之大。

令人缺憾的是，游客既然可以过江去玩琅琊山，却未安排游江浦（今浦口）、六合等地。应该说，江浦、六合地区那时候确实也不具备玩的条件，直到20世纪80年代，随着珍珠泉、汤泉温泉、石柱林、金牛湖的旅游资源开发，才逐步被游客所认可和接受。

7

说到旅游资源开发，就要讲到城市公园。

城市公园的产生，源于西方自由、平等的思想，最早出现在19世纪中叶。其作为城市公共绿地的一种类型，是供公众休憩、观赏、娱乐等活动的场所。

民国时期的秦淮小公园（邹尚供图）。

南京最早的城市公园雏形，是清末在湖南路举办劝业会，新辟了通往玄武湖的明城墙城门，叫丰润门，即玄武门，有城市公园第一门之称。不过，民国时期最早冠以“公园”名称的并非是玄武湖，而是民国十一年（1922）成立的秦淮小公园，接下来是民国十二年（1923）的鼓楼公园、秀山公园（民国十六年改称南京第一公园），直至民国十七年（1928）才有了五洲公园（即玄武湖公园）、莫愁湖公园。民国南京共建有白鹭洲、清凉山、鸡鸣寺、燕子矶等11座公园。此外，计划而未形成的有雨花台、绣球山、五台山、朝天宫4座公园。现在，前两个已成为公园，五台山是体育场所，朝天宫是市博物馆，都挺不错的。

比较有感触的是两湖，即玄武湖、莫愁湖，犹如城市里的两颗明珠，实在太难得了。遗憾的是，这两湖周边都被建筑围挡，未能完全融入城市风貌之中。倒是南京火车站进口平台成了总揽玄武湖的好地方。我在担任金陵新四十八景评委时，竭力主张以南京火车站取代已入选的新建火车南站，就是因为玄武湖给南京火车站增添了太多的光环。玄武湖外围是被明城墙隔离的。这样的布局，是将湖水作为护城河来处理，节约了大量的筑城成本，具有很高的科技含量。而莫愁湖的外围，是万科等房地产商开发的高楼大厦。这就很不应该。而这样的做法发生在21世纪，就更不应该了。我总觉得，莫愁湖的女主人本应“莫愁”，而偏偏是个愁女，历史上如此，现在又在层层钢筋水泥包围下生存，真的挺不幸的。

莫愁湖公园内，有座标志性建筑曾公阁。我们在郭锡麟、朱偰两位文化老前辈摄影作品中都见到过曾公阁。这是光绪十四年（1888）由江宁布政使许振祎所建，以祀曾国藩者。这座建筑，位郁金堂西，阁五楹，在连接湖岸的水中挺立，飞阁流丹，荷风送香，十分经典。侵华日军占领南京后，莫愁湖公园惨遭破坏，曾公阁难以幸免。不过，曾公阁位于水中的桩基仍在。如今，公园陆续修复了旧有的建筑，也新建了一批建筑小品，唯独没有去修曾公阁，令人有点失落。为什么呢？是对曾国藩这个人物有争议？不得而知。莫愁湖在历史上有过几次大规模的修建，其中曾国藩主持过一次。而且现在的莫愁湖格局，可以说是曾版。撇开别的不说，曾国藩对于莫愁湖，是有很大贡献的。

还得再说说玄武湖。民国政府于民国十七年（1928）将其定为公园，最初叫“五洲公园”。公园内五个洲是以欧、美、澳、非、亚洲命名的。当时官方的《五洲公园记》中云："……广征世界五洲物产，分置湖中五洲之上，总名之曰'五洲公园'。世界之五洲，终身能游者，举世曾有几人？湖中之五洲，不半日已遍历其地。昔人谓登泰山而小天下，今游玄武湖者，可谓小五洲矣。"由此可见，当时的地方政府已经十分注意树立民众的全球视野和国际观念。五洲公园的名称用了7年，到了民国二十三年（1934）改称玄武湖公园。而"五洲"的影响还在持续，直至民国三十六年（1947）南京社会服务处编印游览手册《玄武湖》，虽然书名叫玄武湖，但里面讲到景区，处处还是以五洲来指点。当然，现在的年轻人恐怕已不知道有"五洲公园"的名字了。而对我来说，甚至认为应该恢复这个名称。我在8年前写过一篇《玄武湖随想录》的文章，就提出过这个想法，并建议吸纳南京的国际友城文化，通过植物和建筑小品建设，营造五大洲的环境和氛围，使之成为对外民间交流的窗口。当然，这只是"随想"而已，无人会理睬的。

我还注意到，民国时期在玄武湖设立了不少纪念物，例如梁洲的"十七军淞沪抗敌阵亡将士纪念碑"、翠洲的"北伐光复南京阵亡将士纪念塔"、环洲的"第五军八十八师第二五九旅淞沪抗日阵亡将士纪念塔"等。这些纪念物均是城市的记录，可惜都已不存。我以为应予以恢复。不仅要恢复，还可续建。例如2001年在翠洲建立了华梓园，以纪念第六届世界华商大会在南京召开，就是很好的例子。玄武湖作为城市的核心公园，已不宜再建大型建筑，但搞一些纪念物，以纪录城市的历史，应该是很有意义的。

8

前面讲了城市的两湖，还想再点两处：一处是雨花台，一处是栖霞山。

民国"南京游览手册"丛书之七是《雨花台》。

刚看到这本手册时，有点意外，很快也就释然了。之所以意外，是因为现在人们讲到雨花台，想到的就是革命烈士陵园。其实，雨花台原本就是一个历史文化资源丰富的风景名胜区，后来在此建立烈士陵园，突出了革命传统教育主题，其他似乎也就淡化了。雨花台在清代金陵四十八景中，题为“雨花说法”；到了1984年新评金陵四十景时，变成了“血沃雨花”，由此可见一斑。近年来，雨花台风景区管理部门在历史文化遗存的整理和修复方面做了大量的工作。我在七八年前写过一篇文章《雨花台：从“血沃雨花”到“雨花说法”》，也是要呼吁大家多多关注其名胜古迹。只是，人们形成认识和观念的过程并非一蹴而就，改变也就需要有个蛮长的过程。

社会部南京服务处于民国三十六年（1947）编印的《雨花台》。

这里还得说明一下：雨花台不仅是革命烈士就义的地方，在抗日战争时期也埋葬过众多抗战同胞。此外，《雨花台》手册还用了相当篇幅重点介绍杨忠襄公剖心处及墓（后设二忠祠）、方孝孺墓。这充分说明编者对这两位民族志士的尊崇。实际上，编者之所以将雨花台列入手册丛书之中，不光是指导游客观光，还欲激发大家的爱国主义情怀。手册开篇的一段文字充分说明了编者的目的：

“雨花台一隅，被害同胞数万（注：这里指抗战牺牲的同胞），残骸累累，令人不忍卒看，是则雨花台不仅凭吊胜迹而已，且为吾人奋发图强，刻骨铭心之处也。”

再说说栖霞山。

《栖霞》，列为民国“南京游览手册”丛书之三。让人有点意外的是，它不以“栖霞山”做书名，而是简约为“栖霞”。手头还有本《栖霞指实》的小册子，注明由“南京摄山栖霞寺佛学院编印”。尽管编者是佛教部门，也不以“栖霞寺”为书名，仍称作“栖霞”。也许在那一时期，大家都习惯了“栖霞”这样一个称谓。几年前，南京出版社发行文化南京丛书。其中的一册，内容是栖霞山及寺，书名却为《栖霞寺史话》。可能因现在“寺”的名气盖过了“山”，取名字也就势利起来，只冠寺不名山了。它与民国的《栖霞》《栖霞指实》的书名相比，就显得缺乏视野、小里小气了。这很值得我们玩味。

这里特别要说说栖霞山千佛岩。这个千佛岩，始刻于南齐永明二年（484），持续46年，遂成千佛之说。唐、宋、元、明各代相继予以修补，也有少量新凿的。2000年，南京有关部门作出调查：原有石窟265个，现存254个；原有石像704尊，现存532尊。由于佛岩历代饱受自然和人为伤害，自民国十四年（1925）始，栖霞寺住持若舜耗费两年时间，将全部佛像表面用当时最先进的建材白水泥涂了个遍，发愿不惜用毕生精力保护石窟。殊不知，佛像一经水泥上身，风姿全无，才貌尽失。“文革”期间，一批批红卫兵奋起千钧棒，横扫千佛岩。想不到，佛像尽管表面水泥受损，内部石体却得到了保护，倒是还了若舜主持的“发愿”。人世间的事，哪能说得清、道得明呢？

我曾有个大胆设想：鉴于栖霞山的石刻传统，可以创作21世纪的佛文化石刻艺术，将栖霞石刻进行到底。具体来说，选择合适的山岩，做好石刻整体规划，然后精耕细作，精工细雕，哪怕是花上十年、二十年时间，逐步去完成。在石刻过程中，还可以引游客来观赏。我曾就此与栖霞寺住持隆相、栖霞山景区主任王俊进行过探讨。王俊还真是个有心人，遍山勘察，选中虎山之西北坡处，带我们一道去看。那地方上下左右空间不小，能做出好文章、大文章。这样的一个宏大的设想，我在其他场合也说过，这里再呼吁一下。

9

下面得说说城市交通。

应该说，民国南京的城市交通规划是非常讲究科学的。民国十八年（1929），南京为迎送孙中山灵柩至中山陵，建成了奉安大道，即中山大道

（包括中山北路、中山路、中山东路），拉开了城市马路建设的主框架。再有就是包括美国墨菲、中国吕彦直等在内的著名中外建筑师，合作完成的首都计划，对城市的市政建设方方面面都作了详细的规划。这些为城市的发展储备了足够的资本。

特别要说的是中山路、中央路等 8 条主要干道，路幅都在 40 米以上。其间的两条慢车道和一条快车道，均有绿岛相隔离。绿岛和人行道植法国梧桐。横向数，绿岛加人行道上的法国梧桐，每排有 6 棵之多，棵棵比腰粗。树杈成伞状，连在一起，形成最为自豪的城市绿色隧道。夏天，走进“隧道”，无需打把伞遮阳或者避雨。这样的城市，在世界上可能也是唯一。我在 1995 年主编过画册《南京》，选用了一张绿色隧道的照片作为结尾。那张照片拍得太好了，塑造了最美南京的形象。

这次做民国南京旅游研究，方了解到中山大道及陵园路的法国梧桐，是著名农林学家傅焕光的杰作。所谓法国梧桐，是南京人的习惯叫法，实际上学名为英国悬铃木，是以美、法悬铃木杂交而成的二球悬铃木。傅焕光在上海的法租界复兴公园考察时，选中了这个树种并引入南京。他先是在陵园大道两侧引种了 1 034 株，后又在整个中山大道上广为种植，为城市筑起了一道绿色隧道。

我们收集到几位在南京学习、工作过的老人对南京的记忆。一位李先生说：记忆里的画面，一定是那一排排的梧桐，如果从画面里抹去了，记忆就不完整了。杭州的黄先生希望南京的梧桐，保留越多越好，砍掉了就失去了这座城市的气质，就像杭州没了西湖。还有位陈先生认为：只有斑驳树皮的梧桐和斑斑点点的树影，才能反映南京的民国范儿。

我们的城市，真应该为像傅焕光先生这样做出杰出贡献的人物塑像。

然而，人算不如天算。谁也无法预测城市的变化。例如，首都计划预测百年后南京城市人口为 200 万，现在尚未过“百”，已经完全不是这么回事了。由于缺乏后续的科学的城市规划，城市交通成为主要矛盾。特别是近十多年，城市发展迅猛，堵车日见不堪。怎么办？最简单的做法是拆房拓路，更为野蛮的是瞄准马路上的绿岛和行道树，大开杀戒伐树。中山东路上的法国梧桐已经砍掉了好几排，令人痛惜不已。这本是城市中心最精

20 世纪 90 年代拍摄的陵园路绿色隧道。

彩的绿色隧道，被砍得仅剩下人行道上的树了，实在惨不忍睹。让人拍案惊奇的是，中山东路的绿色隧道轰然倒塌，路两旁的建筑显露了出来，竟唱起了“城市赞歌”，说是建成一条景观路。真是一场“黑色幽默”。

其实，早在决定将市中心要道中山东路与沪宁高速公路连在一起的那一刻，就已经宣判了这条路上行道树的死刑。这是城市交通规划犯下的最低级的错误，恐怕也不会有第二个城市有如此愚蠢之举。我们曾建议：废掉沪宁高速公路与中山东路的连接线，恢复原来面貌，包括中山门的原状。这样做，是需要城市领袖的智慧和勇气的，恐怕很难。这里，也就是再次呼吁一下。

10

说到民国南京旅游，少不了要讲住宿和餐饮。

十分幸运的是，有座拥有百年历史的饭店老建筑至今保存完好。这就是位于下关宝善街的扬子饭店。这是英国人法尔里于 1912 年至 1914 年建筑的，而且用了明城墙的城砖砌就的，这就更显得非常宝贵。这家饭店一直经营到 1950 年歇业，后改作下关区公安部门办公场所。我在写《守望》

一书的时候，就提出：这样一座具有文化价值的饭店建筑，用作机关办公实在太可惜了。倘若将它恢复为饭店，那就太有意思、太有意义了。这个意见当时也就是说说而已，没想到真的要实现了。《扬子晚报》10 月 30 日有篇报道，披露了这个好消息。这当然与鼓楼区与下关区合并有关。不管怎么说，合并后的新鼓楼区作出这样的选择，是十分明智的。

老的饭店建筑改作他用，再重新恢复为饭店的有福昌饭店等。其中最为典型的是中央饭店。当然，它与扬子饭店相比就不算老了，建于 1930 年，是民国南京定都后最高档的饭店之一。中华书局 1936 年出版的都市地理小丛书之《南京》（倪锡英著），有这么一段文字："在南京，设备最完全、规模最大的旅馆只有两家，一家是中山路上的中央饭店，一家是太平路上的安乐酒店。"南京解放后，这座饭店被部队接收，改作南京军区后勤部办公用房及家属宿舍。1995 年，军区后勤部将办公室及住户迁出，重新按原貌恢复为中央饭店，还请全国人大副委员长程思远先生为饭店题写了店名。说实在的，部队机关腾让办公场所，复建中央饭店，是很难得的。这让我们想起一度寻觅的侵华日军在南京受降签字的地方，以为将此处找出来向公众开放、供游客参观，是可以大大增强正能量，也好缓解侵华日军南京大屠杀遇难同胞纪念馆带给观众的压抑心情。后来发现，这个地方是在南京军区司令部的大院里，对外界完全封闭，也就不再指望了。

昔日的安乐酒店。

2007 年拆除中的安乐酒店。

与中央饭店齐名的安乐酒店，建于 1932 年，建筑很有特色，其外墙黄白相间，二、三层的迎街客房阳台悬空凸出，十分招眼。南京解放后，它的命运看起来比中央饭店好，称作江苏饭店，一直延续了饭店的使用功能，但结果很不幸，成了旧城改造“拆”文化的牺牲品。2007 年，饭店的主楼被铲倒。尽管江苏饭店计划仍会在新建的建筑中做民国文化的文章，但陈酒已泼，新瓶难装，恐怕不好“安乐”了。“拆”文化的牺牲品还在继续。今年有关房地产商在湖北路地段拆迁，发现了民国航空饭店的建筑，可惜未去保护，一拆了事。其实局部调整规划，将其保留下来，是能给那个地块的旧城改造加分的。

以上讲的都是西式饭店。老的中式饭店现在仍在营业的也有，最具代表的是集贤旅馆，现在叫都市客栈建康路店。这个集贤旅馆，始建于清光绪元年（1875），已经有 138 岁了。据有关文字记载：它为古典式二层楼建筑，设有东、西厅院；其柱梁、隔间、地板均为木质；内部陈设如桌、椅、橱、柜、台等，有不少是红木的，雕刻着各种图形。再有：旅馆的床铺是 5 尺宽的雕木床或铁床，四角有木柱或铁管元柱支撑蚊帐；床上的棉被，折叠出多种多样的艺术花样，形成个性化的特色。这样的旅馆在当时应是条件最好的之一。集贤旅馆紧邻江南贡院，最初为赴考举子投宿场所，后为文人名士出入之地。不过，随着西式饭店和亦中亦西的新式旅馆的兴起，它的名气越来越小。我们在几本民国南京旅游手册的旅馆名录中，已不大能找到它的踪影了。南京解放后，工商业实行公私合营。1956 年集贤旅馆与状元境的庆贤旅馆、聚贤旅馆合并为集贤旅社。1978 年，旅社主管部门将其翻建成 6 层楼建筑，更名为建康饭店。2004 年，饭店归属于古南都饭店集团，成为旗下经济型酒店“都市客栈”的系列之一。我个人认为：这座旅馆既然作为“都市客栈”系列之一，何不恢复它具有百年历史的“集贤”名号呢？这个名号与“都市客栈”是很搭的。

至于餐饮，能够原汁原味地保存下来的老菜馆几乎是没有了，即使店名还在，品位也变了。这是因为老菜馆的建筑原本都不大，基本上都拆掉了；老菜馆的烹饪是需要名厨代代相传的，若仅保存老店的招牌，也就名不副实了。如清末创立金陵春菜馆，是民国南京最有名的京苏菜馆。现在新建了座金陵春酒楼，招牌一样，内容已大不一样。还有更离谱的，甚至让人很难接受的，举上两例：

同庆楼菜馆，是北京菜的品牌，创业于1933年，一直经营到1995年，因城市建设被拆除。这个“同庆楼”名号，消失了一段时间，现在又在南京出现了，据说是安徽籍人士开办的，经营的当然不再是北京菜了。这让我们老南京人有点伤感。因为在我们的印象中，同庆楼就代表着北京菜。这同时也提出了一个如何妥善保护老字号招牌的问题。例如，即使允许新开的店用“同庆楼”店名，至少也得限制它必须经营北京菜。

再有，绿柳居菜馆。它的历史比较早，始创于清宣统三年，也就是1911年，是南京最有名的素食馆之一。素食是从寺庙素食传到社会上的，形成了佛寺素食馆和民间素食馆两类。绿柳居属民间素食馆。出人意料的是，到了1986年，这个店由素食馆改成了清真绿柳居菜馆。也就是说，将源于佛教寺院的素食与伊斯兰教餐饮相结合，搞得不伦不类。这样做，遭到素食界同行的排斥，也不被清真餐饮同行认可。当然，菜馆是为了拓展客源、做生意的需求才这样做的，应该可以理解，只是太缺乏饮食文化的基本常识了，愧对了“绿柳居”的名号。

11

最后，还得讲到旅游购物和娱乐。

民国时期，没有像现在这样的旅游购物店。

现在的旅游购物店出现在改革开放后，最初是为境外旅游团队开办的，之后随着国内旅游的兴起，更多的是迎合国内团队购物的需求。为便于管理，旅游部门曾一度将其核准为旅游定点购物商店，后又取消“定点”，以适应市场的进一步开放。不过，旅行社仍与商家合作，形成众多旅游团队购物店。旅行社从中获取购物佣金，以弥补旅游市场低价竞争之不足。购物佣金的提取，水涨船高，无法遏制，极大损坏了游客的权益。从今年10月起实施《旅游法》，禁止旅行社组织团队到购物店购物。这条法规十分严格，采取了“堵”而非“疏”的举措，恐怕是相当一个阶段不得已而为之的办法。购物，是旅行中必不可少的一个内容。旅游团体购物，如何做到游客、商家、旅行社三满意，仍是需要破解的一个课题。

阅览几册民国南京的旅行手册，印象特别深的是强调购物的原产地。

例如讲到瓜果，首先会介绍其“出生”地：孝陵卫的卫瓜，味甜肉松；玄武湖的樱桃，色红味甘；莫愁湖的菱与藕，味极甘美，生熟皆可食；姚坊门的姚枣，硕大而甜；栖霞山的银杏，壳薄肉厚；和平门外的石榴，子大味鲜；南乡的魁栗，大如儿拳；还有沙洲圩的花香藕，生食真比雪霜甘蜜也。实际上，产地就是品牌。

现在我们也比较注重产地品牌了，如固城湖螃蟹、横溪西瓜等。不过，当下商品的诚信度成了一个大问题。据说，固城湖螃蟹未成名时，阳澄湖的人到高淳来大量采购，然后将它们在阳澄湖水里过一下，换个包装就变成阳澄湖蟹了；固城湖螃蟹成名后，又有安徽的螃蟹来冒名顶替了，称之为洗澡蟹。这只是一个好玩的例子，问题比这个要严重得多的可谓数不胜数。其实，这类事民国南京也存在。民国初，由于呢绒、哔叽等洋货大举入袭，南京云锦跌进衰落期。而在1921年至1931年的10年间，云锦行业发奋创新，织造了一批结合时代生活的实用织品，专向外国游客和归侨销售，小有了一番成就。只是好景不长，由于缺乏行业监管，一些机户单纯为了牟利，不讲产品质量，粗制滥造，以次充好，毁坏了产品声誉，以至于销路渐绝。这样一个成功与失败的案例，可谓是刻骨铭心，具有十分重要的现实意义。

至于民国南京的娱乐，与现在相比就显得十分贫乏了。不过，也有值得说说的内容。

大家都知道上海大世界，恐怕都不知道南京有个可以与上海大世界媲美的城中大世界。这个城中大世界建于1931年，坐落在奇望街（注：今建康路）上。创办人顾无为，是南京早期文明戏的倡导者。他曾亲自登台扮演过袁世凯，由于触犯了军阀，遂南下广州在演艺界谋生，之后再杀回南京创办城中大世界。为解决建设资金问题，他采取了自愿入股、分干承包、按期分红的招商办法。投资者涌动，连小吃铺、瓜子摊都入了“股”。大世界娱乐场也就很顺当地建成开业。这样一种招商经营方法是很超前的，而且成功了。城中大世界设有多个剧场，上演京剧、话剧、扬剧、曲艺、魔术杂耍以及放映电影等，还辟有气枪、弹子房及儿童游乐设施，又有各种风味小吃供应，内容丰富多彩。游客花2角钱买张大门票，可以从下午1

民国时的夫子庙套圈游戏，现在也很流行（邹尚供图）。

点玩到晚上 12 点。如欲坐观京剧，还须再加票。这实际上是一个大型的综合游乐场，一度闻名大江南北，绝对应载入南京的文娱史册。可惜的是，它仅存活了 5 年。1937 年农历 8 月 15 日，侵华日军飞机轰炸南京，“大世界”惨遭炸平，自此消失在江湖，以后很少被人提及。这恐怕是大家不知道城中大世界的原因。应该说，城中大世界既是南京的骄傲，也是侵华日军的罪证，必须记录在案。

还有，现在不少地方设有歌舞餐厅，旅游团体可以在那里边欣赏节目边就餐。这种形式民国时期就已经有了，叫戏茶厅。戏茶厅实际上是传统茶馆的升级版，供茶客在茶餐中观赏节目，尽管比现在的歌舞餐厅规模要小得多，但可以说两者是一脉相承的。南京的戏茶厅大多集中在夫子庙以及下关地区。京剧清唱在戏茶厅中比较流行，夫子庙的飞龙阁是其一。酷爱京剧的著名报人、作家张恨水，就是那里的常客。飞龙阁的台柱郑瑞坤，有“须生泰斗”的美誉，对张恨水十分倾倒，执意要拜张先生为师；张先生也很欣赏这位女子的才气，欣然收其为女弟子，一时成为演艺界、报界的美谈。除了京剧，各种曲艺表演都活跃在戏茶厅，包括刘宝瑞的相声、王少堂的扬州评书、骆玉笙的京韵大鼓等。有位梨花大鼓演员董莲枝，初在奇芳阁开唱，后在飞龙阁、麟凤阁献艺，成长为鼓词演唱第一人。她相貌平平，而歌词哀怨，致使不少教授学者成了“董迷”。胡小石教授曾为之作诗《听歌》：“四座无声弦语微，酒痕护梦驻春衣。年年花落听歌夜，雨歇灯残不肯归。”抗战时胡先生在重庆，又看到董莲枝的演出，再作诗《赠董娘》：“听汝秦淮碧，听汝汉水秋，听汝巴山雨，四座尽白头。”文人发自肺腑的感慨，至今听了仍为之动容。

民国二十五年（1936）落成的国民大会堂鸟瞰。

还想说说国民大会堂，也就是现在的人民大会堂。抗战胜利后的“首都各界庆祝国民政府还都大会”，就是在这里召开的。蒋介石先生也是在这里当选为总统的。不过，我之所以将国民大会堂拿出来说事，并不是因为这些，而是特别赞赏建设这座建筑的指导思想和规划设计。国民大会堂建成于1936年。当时建设这座建筑的想法就是既作会堂，又作剧场，还可供国立戏剧音乐院使用，以体现综合效益。整个建筑分前厅、剧场、表演台三部分，建筑面积5 100平方米，制冷、供暖、通风、消防、盥洗等装备一流，是民国时期规模最大、设施最为先进的会堂兼剧场。只是，大会堂建成后仅一年南京就沦陷了；抗战胜利后也没起到多少剧场的作用。新中国成立后，国民大会堂改名人民大会堂，倒是真正做到了会堂兼剧场，发挥了应有的功能。上世纪五六十年代，大凡来宁的外国艺术团体以及国内著名剧团，都是在人民大会堂演出的。我就曾在那里观看过日本松山芭蕾舞团的《白毛女》、中央实验芭蕾舞团的《天鹅湖》《巴黎圣母院》、中央歌剧舞剧院的《小二黑结婚》等演出，留下的印象至今难忘。

最后要提一下瓮堂。所谓瓮堂，就是座老澡堂子。

洗浴，本该属休闲娱乐的内容之一。民国南京的几本游览手册，都列有澡堂子目录，不过也都缺少具体内容。由于查阅到的资料有限，我在《守望》一书中没有写洗浴，总觉得是个缺憾。书写毕，方听说南京竟然有这么一座瓮堂。

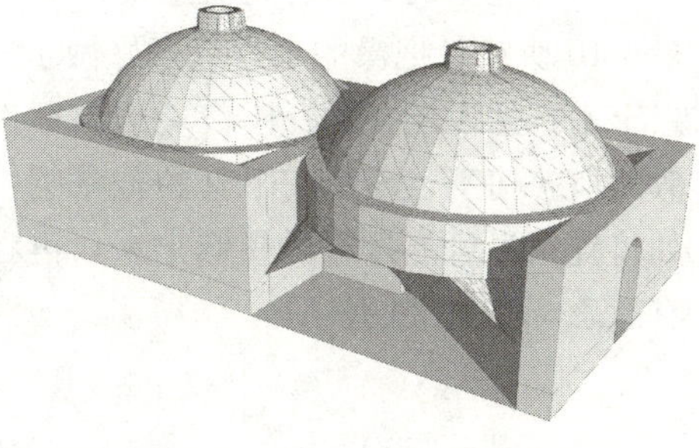

2013 年 8 月，我们请专业人员现场测绘瓮堂外形，绘制了双瓮示意图。

这座瓮堂，坐落在中华门外行将拆迁的西街上。我之所以用了“竟然”二字，是因它在明朝就建起来了，而且至今仍在使用。要不是南京大学历史教授夏维中说起此事，并带我们到现场察看，还真不敢相信竟然有此等国宝。

说它是国宝，因明代瓮堂能够保存下来的全国仅有两座。另一座在北京故宫，早早就“歇业”了。绝就绝在南京的这座还在做生意，再也想不到吧。我们走进西街，一片拆迁前的败落景象，唯瓮堂外墙上挂有省级文物保护单位的牌子，想来是不会拆的。瓮堂内设施陈旧，规模也小，挂的牌子是 10 块钱洗把澡。夏教授说：明朝瓮堂的内部格局当然不像现在这样，原汁原味保存下来的是瓮型主要建筑。所谓瓮型，是浴池的上方为圆形的屋顶，两者形成瓮状。北京故宫的瓮堂是单瓮；而南京的是双瓮，更加难得。夏教授还告诉我们：现在社会上有个离谱的传闻，说瓮堂是当年修城墙的民工使用的。实际上，它是与之相邻的大报恩寺的配套设施。有身份的人到大报恩寺做佛事，首先得在这里净身。原来是这样呀。

瓮堂的堂口挂了块价格表，10 块钱就可以在明代文物中泡把澡了。

我与瓮堂的经营者交流。他们都有点发愁。因为一旦周围拆得乱七八糟，10 块钱一把澡的生意也不好做了。我就在想：现正在大报恩寺遗址大兴土木，据说还在建一座玻璃的象征性的大报恩寺塔。既然那么热衷于做假的塔，何不也珍惜一下真的瓮堂呢？它同样是大报恩寺的一部分呀。假如将瓮堂尽可能按原样整修出来，再在相邻处建一座现代化浴场，不是挺有意思也有意义的事吗？

12

撰写《守望》一书的启示多多，限于篇幅仅讲了些印象比较深的感受。民国南京旅游的研究以《守望》付梓告一段落，同时也是新的开始。民国的旅游是个富矿，实在有太丰富的内容了。我真诚地希望，今后有更多的人加入到此项“研究”的行列中来。

我与《金陵屐痕》

2015.10.8

1

民国旅游人写南京的文集《金陵屐痕》，终于在2015年金秋由南京出版社正式出版了。这个读本是我与民国旅游品收藏家钱长江选编的，倾注了我太多的心血，因而也有太多的感触。

我是搞旅游的，最初策划《金陵屐痕》，缘于南京出版社2014年出版的“外国人眼中的南京”之《金陵物语》、“名人笔下的老南京”之《金陵旧颜》。在两书出版之前，我的著作《守望南京：民国旅游寻寻觅觅》已由南京出版社出版，其中附录了我收集的民国游记《金陵牛首山访古记》等四则。社长卢海鸣以为这四则文章读起来很有新鲜感，征得了我的同意，将其推荐给《金陵旧颜》的编者丁帆教授并被采用。那时候，我就有一个冲动，一定要选编一本民国旅游人撰写的文集。文集的作者可能并非要求是名人，其中的文章也不一定要有什么名气，但一定要是真实的记录，值得去发掘、去整理、去选编。

我很快将“冲动”演化为“计划”，甚至拟好了书名《旧都屐痕》。这一计划，得到了卢社长的认可，并纳入了他们的出版项目。他还建议将书名定为《金陵屐痕》，以便与《金陵物语》《金陵旧颜》形成一个系列。

现在，这个计划已经付诸实现了。它是民国旅游人留下的未曾磨去的屐痕，是那一时期我们城市的珍贵记录。我为旅游界的前辈感到骄傲，为我们的这座城市感到自豪，也以为自己是在做一件有意义的事。

2

《金陵屐痕》从谋划到成书，前后花费了一年多的时间。选编的文章主要来自民国时期唯一在全国发行的旅游杂志——《旅行杂志》。其实早在三年多以前，我结识了搞收藏的钱长江，也就有幸阅览到多期的《旅行杂志》。那里面的文章有不少是南京游记，读起来就像在看老胶片纪录片，很是过瘾。我当时就很想将这些文章推荐给更多的人看。也就是说，那时候我已经在酝酿《金陵屐痕》了。钱长江得知我有这个想法，自然与我一拍即合。

钱长江收藏的民国旅游品五花八门，包括景区门票、饭店及餐馆发票、电影说明书、马车及出租车牌照等，让我大开眼界。他还收集到镇江一位中学生写的作文“栖霞山游记”原件。此作文通篇用毛笔写作，字迹工整、秀气，书写得实在太棒了。作文中还有老师的毛笔字批语及眉批，“批”得非常到位和给力，不客气地说，现在的老师看了以后会感到汗颜。我们后来将这篇作文选入《金陵屐痕》。这应该是全书中年龄最小的作者的文章了。

3

这里得说一下《旅行杂志》。这个民国独一无二的旅游杂志，是中国旅行社于民国十六年（1927）创办的，头两年为季刊，各发行春、夏、秋、冬四期；从第三年开始改作月刊，自此即使在抗战烽火中也从未间断，一直办到 1954 年 7 月停刊，是最具权威、最有影响力的旅游杂志。它记录了旅行者的所见、所闻、所感，也就无意间录制了这一特定时期，包括南京在内的各地特定风物。

中国旅行社自民国十六年（1927）开始，向全国发行的《旅行杂志》创刊卷夏季号。

我策划《金陵屐痕》之初，苦于钱长江手头收藏的杂志仅七八十期，还不足总期数的三分之一。机会总愿意留给执意做事的人。偶然间去萧山参观浙江旅游博物馆，得知馆内档案就存有比较完整的《旅行杂志》（电子版），这对我来说犹如神助。为此，我先后三次赴浙江旅游博物馆，其中有一次在馆内连续“泡”了三天，查阅了该杂志从头至尾的目录，搜索到所有写南京的文章。这为选编《金陵屐痕》提供了最基本的条件。

《金陵屐痕》共计收入文章54篇，其中有47篇来自《旅行杂志》。应该说，浙江旅游博物馆为之功不可没。

顺便也得提一下浙江旅游博物馆。这个博物馆很年轻，是由浙江旅游职业学院建立的，于2013年9月27日开馆。也就是说，我第一次去它那里，它还不满周年。出面接待我的竟是我的旧识毛水根先生，这给了我意外的惊喜。他原为遂县旅游局局长，现调任学院的合作发展处任副处长。这真是一种缘分。在他和博物馆金晓颖女士的无私支持和帮助下，我在那里的工作得心应手。用金女士的话说，我还成了旅游学者来博物馆查阅资料的第一人。

4

《金陵屐痕》内中的文章，没有如同《金陵物语》《金陵旧颜》那样按写作时间排序，而是分成了三个部分，即“览胜篇”“行游篇”“交通篇”。这恐怕是因我从事旅游职业使然。在“览胜篇”中，仍未按文章的写作时间排序，依次为“综述”“山”“水”等，旨在将一个面或一个点的景观分别集中单列，以便从中看出面或点在不同时段的变化。

大家可能已经注意到，览胜“玄武湖”的专文多达五篇，还不包括“综述”类文章中每篇必会写到的“玄武湖”。我原意删减其中的一两篇，以求得全书内容的均衡，但审阅之下以为篇篇精彩，实在无法割舍。尤其是《忆之海中的玄武湖》《忆夜泛玄武湖》《怀念玄武湖》等三篇，是作者在陪都重庆回首玄武湖的文章，字字情真意切，阅之唏嘘不已。还有一篇《玄武湖四季风光》，是从民国三十六年（1947）社会部南京社会服务处编印的游览手册《玄武湖》中节选下来的。之所以还要从游览手册中节选文章，是因为这段文字对玄武湖四季风光的描述犹如散文诗，实在太美了。作为一个大众手册，用如此精妙的笔墨来写某个景点，也是罕见的。我曾将其摘录给导游看，他们读了都赞不绝口。玄武湖在民国时期的江湖地位，不是我们现在所能想象的。

“栖霞山”的专文选用了四篇，仅次于写“玄武湖”，其中包括前面提到的那篇中学生的作文。可见栖霞山在当时南京的旅游地位也很显赫，尤其是“秋”栖霞具有相当的影响力。没想到的是，“牛首山”也有两篇入选。因当时去牛首山的交通十分困难，不像栖霞山有火车可以通达，因而很少会有人光顾。其中《金陵牛首山访古记》一文，虽已收入《守望南京：民国旅游寻寻觅觅》的“附录”，又被《金陵旧颜》入选，但这次我仍然再次请其亮相。理由是前面刊登的文章，是我从一册破损的《旅行杂志》上录下的，文中有漏字，而重新亮相的则为完整版，且刊入此文作者罗香林拍摄的“牛首山”照片，很是珍贵。

在“行游篇”“交通篇”两个章节中，因其中有不少文章是按旅行线路记叙的，涉及的城市颇多，南京仅为其一，只得将其进行节选。这正是我在选编过程中的纠结之处。我本希望凡入选的文章应保留其完整性，不作删节，后几经与出版社交涉未果，还是妥协了。毕竟，我们编的是“金陵”屐痕，而且如不“节选”，篇幅过长，也会影响到以后在书市上的营销。有了大局观，我也就不纠结了。非但不纠结，我还主动删去诸如《顺流而下：由万县到南京》等纯属大交通方面的文章，以压缩全书总的印张。此类文章唯一坚持保留全文的是科学家戴文赛的撰文《还都散记》。该文写的是中央研究院天文所由昆明迁南京的经历，资料十分难得，且作者又是以“春在昆明，夏在重庆，秋在南京，冬在北平”的视角来“观感”的，可比对同一时段几座城市的各自风貌。我的这一坚持，得到了出版社的认同，也就皆大欢喜了。

5

我可以自信地说：《金陵屐痕》一书，除了刊登的文章鲜见，插图也会让你耳目一新。何以这么说呢？

书中插图的来源之一，是《旅行杂志》上原汁原味的照片。例如，前面提到《金陵牛首山访古记》作者罗香林拍摄的照片，就是与文章在同一期杂志上发表的，整整占了两大页。这次我们将文与图在书中一并予以还

《旅行杂志》上刊登了罗香林老师拍摄的牛首山照片。

原。再有，乘马车旅游是当时南京的一大特色，而这样的照片即使在老照片藏家那里也不曾觅得。恰好《旅行杂志》刊登的《京华烟云》一文，附有“明陵道上”的照片，生动描绘了马车出行的场景，真是“踏破铁鞋无觅处，得来全不费工夫”。我们还注意到，“玄武湖”曾先后四次登上《旅行杂志》的封面，再次验证了它的江湖地位。

这里还需说明一下，我本打算凡采用的《旅行杂志》图片，都要注明图片刊登的期号及摄影者姓名，以保存资料的完整性，后因出版社考虑到《金陵屐痕》要与《金陵物语》《金陵旧颜》的版式及风格统一，未采纳我的意见，挺遗憾的。

书中插图的来源之二，是民国十四年（1925）出版的《金陵名胜写生集》，以及民国二十三年（1934）出版的《新编金陵名胜写生集》。这是由东南大学图画研究会导师周玲荪绘画的，计 26 景、38 图。因他的作品分油画写生和水彩写生两种，均为彩图，我开始编书时并未打算采用。等到我觉悟过来，全书的排版已基本定型，再做调整需动大手术。尽管如此，我仍然与出版社责编谢微女士协商，尽可能做了些补救，最终使他的 16 幅作品以黑白的形象得以呈现。当然，未能将他的全部作品完整展示，也是个遗憾。让大家留点念想吧。

这里一定得补充说一下出版社的谢微女士。她是位细心、耐心、认真负责的美女编辑。我原以为“选编”无须自己动笔写作，应该比较轻松，没想到耗力费时，也屡遭困境。全书仅目录就调整了六稿，文选也由最初筛选出来的 70 多篇压缩为 54 篇，其工作量可想而知。其间，还有查找生僻的繁体字、给某些文章注标点等繁琐工作。好在谢女士从无怨言，充满韧性，也很善于与我沟通。这促动我将“选编”工作坚持下来，不至于半途而废，并结得了硕果。在这里，我要对谢女士说一声“多谢多谢”。

书中插图的来源之三，是钱长江和地方志学者邹尚的私人收藏。邹尚对南京地方史料很有研究，仅收藏的老南京照片就有 2 万多张。他是我领导的南京旅游学会的会员，常与我研讨民国旅游文化，得知我要选编这样一本书，自然会将私藏倾囊而出。钱长江是此书的编者之一，就不用说了。他为了编好这本书，特意花大钱新购了两张老照片。一张是两位游客骑着两头毛驴在灵谷寺塔下的留影。这不就是驴友吗？想来现在称“驴友”为旅游的代言，看来也是有一点依据的。而今在网络时代，上海搞了个“驴妈妈旅游网”，名字取得就很有文化含量。另一张是在中山陵广场上举行节庆活动的照片：天上有一排飞机；地上人头攒动，其间走动着众多盛装的外宾，还停着一辆车身标着“旅行车”的客车，场面很是宏大。我和邹尚等几个人用放大镜对着照片左看右看，以为不像是实拍的照片，而是翻拍的一张民国中国旅行社绘制的广告画，或是经过了 PS。看来 PS 技术也由来已久。虽然没弄清照片的实况，还是将它刊登在了书上，让读者来点评吧。

6

大凡做成一个文艺作品，总会留下一些遗憾。《金陵屐痕》完书后亦然。前面已经提到诸如文章节选或删除等存在的遗憾，还有一个很大的遗憾，就是未能将所有作者的生平逐一作介绍，留下了不少“天窗”。我曾将每篇文章的作者姓名罗列出来，请我的助手季宁帮忙查找他们的简历，结果能找到的不足三分之一。出版社谢微也花了不少功夫在资料库中搜索，收获仍然寥寥。我们之所以做这个工作，既是对作者的尊重，也好给读者一个完整的交代。而努力的结果，还是令人遗憾。

不过，这也反过来说明《金陵屐痕》中的许多作者原本就不是名人，而是“普通一兵”。这与我选编这本书的初衷是一致的。这些作者出于对南京的热爱、对旅游的热爱，用普普通通的笔给我们指点着昔日的“屐痕”，实在令人感佩。选编这本书，也是向他们致敬。

实际上，文选中有几篇文章的作者甚至连姓名也未署上。其中，《南京首都饭店》一文给了我颇深的印象。它详细介绍了中国旅行社开办首都饭店的过程以及饭店的各项设施，让我们从中了解到中国现代酒店业早期的状况。前不久我应约写了篇《酒店业牵手养老产业的观察与思考》的文章，就引用了该文的内容，以此论证酒店业在现代服务业中是最早与国际接轨的。据我推测，该文的作者应该是《旅行杂志》的记者，因饭店与杂志均属中国旅行社，所以未给文章署名。还有《铁路员工之典型——京站许故段长朝元铸像揭幕礼记》一文，应该也是《旅行杂志》的记者撰写，可能因是一则通讯报道，作者仅署名KY.（姓名的英文缩写）。而正是这则最平常不过的文章，让我难忘。它报道的是：铁道部门在南京火车站给

民国三十八年（1949），南京火车站为段长许朝元立浮雕像。

一位叫许朝元的段长塑像（浮雕），并为之举行揭幕仪式。这位段长是中国的第一代铁路员工，默默地在岗位上干了一辈子，死而后已。段长，怎么说也是最基层的一个职位了吧。为这样一位小人物塑像，深深感动到我。时过境迁，这座浮雕早已不复存，然而，却被 KY. 用文字和摄影保存了下来，并且成为了《金陵屐痕》的一分子。

忽而想到，近来南京正在讨论城市人物塑像问题，并确定了第一批名人塑像的名单。我不知道决策者是谁，只是想提示一下：我们的城市能否考虑为小人物塑几座雕像呢？

《金陵屐痕》终于付梓，我也大大地松了一口气。偶尔看到报道中国古生物研究者徐星的文章，其中有美国学者麦克·本顿对他的评价：比起“雕刻”自己，这块“化石”更愿意为未来的研究铺路。选编《金陵屐痕》这样一本书，当然无法与徐星的研究相比，但至少不是为“雕刻”自己，而是为我们这座城市的现在和未来铺上一丁点儿路石。

《金陵屐痕》序言

金陵，南京的古称谓。

“金陵”之名称，据说与地域的“王者之气”有关。相传公元前 333 年，楚威王灭越后在今清凉山（含石头城）筑城，并以“埋金”镇“王气”，命名金陵邑。因金陵邑首次带有行政设置的性质，也就成为了南京城市的发端。只是，在历史的长河中，“金陵”仅仅存活了百余年，就相继被秣陵、建业、建康、江陵、白下、上元、应天、天京等四十多个名称所替代，再没了它的名分。见证奇迹的是，尽管它早早作古，但历朝历代的诗词文赋总还在为之咏叹。“金陵”二字的江湖地位似乎从未有过动摇，即便在当今也是如此。例如，南京出版社去年出版了《金陵物语》《金陵旧颜》，还有我和钱长江正在选编的《金陵屐痕》。

南京出版社 2015 年出版的《金陵屐痕》。

《金陵屐痕》不同于“外国人眼中六朝古都”的《金陵物语》，也不同于“名人笔下老南京”的《金陵旧颜》，而是跟随民国旅游人的“屐痕”，近视“京华烟云”。

我是金陵人，虽说出生于上海，但从记事起已是在南京，而且一直在这座城市学习、工作、生活。我又是旅游人，自 1987 年参加组建南京市旅游局后，自始至终未离开过旅游岗位，直至退休。我似乎注定与“金陵”有缘，因我编写的第一本书就取名为《金陵游》。这是我的处女作，尽管未正式出版，属内部交流资料，但也一时成了南京导游的必读物，而且被大专院校导游专业做过教材。我还曾将“金陵游”作为南京旅游的对外宣传口号。打那时候起，我就很想了解民国时期的旅游。它是开启中国现代旅游业的重要阶段，更是城市建设、社会发展的一个侧记。苦于当时陷于事务性工作，无从顾及。退休后，我仍在旅游社团活动，可以从容开展民国南京旅游的研究。其成果先是著有《守望南京：民国旅游寻寻觅觅》，接下来便是《金陵屐痕》。

实际上早在清末，南京的现代旅游就呈现出萌芽状态。典型的标志是宣统二年（1910），南京举办了相当于国际博览会的南洋劝业会。为期六个月的南洋劝业会，前来参观的中外人士多达数十万人，在中国历史上尚属首次。我们注意到，在南洋劝业会的组织名单上，赫然出现了陈光甫的名字。正是这位陈光甫先生，创建了中国第一个现代旅行代理机构——中国旅行社。南京的首家旅行社，就是中国旅行社的一个分支。它的诞生，成为中国现代旅游业的里程碑。

《金陵屐痕》中的文章，大多来源于中国旅行社创办的《旅行杂志》。这也是唯一在全国发行的旅游杂志。在这个旅游园地里，记录了旅行者的所见、所闻、所感，也就无形中录制了这一特定时期的特定风物。这正是我十分关注的。当然，我更为关注的还是其中的南京，尤其关注“她的原始真容和各色人等彼时的生存境况，以及这个城市宽厚的文化性格”（引自《金陵旧颜》“序言”）。

《金陵屐痕》的文章，内容涵盖了城市的景区景点、住宿、餐饮，以及往来这座城市的城际交通等，可谓是民国南京的多方位记录。之所以做这样的选编，是期许今人通过民国旅游人的视角，观察和了解旧都南京。这样的观察和了解，没有遥不可及的距离，仿佛就是在看南京的“昨天”。又因它们写于不同的时间段，例如有民国早期的、有抗战胜利后的等，读之给人以不一样的体验、不一样的心得，引发一种说不清、道不明的乡愁。这样的读本应该是以往很少有过的。我甚而认为，旅游人的屐痕，是另一类型的史料档案，完全应纳入这座城市的历史文献之中。

近年来，南京出版社致力于南京的民国文化整理，开启了民国史料工程丛书出版等工作。我作为籍于斯、长于斯的金陵人，深有所触，愿以《金陵屐痕》加入到这项文化耕耘之中，并以此表达我热爱南京、热爱南京旅游的真情实感。

我与《上海游屐》

2016.8.12

2015年10月，南京出版社出版了我与民国旅游品收藏家钱长江选编的《金陵屐痕》。这是一本民国时期旅游人写南京的文集，出版发行后颇受好评。历史学者卢海鸣博士阅后，以为此文集不仅阅读性强，而且很有地方史料价值。据此，我就十分想编一本民国旅游人写上海的文集。上海驴妈妈旅游网高宏久先生得知后，主动提出来与我合作。我们将合编的书名定为《上海游屐》。

高先生和我都是从事旅游工作的。他是从小就在上海生活的山东籍汉子，性格爽朗，又具有国际视野的海派范儿，现担当驴妈妈旅游网的总裁。我虽在南京长大，但出生于上海，对这座城市生来就有一种莫名的情怀。我后来还娶到一位上海姑娘，似有一种归属感。这一次，我和高先生共同做这件事，似乎无需过多的语言交流，配合得非常默契。其间，还有个花絮：我在编《金陵屐痕》时，收集到两位民国游人骑着毛驴在南京灵谷塔前留影的照片。我将这张照片放大，作为礼物送给2015驴妈妈旅游网的年会。我对高先生说，照片里的“驴友”应是“驴妈妈”的前辈。这张老照片成了我们合作的基石。

民国驴友在南京灵谷塔前留影。

我们旅游界以往的对外宣传有个说法：千年历史看北京，百年历史看上海。上海原为一个滨海僻县，是在道光二十三年（1843）开关成商埠后迅速崛起的，发展成了世界著名的“东方明珠”。说到上海，人们自然想到的是海派文化。实际上，上海古属吴地。《吴郡志》云：“松江东泻海，曰沪海，亦曰沪渎。”此为上海简称“沪”之由来。追溯其文化历史，根基在于吴楚文化的交融。鲜明的例子是，战国时期楚人黄歇入吴。黄歇，号春申君，据《上海通史·古代》卷云：“春申君父子前后治吴14年，有所政绩。”吴地百姓为纪念黄歇，将他组织开凿的入海水道称作“黄浦江”（又称“春申浦”）。上海的别称亦叫“申城”。“申城”之所以为“海派”，自然与其滨海的地位不无关系，也与来自五湖四海乃至西方异国的移民有关。据上海1885年以来历年的人口统计，非上海籍的人口通常占75%以上。这座移民城市的奇异发展，确实也令人瞠目，超出了常人的想象。这从收入“沪上风情”卷中的几篇文章题目便可见一斑：《上海——商业繁盛且纸醉金迷之邦》《一片纷扰中到了上海》《到上海又入大观园》《上海——一个充满矛盾的热闹世界》《上海——一个奇异的都市》等。

《上海游屐》除了设“沪上风情”卷外，还设有“上海旧历”“申城来往”两卷。其内容涵盖了城市的景区景点、交通、住宿、餐饮、娱乐以及风土人情等，可谓是民国上海滩的多方位记录。其中的“申城来往”卷入选的文章，写的并非是上海，而是“外地人如何到上海”和“上海人如何出行”的内容。我在选编《金陵屐痕》时，就曾计划收入“来往南京”的文章，后因未得到南京出版社的认同而割舍。我以为，《金陵屐痕》留下的遗憾，无论如何要在《上海游屐》中予以弥补。合作者高先生也十分认同这个意见。这也是此册书名未沿用“屐痕”的缘故，而改用了“游屐”，以拓展选文的视野。其实，在当时的交通条件下，人们如何通过各种方式奔赴上海或从上海出行，都可凸显出这座城市的江湖地位，也应视为城市文化的一个组成部分。

我们在选编《上海游屐》过程中，收集到一篇写于20世纪20年代的文章，题为“赠别游美学生”。这篇文章报道了中国旅行社承包国际邮轮接待留学生赴美的情况，以及留学生赴美前后应注意的事项。这是中国旅行社在上海刚刚成立就做的一件很“牛”的事。现如今中国学生留学美国已成常态，而回过头来看看90多年前的“非常态”，是很有意思，也有意义的事情。这尤其对我们搞旅游的人来说，不无启迪，也为之骄傲。此文由于过长，又属于说明文性质，我们从中作了删节，收入到“附录”之中。

我们选编《上海游屐》的目的，是期许今人通过民国旅游人的视角，观察和了解当年的上海滩。这样的观察和了解，犹如在过老胶卷中的纪录片，引发大家说不清道不明的乡愁。这样的观察和了解，也让身处现代化大都市的人们，尤其是年轻人，更加明晰地比对过去，珍惜当下，逐梦未来。

《上海游屐》的文章，既然是民国旅游人来往和游弋上海，以及上海人出行的真实的屐痕，无疑也为这座城市增添了可能会被忽略的史料。作为当下的旅游人，作为《上海游屐》的编者，能为这座城市出点力、尽点心，我们感到荣光。

民国《旅行杂志》第四卷第一号封面。

穿越：民国留美学生的漂洋过海

2016.5.30

1

2015年10月，南京出版社出版了我与钱长江合编的《金陵屐痕》，颇受好评。这是一本民国旅游人写南京的文集，对那一时期南京的吃住行游等诸方面都有如实的记录。出版社社长卢海鸣先生阅之后，以为此文集很有地方史料价值，还将之推荐为2015“十本好书”评选的提名。它虽未能最终入选“十本好书”，但对我而言，已有一种满足和成就感。

我既然有了选编《金陵屐痕》的经验，继而就计划编一本民国旅游人写上海的文集。上海驴妈妈旅游网高宏久先生得知后，主动提出来与我合作。我们一拍即合，着手开始编辑，暂定书名为《上海游屐》。之所以未沿用“屐痕”，是因为要强调一个“游”字，以拓展视野，不仅选“写上海”的文章，也选“外地人如何到上海”和“上海人如何出行”的文章。这是《金陵屐痕》所欠缺的，也从中更能表现大上海应有的特殊地位。

《上海游屐》的文章，全部选自中国旅行社向全国发行的《旅行杂志》。此杂志创刊于民国十六年（1927），民国时期共发行近250期，涉及上海的文章十分丰富。它在第二期（第一卷夏季号）上刊登了一篇《赠别留美学生》的文章，引起了我很大的兴趣。

2

《赠别留美学生》一文，写的是20世纪20年代，中国旅行社接待留学生赴美的情况，及其赴美前后的注意事项。现如今中国学生留学美国已成常态，而回过头来看看90多年前的“非常态”，是很有意思，也有意义的事情。特别是对我们搞旅游的人来说，不无启迪。

中国旅行社是中国最早开办的旅行社，与《旅行杂志》同一年诞生。旅行社的前身是上海商业储蓄银行旅行部，成立于民国十二年（1923）。次年，上海商业储蓄银行南京分行设立了旅行分部。这也成为了南京最早的旅行社。

上海商业储蓄银行旅行部成立的第二年，即民国十三年（1924），便联系国际邮轮安排学生赴美留学。这一年接待了学生127名，乘坐的是“杰弗逊总统”号邮轮；接下来的民国十四年（1925）接待了159名，乘坐“杰克逊总统”号；再接下来的民国十五年（1926）接待了164名，乘坐“麦金兰总统”号。邮轮公司每每称此航班的邮轮为“中国学生船”。

由此可知，中国旅行社尚在雏形期（指旅行部）就包船开展邮轮之旅，实在是“牛”，也真为我们旅游人长脸。原以为邮轮旅行是国内近几年兴起的一项旅游业务，而且多半是短程的日韩线路，谁曾想到，我们的前辈早早就大展拳脚了。

民国十五年（1926），赴美留学生团抵西雅图时在甲板上留影。

3

“中国学生船”，均在每年8月中下旬开航，以与美国大学开学的时间对接。以民国十六年（1927）为例，邮轮为“杰克逊总统”号，于8月19日从上海出发，至9月8日抵达目的地旧金山，行程共计21天。

赴美留学生团中的女性。

“杰克逊总统”号中途要停靠日本的神户、横滨，以及美国的檀香山，每港均会停留一天时间。邮轮停泊时，乘客便可下船就地观光。旅行社为满足部分乘客欲游览东京等地的需求，还为他们作了这样的攻略：“可在神户登陆，无需护照，搭火车往东京等处一行，复在横滨上船可也”，并附录了神户至东京，以及神户至横滨的火车价格表。又告之：“须于开船之前三四小时登船。幸毋乐而忘返。故开船时刻，应特别注意有无更改”。

应该说，当时就有了这样一种邮轮加火车的旅行设计，是很前卫的，既科学也很实惠。联想到现在的日韩邮轮之旅，仍局限在邮轮停泊地的一地游览，而且还是以购物为主。这是由诸方面因素造就的，其中一个原因是邮轮市场的低价竞争。这么做，尽管邮轮旅游的品质难免受影响，但确实起到了“普及”的作用，可以让大众游客登上国际一流的豪华邮轮，体验了一下邮轮生活。

4

中国旅行社（包括其前身旅行部）是伺美国实行 1924 年移民新律之机，开展邮轮之旅的。为了帮助求学者了解留美情况，旅行社将美国移民新律中关于“留学”的原文刊印成册，发放给他们，又编写了《游美手续摄要》，告之出洋前的一切应知事项，还帮助留美学生代领美国大学入学证、美国领事馆盖印签字时应备的文件、护照等。用旅行社自己的话说，“凡在能力范围内者，莫不尽力襄助”。

旅行社对留美学生出洋前的准备，可谓关照得无微不至。这里不妨录一段《赠别留美学生》中的文字，可知其用心良苦：“治装一事，原极困难，概须以有限之脑力、少数之金钱、极短之时间计划数载之用途。若衣物不宜，未免中途悔恨，多则行李逾重，少则时虞缺乏，虽美洲事事可办，要以经济所限，莫如在出发前预为绸缪也。”文章接下来详细列出宜携带的衣物清单，大到皮装、大衣，小到领带、手帕，还有雨衣、便帽等，应有尽有。就说携带的鞋子吧，文中建议“黑皮鞋一双、漆短统皮鞋一双、黄鞋一双、拖鞋一双”等。至于“零星物件，如表、剪、小刀、针线、药品、中国笔墨、日记册、信笺、信封等等”，无不列于其中。文中还希望“起居中不可少之物，能以中国绸缎制之，或绣以文彩，既足以扬东方名贵之文艺，复能合用，计殊得也”。

留学生上了邮轮，旅行社对他们也有诸多提示，要求大家“注意各项通告规则，依之而行，决无贻笑大方之处。对外尤应表示青年爱国自爱之精神，和蔼接物，礼让待人，当无事不受人欢迎也”。又再三告之：“唯学生当尊重一切规则，保守秩序。因此行不啻代表国家，在在（注：现在的用语应是“时时”）务必精神饱满，谦恭守礼，不失东方大国青年学生之仪态也。”这在我们看来，是在开展爱国主义和文明旅游的教育。这也正是我们目前急需要着重做的工作。尤其在文明旅游方面，现在的问题一大堆，是日积月累造成的，凸显出以往在社会教育上的缺陷。我们这些搞旅游的人，看看人家中国旅行社百年前的做法，不免自愧不如呀。

民国十四年（1925），赴美学生团将在西雅图转乘大北铁路公司的专车，在发车前的留影。

邮轮抵达旧金山，旅行社仍然不放弃为留学生服务的机会，一一告之需填什么表格、该办哪些手续，以及行李如何转运等，可谓周到之至。有意思的是，旅行社在这个时间段还“插播”了一个“广告”，提示大家入境后转乘的交通，最好在出洋前就向旅行社预订好车票（或机票）。这样做，在邮轮上便可凭收据换取票证，避免了很多麻烦，还能得到一个优惠，即携带的免费行李可增至150磅（正常的免费行李是多少磅，未作交代）。现在的游客自由行，也不过如此吧。

5

旅行社从留美学生准备出洋到乘坐邮轮抵达彼岸，都提供了到位的服务。按理说，服务可以到此为止了。其实不然。《赠别留美学生》一文，对留学生初涉彼岸的生活仍很关注，并继续了“赠言”。文章从“饮食”“衣饰”“言语”“交际”“介绍”“街上”“车中”等7个方面对他们给出指导，或者说是善意的警示。如何入乡随俗，毕竟是留学生涯面临的第一个课题。这7个方面的提示，是鉴于中美存在着的文化差异，其中的不少内容与现今“文明旅游”的教育紧密相关。这里择其“要”，亦“赠言”给大家。

关于“饮食”。“妇女未尽就坐，勿坐。勿侧坐。食用时勿用饭巾如婴孩围涎，当置膝前。”“食时正坐，勿俯仰其首。勿以口就食，菜碟与口之距离至少须十二寸。食物在口，勿与他人说话。面包分为小块，勿用手送入口。用叉勿用刀。”“食时勿咂口作声。割物刀叉同用，左手持叉，右手持刀，成一正角形。”“勿以刀叉做手势形容事物。”“食时勿看书报，勿阅信。饮水勿一口吸尽。”“衣服不整洁，头发如飞蓬，指甲满垢腻，勿饭。”“在席时勿用牙签。”“同席中有未食毕者，勿先离坐。起立后勿忘置椅于原处。”

关于“衣饰”。“出外须‘整容’‘刷衣’，勿令尘垢在身。”“衣服勿过于华丽。衬衫以白色为上，勿用彩色。帽子勿戴于眉心，勿戴于后枕。皮鞋勿积垢。胡子宜常修。”“勿忘扣袴钮。卧室外勿穿睡衣，勿着拖鞋，勿令身上有烟气。”

关于“言语”。“与人谈话，勿高声浪。他人语线未断，勿横插己意以乱之。”“言语间略有冲犯，勿遂呈不悦之色于众人间。与众人谈话，勿仅及彼我二人之事。勿述不在坐而与大众不识之人。勿述华美之厅舍，或姣好之女郎，较胜于眼前者。”“西人在侧，勿操华语。异省人在侧，勿用方言。与西人应对时，不解其意，可直言不解，请其重述，勿含糊吞吐胥以‘是是’应之。聆听他人言语，虽倦必振作精神，勿示怠意。”

关于“交际”。“应召如会，须按时刻而往，勿先至，勿后至。入厅堂勿穿外衣，勿携阳伞，勿穿橡皮鞋。如入门时已宾客盈堂，除主人主妇外，一鞠躬已是，不必一一握手。主人不曰坐，不坐。告坐后勿静默无言，勿过于放诞。”“见妇女进堂，勿忘起立。与之握手，勿先伸。”“出入门户，随手关掩。唯开关时，须留心前后有无他人。”“他人有为我开门，或留而不闭者，亟谢之勿慢。对于客厅中之陈具，勿擅自玩弄，勿细问价目。”“访初交者，须得彼之同意，勿造次访候。时刻勿自定。初访坐谈勿久，约十余分钟。”“会友，勿频视时针。他人之物，须加意爱护，借后勿忘速还。西洋妇女都和洽可亲，勿一见即以为有意相属，自作多情。”“对于初交女友，有所馈赠，勿购贵重之品，勿宜衣被等物（如鞋帽衣服等物）。”

关于“介绍”。“为人介绍须得两方之同意，勿贸然。勿以妇女介绍于男子，须以男子介绍予妇女。而恰逢他友，为同行之友人所不识，虽自己与友谈话不必介绍。苟欲为之介绍，通名时先称年幼职卑，或与自己感情较为密切者。如介绍予妇女，行脱帽鞠躬礼。与之握手勿先伸。如介绍予长者，如之。既经介绍，以后相见，必互相招呼，勿如陌路。”

关于“街上”。“达道通车马，旁道便行人。非不得已，莫于马路上行走。西洋习惯，来以左去以右，适与我国相反，行路勿错走。”“西俗男女视同一律，握手接吻、交臂并行，在渠等为极平常事，勿多怪。勿令同行之妇女携物。”“勿吐痰于旁道马路。如必不得已，则承之以巾，或吐于水槽沟渠。”“与妇女同行于道旁，勿使行于近街一边，以示保护之意。”“行道中如遇妇女招呼，无论识不识，均须脱帽答礼，勿以误认而慢之。”“道上勿食糖果，勿食树脂。行道中勿高谈阔论，勿竚立窗外侈评店中成品之优劣。行路时勿伛偻其背。”

关于“车中”。“乘电车或火车，勿争先得坐。勿多占座位。既得坐，见龙钟老人未得，则起立让。见后来之妇女未得，亦让之。非在烟车勿吸烟。勿高声谈笑。勿掷废物于地板。既至，勿争先下车。”

6

写到这里，忽而觉得此文的“穿越”，倒不似“民国留美学生的漂洋过海”，而是旅行社如何为“民国留美学生的漂洋过海”之服务。这恐为旅游人职业习惯使然。

民国十五年，赴美学生团游览黄石公园时留影。

中国旅行社乃现代旅游业之先驱。“旅行社”的这一专业名称，也是因其创造而被普遍接纳及使用的。可以这么说，中国旅行社之创举和作为，至今仍无其他旅行社可以超越。写此文，是我作为旅游人，对前辈由衷表达的敬意。

《赠别留美学生》一文中的“饮食”等7个方面提示，前面说了是择其“要”而录之。原本打算全文引入，又恐文字过长，读者没耐心读下去，才想到了用这么个方式。尽管是择其“要”，也已占去不少篇幅。我以为很有必要，确也与当今倡导的“文明旅游”有关。我国乃礼仪之邦。“文革”中的打打杀杀，使其优良传统丢失了不少；改革开放以来，精神文明较之物质文明的建设滞后，旅游业中不文明行为频发也就不足为怪。亡羊补牢，未为晚也！

我与《南京历代佛寺》

2016.8.22

今年年初，接到南京出版社的通知，让我编著《南京历代佛寺》一书。这是该出版社计划出版的《品读南京》系列丛书之一。我今年已安排了《不二集》等写作计划，以为不可分心，又觉得佛教文化的专业性强，实在没把握写好佛寺，便想找个理由推托。《南京晨报》的邹尚得知后主动站了出来，愿意与我一起担当此任。他是我们旅游学会的会员，对南京地方志颇有研究，手中还握有万张南京老照片。有了他的实力相助，加之当时也确实没找到什么推托的理由，只有应了下来。

八年前，我和市旅游局（现为市旅游委员会）季宁合编过《南京佛寺之旅》的小册子。我是个做事较真的人，为编小册子曾实地察看了30多座寺庙，对南京佛寺还是有些许了解的。也许正是出于这个原因，出版社想到了让我来编写这本书。不过，那个小册子仅是针对游客的导游类口袋书，与现在接手的写作任务完全是两回事。好在有关这方面的专著已有不少，例如《金陵佛寺揽胜》《金陵佛寺大观》《南京寺庙史话》等，另有《南京地名源》等众多地方文化类书籍也都含佛寺内容。然而，资料看得越多，越有后怕，因佛教文化的博大精深完全超出我的想象，以为对我这个门外汉来说，很难胜任此写作项目。我的搭档邹尚亦有同感。我们倍感压力，倒也增强了信心，乐于接受面临的挑战。

实实在在说，当接此编著工作后，既坐则膝颤，亦滋生动力，唯埋头纸堆，上下求索，图谋篇章。今夏尤为苦热，然指尖于键盘而不敢怠慢，犹如“汗滴禾下土”也。

佛教文化历史悠远，影响广泛。如何通过南京的历代寺庙，深入浅出地介绍佛教文化，是我们面临的一个课题。佛教，源于古印度南部（今尼泊尔境内），自公元一世纪传入中国后，便开始与中国传统文化相融合。其中最为显著的“表相”，就是佛教建筑。佛寺、佛塔、佛窟，为佛教建筑的三大代表。尤其是佛塔，原为供奉释迦牟尼身骨舍利的半圆形墓冢，一经入境，首先与中国传统的高层楼阁相结合，形成新的建筑样式，曾译作“高显”，以表达对佛祖的尊敬。甚至搭鳍字，在汉字的金文、甲骨文中均查找不到，是佛教中国化汉字的创新。为此，我和邹尚经过反复讨论，拟定以佛寺、佛塔、佛窟三大佛教建筑为脉络，分成章节加以阐述。这样的布局谋篇，征求了南京师范大学沙润教授等人的意见，也与南京出版社卢海鸣博士有过交流，得到了他们的认同。

全书中的“佛寺代表”，无疑是重中之重。南京每座寺庙的形成，均有不同的来历，或由皇帝敕建，或由私人舍宅而立，或由僧尼化缘营造……我们从中选择了不同时期的具有代表性的佛寺作重点介绍。有的佛寺经常更换寺名，还会不时挪动寺址。对此，我们就从它的源头说起，理清其佛脉的继承。例如“由长干寺到报恩寺”“由开善寺到灵谷寺”“由大龙翔集庆寺到天界寺”等。有的佛寺虽早已消逝，难寻屐痕，但只要在佛界发挥过作用，仍将其列为重点。例如“‘禅师窟’之道场寺及龙光寺”“最早的僧尼寺院铁索罗寺”“律宗中兴祖庭古林寺”等章节。我们还在“附录”中列出“南京佛寺最新名录”，以为读者提供进香或游览的“指南”。

佛、法、僧乃为佛教“三宝”。其中的“僧”，在佛寺中扮演着重要角色。我们尽可能收集有关僧众的资料，结合他们所在的寺庙予以介绍。有的高僧不在入选的章节之中，我们就在“附录”中增设了“南京历代名僧（居士）选录”栏目，予以补充。

我们是在春节前开始写作的，仅“目录”就做过6次调整，至7月上旬方完成全部文稿。按出版社的要求，应在6月底交稿。我们虽有所拖延，但尽力了。全书讲到的或点名的佛寺超过百座，名僧及居士也有八九十位。写作期间，我们拜访了栖霞寺主持隆相，向杨永泉等专家请教了有关问题，得到了市宗教部门，以及市旅游委员会季宁，包豪斯艺术设计工作室朱泽荣及海月、姚玲等人的支持和帮助。借此机会，对他们的义工之举表示由衷的谢意。南京出版社张龙为此书的联络和编辑付出了心血，大热天的还给我寄来了《南京通史·六朝卷》等参考书籍，值得点赞。我的搭档邹尚不仅积极参与了写作，还奉献出百余张私藏的图片资料，为全书增添了色彩。

《南京历代佛寺》一书的编写过程，也是学习的过程。书稿交出后，我们并未有轻松的感觉，反倒觉得学习不够深入，写作也不尽如人意。倘若让我们从头再来编著这本书，有了现在学习的基础，相信一定会搞出更好

我拜访栖霞寺方丈隆相，与之交流并合影。

的文章来。看来写作也是个遗憾的艺术。我们会记住其中的“遗憾”，今后有可能再找机会弥补。

还想说的是，我和邹尚作为《南京历代佛寺》的编著者，虽不是佛教研究的专业人士，但热爱南京，敬畏佛教文化，且肯努力钻研学习。由我们来担当此任，可能更便于跳出固有的圈子，来观察、思考和写作。这样的“僭越”亦有可能会迸发零星的文“花”，带来些许新鲜的气息。但愿如此吧。总之，无论此作品的成果如何，我们已耗“洪荒之力”。

周玲荪与他的江宁绘画

2015. 2. 1

1

我因主编旅游文化丛书《美丽江宁》，结识了江宁政协的赵洪军先生。

赵先生在负责《江宁春秋》的编辑工作，请我写点有关江宁的风物，并希望是别人不曾写过的。这个约请看起来要求不高，却也不易。我搞了二十多年的旅游，不妨试试从旅游人的视角，去捕捉与江宁有关的人与物。于是乎，想到了周玲荪和他的江宁绘画。

2

徐悲鸿为周玲荪作的肖像画。

周玲荪（1893—1950），浙江海盐人，从小爱好音乐、图画，曾就读于浙江两级师范学堂，毕业后任商务印书馆南京分馆编辑。自此，他终生与南京结下了不解之缘。民国七年（1918），他经李叔同推荐，任南京高等师范艺术系主任，又于民国十年（1921）任东南大学图画研究会导师，并在其附中兼任音乐、美术教师。民国十八年（1929），他拟出国留学，终因经济拮据未成行，之后在南京市立一中和蒙藏学校任美术、音乐教师，抗战初随蒙藏学校迁往重庆，光复后又重返南京。新中国成立后，他入南京市文物保管委员会工作，曾参与筹办大型展览会，全身心投入绘画等美工工作，因突发脑溢血去世。

从周玲荪先生的履历来看，他算不上什么名人。而他长期从事音乐、美术教育普及工作，是难能可贵的。他在教学期间写下了《中等学校唱歌集》《师范学校风琴练习曲集》《钢琴教材》《水彩风景画》等众多著作。这些著作当时均成为新学制高中及师范学校的适用教材。仅凭这一点，他就值得令人尊重和感佩。记住他的名字，也是一种“乡愁”。

3

我之所以去了解周玲荪先生，是因为自己在做民国南京旅游研究时，偶然阅读到他编绘的民国十四年（1925）商务印书馆发行的《金陵名胜写生集》。此“写生集”分两册：一为“油画写生集”，二为“水彩写生集”。两册共收入金陵名胜 24 景，由于均是实地写生，又是彩绘的，为今人留下了十分珍贵的风景名胜以及旅游的文献资料。在这 24 景图中，就有江宁牛头山的水彩写生图。牛头山，即牛首山也。

我之后又收集到民国二十三年（1934）商务印书馆发行的《新编金陵名胜写生集》。所谓“新编”，作者周玲荪做了这样的说明：“本书自民国十四年印行以来，已经数版。每版逐加修正，以期完善。不意于民国二十一年一月，商务印书馆惨遭国难，图版被焚。事后仅于灰烬中取出彩图版之一部，余者已全毁去，异常痛心。兹就已毁各图，重行实地写生，另制新版。”

我将《金陵名胜写生集》旧版与“新编”版做了一个比较。“新编”版中有 12 张绘画是“重行实地写生的”。也就是说，“灰烬取出彩图版之一部”，仅为全部彩图版的一半。而在新绘的 12 张图中，就有江宁的牛头山。旧版与“新编”版的牛头山，分别绘于 1922 年和 1932 年，时间相距了十年。从两图中可以看出，作者差不多是在同一个位置取景写生的。前者冷色调，疑为春天景色；后者暖色调，像在秋季，图中山下的树长高了不少，还增添了一条上山的路。

“新编”版与旧版的不同之处，还在于由原来的 24 图变为了 26 图。所增的两图，一是油画写生“中山陵”，一是水彩写生“汤山温泉”。新增中山陵图理所当然，因旧版发行时尚无中山陵建筑。又因中山陵的特殊地位，此图列在了油画写生集的首席。至于为何添加汤山温泉图，作者未做具体说明，只是在图介中特别标注：“本图在大雨后所写”。据科学考证，汤山温泉的出水量确实与降水大小有关。图中“大雨后”的温泉，自然溢出，汹涌澎湃，场面壮观，令人振奋。由此可以推测，作者一定没少光顾过汤山，只是没找到“写生”的视点，无从落笔；忽一日来汤山恰逢大雨后，见此场景岂会错失佳机。时过境迁，而今的汤山温泉需得钻井取水，这样的景观再也看不到了。

1925 年版“牛头山”写生图。

1934 年版“牛头山”写生图。

如此说来，周先生笔下的江宁已有三图入账：旧版和“新编”版的“牛头山”两图，加上“新编”版的“汤山温泉”一图。

4

周玲荪绘编的“写生集”有个与众不同之处，即无论是旧版还是“新编”版，都“附录”了“最新南京游览指南”。这个“附录”绝非是顺带一下、“秀”上一把，而是做足了功课，“指南”得十分详尽。“附录”共分五章，即交通、游览行程、食宿娱乐、物产、各种事业重要机关等。“新编”版仍保留了旧版的“附录”，并“按照目今首都最新事迹”，“经详细增修”。

旧版和“新编”版的两个“附录”，因相隔了十年，在此期间又有定都南京的大事件，为此在内容上已有很大不同。例如，在“交通”之“街道”章节中，后者增加了中山大道，以及横贯全城东西的道路也由两条增加为三条等。又如，在“各种事业重要机关”章节中，后者不仅增加了众多的中央机关，而且所有单位的电话号码也由三位数上升为五位数等。

我忽而发现，周玲荪先生在不经意间用他的两个“附录”以及绘画，为这座城市的成长留下了眼见为实的珍贵史料。

5

周玲荪当然不曾想到，他的《金陵名胜写生集》而今会成为一种城市文献。他当时之所以编绘写生集，在“编绘大意”中说得很明确：“本画集编绘宗旨有二。（一）为爱赏金陵名胜者之参考。（二）为学习写生画者之参考。”他增设的“附录”，更是专为旅行者所用。他在“附录”的导语中云：“南京地大物博，事项繁琐。初到其地，从事游览考察，殊非易事。特编游览指南一篇，以供来游者参考之用。”他在“新编”版“附录”的导语中又补充道：“但首都自成立以来，忽又数载，建设事业，日新月异。特于民国二十二年十二月，详按实情，最新增订。”可见，他为游客着想之用心良苦。

他的“附录”，即“游览指南”，最具创意之处在于设置了“游览行程”

章节。他还特意做了这样的说明："游览顺序，与名胜图画之排列不同。因排列图画，以画面之形体色彩等为标准，是属于艺术范围以内之事。至此处所定分路游览，全为便利起见。"

他在"游览行程"中，以中正路（注：今白下路）为起点，将行程分为六路，"庶无纡绕道遗漏之弊，于时间费用均不浪费。"这六路分别为东、西、南、北、中、汤山。六路中涉及江宁游览点的，除了"汤山"路外，还有"南"路。

我们不妨摘录"南"路的行程，以便从中了解六路行程设计的大致方式："由中正街车站西行，折而南，抵夫子庙，观贡院旧址。过利涉桥游白鹭洲。游毕，向西行，经剪子巷，南行经周处台，出聚宝门，则雨花台在望。登其巅，品茗于永宁泉茶社，茶资每碗五分。山上土人，有雨花台石子出售。下山西行，可游刘园。出园西南行，可雇驴或人力车到牛首山。山上有宏觉寺，可以膳宿，价极便宜。如时已晚，即可在此住上一宵。次日晨起，再游祖堂山。游毕入城，如游胡园，则循城而西，至鸣羊街。园内风景清幽，山石玲珑，颇饶逸趣，并有飞禽奇兽，以点缀焉。"

关于专设的"汤山"路，也应特别记录："从正中街向东行，出朝阳门，过麒麟门、坟头、汤水镇等处，即抵汤山。汤山有温泉，四时常温。近就泉结屋为浴堂，复开有旅馆菜馆。凡至其地，可就温泉洗澡。澡资每人一元。即常浴此泉者，可疗皮肤病。若在陶庐住宿，头等房间每夜十二元，二等八元，三等四元，每间可住二人。西餐每客一元，中餐一元。游毕，或仍循原路归寓，或绕道至龙潭，搭沪宁火车至下关，转乘小火车回中山街。"

需说明的是，尽管旧版所收24景绘画并无汤山温泉，但在"附录"之"游览行程"中就已经设计了"汤山"路。由此可见，前面提到周先生"一定没少光顾过汤山"是有依据的，表明了他对汤山的偏爱。还需补充的是，在民国三十七年（1948）中国旅行社编印的《南京导游》（增订本）手册中，设计了"六日游程"，汤山并未列入其中。手册为此做了说明："汤山现时住宿设备简陋，且交通困难，前往不易；如备有汽车者自可前往，以便当日可返。"可见，抗战期间侵华日军对汤山的破坏有多么的大。

商务印书馆民国十四年（1925）出版的《金陵名胜写生集》。

商务印书馆民国二十三年（1934）出版的《新编金陵名胜写生集》。

我作为旅游人，对具有文献价值的《金陵名胜写生集》自然情有独钟。特别是品读绘编中的两则“附录”，忽又发现，周玲荪先生不仅在美术、音乐教育工作中颇有建树，而且也绝对是现代旅游业的开拓者。对这样一位旅游界的老前辈，不禁令我等叩首致敬。

郭锡麒与《南京影集》

2015.

1

上海别发印书馆民国二十二年（1933）出版的《南京影集》。

撰写《周玲荪与他的江宁绘画》一文后，又想到另一个人物必须得提，即摄影家郭锡麒。他曾为南京奉献出经典的《南京影集》。

郭锡麒（1896—1976），字澹观，广东中山人，曾就读于上海广肇公学，毕业后曾在上海伊文思书局、上海柯达公司等单位工作。由于受工作环境的影响，他业余时间对摄影产生了浓厚的兴趣，并于民国十八年（1929）加入中华摄影学社，成为我国最早的摄影组织的“健将”之一。民国三十七年（1948）中国摄影学会在南京成立，他当选为理事。1950年他从上海招商局美术室离职，开始从事自由职业摄影，至1976年在上海病逝。

郭锡麒自从喜欢上摄影之后，便开始学习相片的冲洗、晒印、放大、修底等，并潜心研究相片着色技术，被称为“最擅长设色”的摄影家之一。他痴迷于摄影技艺，抗战时期困居昆明，一旦进入暗房工作，便全神贯注，即使敌机轰炸也全然不顾。有时情况紧急，他宁愿丢弃其他物品，而不会忘了携带底片箱和照相机。他一生积累作品5 000余幅，在《中华摄影杂志》《中国摄影》《美术生活》《图画时报》等报刊上发表作品无数，在上海、昆明、南京、杭州等地举办过6次以上的个人影展，可谓是名副其实的摄影大家。

2

郭锡麒擅长风光摄影。这与他热爱旅游，并对自然景色有深切感悟有关。他是位“酷好旅行探胜”者，在祖国各地以及印度、缅甸等国都曾留下足迹，也可称之为旅游摄影大家。

我在《守望南京：民国旅游寻寻觅觅》（南京出版社 2014 年 2 月出版）著作中，专门讲到了郭锡麒及其摄影作品集《南京影集》。由于我“粗枝大叶”，在书中误写了他曾参加了民国十九年（1930）六月旅行的“中国青年亚细亚步行团”。实际上，他并非参加者，而是组织者。这个步行团是由上海友声旅行团组织的。“上海友声”是中国最早的旅行社之一，许多热衷于旅游的社会活动者，包括郭锡麒在内都是它的团员。他组织的这个跨国步行旅游活动，虽然最终未能按计划走完全程，但在中国旅游史上留下了浓墨。其中的一位团员坚持走到最后，又接着独自进行了徒步及自行车环游五大洲的壮举，使得全世界为之骄傲。他的名字叫潘德明。我在《徒步之旅：民国旅游的华彩篇章》（收入散文集《求缺集》）一文中，专门作了介绍。要知道，潘德明是从南京出发，中途追从“中国青年亚细亚步行团”的。

郭锡麒虽不是“中国青年亚细亚步行团”的团员，但没少为其忙碌。他在上海友声旅行团《旅行月刊》上撰写了题为“中国第一亚洲步行团”的长篇文章，详细介绍了步行团的组织发动、步行计划、出发准备及出发盛况。他在该文“导言”中还如此感慨道：“旅行是人生最快乐不过的一种生活，也是人生最难长期享受的一回事体；可是旅行还是以长期的、徒步的为最有价值，最可取法。因为旅行的时间长久，一步一步走去，才能深刻地观察一切民情风俗，尽量地饱尝湖光山色啊！”可见他对旅游之热爱，尤其是对徒步旅行之情有独钟。正因为此，他才会拍摄出那么多、那么好的“湖光山色”的作品。

郭锡麒正式出版的作品集除了《南京影集》外，还有《西湖情景》。他本计划陆续出版曲阜、昆明、黄山、普陀等一系列摄影专集的，有的已编辑就绪并准备付梓，终因抗日战争爆发而终止。《西湖情景》也是一直到民国三十六年（1947），才以上海友声旅行团名义出版的。这对摄影界、旅游界来说，实在是极大的憾事。

3

写到这里，当然得重点讲讲《南京影集》了。

《南京影集》于民国二十二年（1933）出版，收入郭锡麒的摄影作品共计80幅。这是郭锡麒遍走南京山水，从拍摄的200多幅照片中精选出来的。他在这部作品集的“自序”中写道：“自民国政府定都而后，平添新气象，冠盖既满，筇屐更加焉，不佞嗜摄影，且癖与游，盖欲求奇闻壮观，以知天下广大，尝讬兴登临其地，叹为胜境。”从中可知，他聚焦的镜头何以会首选首都南京，也再次崭露出他为旅游摄影大家的风范。

《南京影集》中精选的照片，从题材的选择及排序上都很有讲究，重点鲜明，不求全概，且“平添新气象”。在全部的80幅照片中，以“石头城”为开启，以“春溪渔隐”收官。石头城，无疑是南京城市的发端。郭锡麒将其列之首。“石头城”连带的照片还有“扫叶楼”等5幅。其中的“乌龙潭”“钵山”“驻马坡”“汉西门”等4幅景观，如今已面貌全非，现在来看愈加具有史料价值。接下来的是“雨花台”，包括“方孝孺墓”“聚宝山”“玛瑙石”“永宁泉”等计5幅。最有意思的是“玛瑙石”的照片，呈现着两个竹编的提篮。每个提篮各盛放十只白瓷碗。碗内是浸在水中的雨花石。我记得小时候到雨花台去玩，看到的就是小贩用提篮摆摊卖雨花石的。入选最多的照片是“栖霞山”，共计10幅；其次是明孝陵，有8幅。这两处均为文物众多、很有历史沉淀的游观之所。民国建设的“中山陵”亦有3幅，除此而外还有“国民政府”“中央大学礼堂”“励志社”“铁道部”等，反映了首都南京的新建设。这些建筑现在也都成为民国建筑的杰出代表。

郭锡麒的摄影好友、国民政府内政部政务次长甘乃光在《南京影集》“序”中云：“余以为郭君之美术摄影，迴异流俗，实非挽近明信片式之名胜风景画所能望其项背。”应该说，《南京影集》中的每一幅照片，无论是拍摄的角度，还是光线的取舍，都十分出彩，很是耐看。

给我印象最深的一幅照片名字叫“浦镇”。这张照片是站在高处俯拍的，时间应该是在清晨：一条泥土芳香的小路伸往村镇；路上有一位行人，路边有大树、草垛、小亭子；近处的房屋清晰，近处的房屋朦胧……整个画面呈现出黑白组成的油画效果，充盈着诗一般的韵律，让人过目难忘。我现在若干次去过浦镇，很想寻觅而再难找到郭先生留下的屐痕。我想：在浦镇慨而慷的建设中，能否辟出一处建筑，哪怕仅为百余平方米的面积，搞一个“浦镇记忆”的陈列馆呢？郭先生的“浦镇”，着实让我着迷，让我的这个想法挥之不去。

郭锡麒镜头里的“浦镇”。

郭锡麒的四幅汤山照片，也让我难忘。一幅是“汤山路上”，文字说明为：“林木夹道，苍冉翠甲，拏撄夭矫，曲折蜿蜒，如入仙境。”一幅是“汤水镇”，文字为：“镇为汤泉乡首村，前有清溪，水声潺湲，有温泉在其后。”一幅是“汤山温泉”，温泉自然溢出。还有一幅是“汤王庙”，似为一瓦屋、一草房构成。汤山一向以温泉著称，倘若仅一幅“汤山温泉”的照片，恐难找到温泉的感觉，由四幅组合就完全不一样了。尤其是“汤水镇”的照片，婉如一曲乡野牧歌，与刚刚讲到的那张“浦镇”照片放在一起，恰似一对姊妹花。

郭锡麒镜头里的“汤水镇”。

郭锡麒镜头里的“汤王庙”。

4

负责出版《南京影集》的是上海别发印书馆。这家印书馆由英国商人于清末民初开办，是当时国内最有影响的摄影书籍出版机构。它十分看好郭锡麒的摄影作品，将文稿专递英国伦敦，采用“凹版精印”，装帧非常考究，而且充满新意。全书以“黄绸为面，线装为册”，并一改右侧书脊为左侧装订，以适应西方人翻书阅读的习惯，可谓是中西合璧，前所未见。国民政府主席林森对其作品也十分赏识，专为其题写了“南京影集”书名。该作品中的文字为英文在前、中文在后，主要对象是西方读者和海外华人。它在新加坡、中国的香港和上海等地同时发行，一经面市，随即在海外掀起了一股“南京热”。国民政府亦将它作为文化礼品馈赠来访的海内外嘉宾。

可以这么说，《南京影集》是一部十分经典的南京城市形象的海内外宣传品。也可以说，郭锡麒是早期向海外推广南京旅游的杰出人物之一。对此，我们旅游人是不应该忘却的。

写给金陵大报恩寺遗址公园的导游们

2015.7.5

引子

金陵大报恩寺遗址公园即将落成开放。这是南京历史文化的最高代表之一，势必引起海内外游人的极大关注。

那么，游人都关注什么呢？他们到遗址公园来，想看些什么，更想了解什么呢？

我以为，要抓住两个关键词：大报恩寺塔、佛顶骨舍利。

作为遗址公园的导游，务必要对这两个关键词的内容有非常深入的研究和了解，方能深入浅出地向游人讲解。

大报恩寺塔

1

明宣德年间，在南京中华门外长干里矗立起一座瓷塔，俯京城，倚青天，与日月辉映。这就是大报恩寺塔。

这座塔始建于永乐十年（1412），至宣德三年（1428）竣工，历时十六年。对竣工时间另有一说，说竣工于宣德六年，历时十九年。它是大报恩寺最重要的组成部分。整个寺庙规模宏大，除了大报恩寺塔外，还有金刚殿（山门）、天王殿、大雄宝殿、观音殿、祖师殿、伽蓝殿、法堂、钟楼、藏经殿、画廊、禅堂、僧房等。其范围东起晨光机器厂（即晨光1865），西至雨花路，南达雨花台山脚，北抵外秦淮河（亦为护城河），周围九里多路，民间有“骑马关山门，九里十三步”之说。

我们还是重点来说塔。塔为九级八面，是以砖石为主的楼阁式建筑。塔高按明代营造尺寸折算，合 78.02 米，而《大英百科全书》（第 9 版）“南京条”记载为 260 英尺，即 79.5 米。这座相当于二十八九层楼高的建筑，出现在 500 多年前的南京，确实是个奇迹。民国学者许觳人在《宝塔考》一文（收入民国三十一年《旅行杂志》第十六卷第九期）中指出：“明代三百年间所造之塔，应推南京大报恩寺塔为第一壮丽豪华，举国无匹，或竟凌驾前代之上。”

大报恩寺塔最显著的特征是，外观全都是白瓷砖和五色琉璃瓦。白瓷砖嵌于塔的外壁，每块砖中央又嵌有一尊佛像。明王世贞《游牛首诸山记》讲到了大报恩寺塔，云：“塔四周镌四天王金刚护法神，中镌如来佛，俱用石白，精细巧致若鬼工。”塔楼每层的层面覆盖物、栏杆和拱门，均用五色琉璃构件。特别是黄绿相间的拱门上的动物植物图案，色彩绚丽，造型生动，制作十分精美。它被外国人视为“中国之大古董，永乐之大窑器”，还被戴上了“中世纪世界七大奇迹之一”的桂冠。尽管现在学术界对“七大奇迹”的提法存疑，但丝毫不影响它已在世界艺术殿堂中确立的地位。

大报恩寺塔建成后，明宣宗下令大斋七昼夜，点燃长明塔灯，普天同庆。清康熙二十三年（1684）康熙帝南巡时登塔，并在每层楼各书匾额一块，还赐金佛一尊、金刚经一部供奉塔顶。乾隆十四年（1749），乾隆帝也曾登上塔顶，赐御书塔额。

清咸丰四年（1854），大报恩寺塔，包括整个寺庙在内，毁于太平天国兵燹。尽管寺塔已在地球上消逝了 160 多年，但有关它的话题从未间断，它在人们心目中的恢宏形象也从未褪去。

2

大报恩寺塔何以在海外也会产生非常之影响呢？

这是因明清时期，南京与海外的交往已经十分频繁。外国的使臣、传教师、商人等来到南京，总会去亲眼目睹寺塔，无不为之折服，口碑相传，视为南京的象征，也留下众多的文字记载和绘画作品。去年，南京出版了《金陵物语》一书，集中收入了 1949 年前外国人写南京的文章。其中许多文章都讲到了大报恩寺塔，有的文章对塔的描述还十分详尽。我们不妨摘录一段，让大家欣赏。这段文字是 1843 年英国人柏纳

洋人画笔下的“大报恩寺塔”。

德根据远征南京的“复仇神”舰长荷尔日记整理的。

“在南京城外，两处最值得注意的有趣目标理所当然是有名的琉璃塔和中国古代王朝的帝王坟墓。对于前者，要想将它的特殊构造和特点加以描摹，给读者心中一个精确的观念，实在是很不容易。由于它的完整和漂亮以及所用建筑材料的质地，使得它在中国所有其他同类建筑物之中鹤立鸡群。最突出的是它用来砌面的砖，敷上了光亮的釉质，以及装饰内部的大量鎏金的偶像。”

“这建筑是八角形的，大约有二百尺高，分为九层。最下一层的圆径是一百二十英尺，因此八角的每一面是十五英尺。这圆径每上一层就缩小若干；不过每一层的高度都是一样的。塔身是建筑在一座坚实的砖石基础上，高出地面大约有十英尺。从地面进入塔门，要跨上十二级的石级。塔的表面砌上了有釉的不同颜色的瓷片，主要的是绿色、红色、黄色和白色。但是整座宝塔并非全是用瓷质材料建成的。每一层有突出的屋檐，其上铺有绿色琉璃瓦，八个角的每一角都挂有小铃。”

“这座建筑的效果，从相当距离的远处望来，由于它外表的特别和新奇，可以说令人惊叹。你如果要上到塔顶，要跨过至少一百九十级的楼梯，经过塔内的每一层，不过有些地方显然已经缺乏修理。塔内的每一层每一面的窗口之间的墙上都有小龛，其中放置了无数金色小偶像，第一眼看来令人感到惊异，但其实过于繁琐，缺乏流丽。”

通过以上文字的描述，我们是不是可以对当年的寺塔有了一个更为清晰的印象呢？还有一段英国医生法斯的文字，让我们了解到了寺塔初毁时的情景：

“不久以前，一个螺旋形楼梯一直上伸到塔顶，给观赏者去欣赏世界上所能看到的最精彩、最美丽的风景之一的机会。可是，现在它已经躺在塔底下，变成一堆垃圾。破坏并不止于此，高大的佛殿和庄严的雕刻佛像，从头到脚都被毁掉。巨人般的偶像被打成无数的碎片。”

这段文字来自寺塔被毁的那一年（即1854年），法斯医生“漫游天京大报恩寺琉璃塔”后书写的报告。这可能也是毁塔后最早的一份实地观察记录。

应该说，外国人当年记录的众多文字，还有一批绘画，现在已成为大报恩寺塔的珍贵史料。我们务必认真研究，以便更好地向游客作介绍。其绘画作品还可以制作成旅游纪念品进行销售。

3

我们必须要向游人强调：现在看到的大报恩寺遗址公园的宝塔，并非按原物复建，而是参照了原物建设的一座全新的宝塔。

金陵大报恩寺塔虽已消逝百余年，但留下了大量的文字和图片资料。尤其是1958年在聚宝山琉璃窑址掘出寺塔的琉璃构件，以及1980年在景德镇明代御窑址发现了寺塔外壁的白瓷砖，提供了寺塔的极为难得的实物资料。那么，遗址公园的建设，为什么没有按原物复建寺塔呢？

我个人是这样理解的：严格地说，明代的这座寺塔具有不可复制性。何以呢？如若忠实复建大报恩寺塔，关键是要复原其外形。它不同于杭州雷峰塔。人们关注的是雷峰塔的故事，而不是它的外观。它也不同于屡毁屡建的滕王阁。在历代的滕王阁重建中，并不完全抄袭旧制，外形的复建有着对时代的追求和审美。这是因为滕王阁“落霞与孤鹜齐飞，秋水共长天一色”的千古绝唱，已经大大超过它的建筑本身。而大报恩寺塔是以“瓷塔”著称，特别是五色琉璃的覆盖，充斥着人们的想象。然而，它的主要构件琉璃瓦和白瓷砖，现在的烧制方法与古法已大不一样，烧制出来的效果当然也不一样。假如复制寺塔的基本建材都难以达标，又如何复建整个寺塔呢？退一步说，即使勉强将寺塔原样恢复，也只是一个假古董，而绝非是当年洋人眼中的“中国之大古董，永乐之大窑器”了。

这让我想起，东南大学旅游专业创办人郑云波教授提出的“构幻景观”理论。他认为有些仅剩下残垣断壁的文化遗址，只要本身具有历史和美学价值，即使不加以修复也会具有旅游价值。它可以通过导游翔实的讲解，让“构幻景观”呈现在游客的面前。

我同意这个理论。我以为，这样一种构幻的文化视觉效果，远比看到一个修复走样的假玩意儿要好得多。我当时甚至冒出一个奇思怪想：“在科技高度发达的当代，何苦要大动土木仿造古物呢？如果我们能够研究利用光的技术，采五彩之光按原物大小‘光雕’大报恩寺塔，那将是多么美妙

洋人画笔下的“大报恩寺塔”之二。

的景观呀。这样，白天可以到此参观塔的遗址，晚上就来欣赏通体透亮的‘海市蜃楼’，古老和现代的完美结合岂不尽收眼底?”为此，我写过一篇文章《大报恩寺塔，掀起你的盖头来》（收入散文集《行色》，大众文艺出版社 2008 年出版），提出了这个幻想。当然，这样的异想天开，已超出“构幻景观”的范畴，恐怕也只能是个幻想。

现在，大报恩寺遗址公园新建了一个充盈现代色彩的“轻质保护塔”，用来保护地宫遗址，而不是按原物复原。这个选择无疑是非常明智的。

这是我们现代人在向古老的寺塔致敬。

有关遗址公园及新塔的设计和布展内容，在《报恩圣地景区旅游解说手册》中已有详细说明，这里不再赘述。

我仍要特别强调的是，作为遗址公园的导游，务必要透彻了解寺塔的历史文化。这样，就可以充分运用“构幻景观”的原理作讲解，并通过“构幻”来充分展示寺塔的原始风貌。

佛祖顶骨舍利

1

公元 2008 年 7 月 17 日，考古学家在大报恩寺遗址考古发掘时，有了新的发现。这个发现由喜而惊，继而大喜大惊，以至于举世震惊。何以呢?

考古学家最先发现的是金陵长干寺地宫及石涵；后又发现石涵内有通高 1.32 米呈方柱状的铁涵；继而从铁涵内获取通高 1.17 米、最大边长（塔座底板）0.45 米的七宝鎏金阿育王塔；而塔内则安置着金棺银椁，内中盛放了佛教界至高圣物——佛祖顶骨舍利。

为确保出土文物的百分之百安全，考古学者从发现长干寺地宫石涵，到在铁涵中请出阿育王塔，前后用了整整四个月的时间。当阿育王塔千呼万唤露出真容时，在场的人员无不叹为观止。

这座阿育王塔，由下部塔座和上部塔盖两部分组成，系单层方形。其表面为银皮，饰有精致的纹样，内容有佛本生、佛传故事、佛像等，通体鎏金。其内部则为檀香木骨架，藏着金棺银椁。塔体上还凿有452个圆孔，镶嵌着金、银、琉璃、砗磲、玛瑙、珍珠、玻璃七类宝石，寓意“佛教七宝”，代表了佛家净地的光明与智慧，蕴含着深刻的内涵。不可思议的是，塔身上裹有丝织品，上书20条长短不一的铭文，共计300余字，经历了漫长的岁月，字迹鲜活得还像刚书写的一样。铭文记述了捐赠施主的身份、姓名，捐赠物品的种类和数量，以及所打造内容的名称等，很有研究价值。在场的专家一致认为，这是目前中国境内出土体积最大、工艺最复杂、制作最精美的阿育王塔。

公元2010年6月12日上午，来自祖国各地的108位大德高僧和四众弟子数千人在南京朝天宫崇圣殿举行佛祖顶骨舍利盛世重光迎请法会。法会结束后，4名法师随车护送阿育王塔的金棺银椁至栖霞禅寺法堂。9时15分，在海内外高僧大德的见证下，佛祖顶骨舍利从金棺银椁中被隆重请出。那一刻，栖霞禅寺上上下下光彩照人。

2

前面提及，安放着“佛祖顶骨舍利”的阿育王塔是从长干寺地宫中发现的。那么长干寺与大报恩寺是什么关系呢？这得追根溯源。

大报恩寺的遗址，乃佛家风水宝地。吴赤乌十年（247），一位来自西域康居国的康僧会在古长干里建初寺，史称“江南有佛寺之始”。

建初肇起，长干继起。长干寺初为一个小的精舍，并建有阿育王塔。寺、塔毁于吴末孙琳之乱，后在西晋初由僧人重建。东晋时，长干寺获得阿育王四女儿所造金佛像及其铜花趺、佛光焰等，重修了阿育王塔，寺院逐渐兴盛。

北宋太平兴国五年（980），高僧施护等护佛祖顶骨舍利至长干寺。可政大师新建九层佛塔，于大中祥符四年（1011）举行“阖郭大斋”。天禧元年（1017），宋真宗“诏改长干寺曰天禧寺”，赐佛塔为“圣感舍利塔”。

至元二十五年（1288），“诏改天禧寺为元兴慈恩旌忠教寺”。之后寺在战乱中被毁，而塔得以幸存。

明洪武末年，朱元璋重建天禧寺。重建的庙宇在明永乐六年的一次人为纵火中化为灰烬。永乐十年，明成祖朱棣下令在天禧寺废墟上大兴土木，再次重建寺院，并敕赐“大报恩寺”。也就是在这一次重建中，闻名中外的大报恩寺塔横空出世。

洋人画笔下的“大报恩寺塔”之三。

有研究成果表明：在大报恩寺及塔的建设中，沿用了长干寺圣感舍利塔之地宫。

3

塔之建筑，起源于佛教。《魏书》“释老志”云：“释迦生于周末，其卒也。门人积薪焚之，骨殖分散，大小如砾。弟子收置于瓶，建塔供奉。”《辞源》引“释氏要览”载：“释迦既卒，弟子阿难等焚其身，有骨子如五色珠，光莹坚固，名曰舍利子，因造塔以藏之。”由此得知，塔之初是何用，舍利为何物。

据佛教典籍记载，释迦牟尼佛荼毗后，阿难等弟子从骨灰中得到了舍利八斛四斗（另有一说为一石六斗）。佛舍利大致分为两种：一种较为稀少，是未烧尽的遗骨残片，如牙齿、指骨、顶骨、头发等；另一种居多，是五色和白色珠状物。而佛牙、佛指、佛顶骨为佛祖舍利至高无上的三大代表。

在佛祖舍利的三大代表中，我国拥有北京西山佛塔中的佛牙舍利、北京云居寺雷音洞中的佛指舍利、陕西法门寺中的佛指舍利等。而这次在南京长干寺地宫请出的佛顶骨舍利，无疑是唯一的，也是最为珍贵的。

佛顶骨，梵文 usnisa，音译“乌率腻沙”，本指佛顶肉髻。《无上依经》云“顶骨涌起，自然成髻是也”，《大般若波罗蜜多经》亦云“顶骨结实，穷劫不坏”。

密藏千年的佛祖顶骨舍利在南京重光，实为佛教界的重大事件。

4

佛祖舍利，包括佛祖顶骨舍利在内，是如何从印度传入中国的呢？

话说释迦牟尼于古印度拘尸城双树间涅槃，弟子阿难等将其舍利收集起来，建塔供奉。周围的摩羯陀王阿阇世及波婆国末罗族、迦维罗卫国释迦族等视佛舍利为圣物，皆欲获取而被拘尸城人拒绝。有关国族便商议以兵力强行分取。在战事一触即发之际，香姓婆罗门挺身而出，晓谕事理，请众族众生务必在佛舍利面前放下屠刀。其结果是，将佛舍利分成 8 份，由 8 个国家各自建塔供养。这也开启了佛教的舍利崇拜。

佛灭度百年后，孔雀国第三代国君阿育王首次统一了印度。他笃信佛教，据说为推广佛法，在世界各地建造了 8.4 万个舍利塔，将原有的 8 个塔中的舍利全部取出重新分配供养。佛舍利崇拜由此突破南亚的范围，在世界各国的佛教界流传开来。供奉佛舍利的塔也被后人称作阿育王塔。现在通常的说法是，佛舍利传入中国是在唐代。我个人以为，阿育王的这个决策和举措，是最早的，也是最完美的文化推广和传播的经典案例。

阿育王的佛祖舍利再分配，应该包括了顶骨舍利的转移供奉，但到底分配供奉到哪里，很难厘清。

北魏僧人慧生去印度时，见到过佛祖顶骨舍利。《洛阳伽蓝记》记述了慧生巡礼时见到的佛顶骨形态和颜色："方圆四寸，黄白色，下有孔，受人手指，闪然似仰蜂窠。"唐玄奘在印度巡礼时，也曾瞻礼了佛祖顶骨舍利。据《大唐西域记》记载：玄奘见到的舍利颜色同法显看到的基本相同，即黄白色，但大小与法显的记录不一样，变成了"周一尺二寸"。由此推断，佛祖顶骨舍利曾分开若干份，进行了再分配的供养。

《杂阿含经》曾预言：佛灭度后，佛牙佛顶和佛钵将安置东方。这个预言在唐代得以兑现。据唐《法苑珠林》记载，佛祖顶骨舍利至少有两次传入中国皇宫。一次是显庆五年（660）初春，"西域又献佛束顶骨至京师。人或见者，高五寸，阔四寸许，黄紫色"。"皇后舍所寝衣帐，准价千匹绢"。另一次是龙朔元年（661）初春，使人王玄策从西国带回"佛顶骨一片，广二寸余，色黄白，发孔分明。""今现宫内供养。"可以这么说，佛祖顶骨舍利来到中国，是佛教向东方传播的必然结果。

至于唐代皇宫中供奉的佛祖顶舍利后来流落何处，在佛教典籍和史料上并无记载。不过，有一点可以肯定：作为江南佛寺之始的长干寺，迎请佛祖顶骨舍利供奉，是必然的，也是顺理成章的。

时间移至21世纪，在新世纪的第十个年头，六朝古都南京迎来了佛祖顶骨舍利的重光。

说几个人

1

明成祖朱棣（1360—1424），是建设大报恩寺塔的决策者和总策划师。

朱棣是马皇后生下的第四个儿子，乃明朝的第三任皇帝。朱棣登基后做的一件重要事情，便是敕建大报恩寺塔，"依大内图式，造九级一色琉璃宝塔一座，曰第一塔，以扬先皇太后之德"。"大报恩"寺名也由他亲赐。

这本不存疑义，史料上也有据可查。然而，后经明清文人笔记及近代学者的捣鼓，有了另一种说法：朱棣的生母是硕妃。朱棣建大报恩寺，也是为了纪念生母硕妃。上世纪30年代，史学界还展开过"朱棣生母是谁"

的争论，结果并未辩出什么名堂来。

由于有了这样的质疑，也就有了一个有趣的传说，不妨说说：

话说皇帝朱元璋做了个梦，梦见都天庙的菩萨向他来讨要金銮殿。原来他起兵落难时，与几个弟兄摸黑来到破落的天都庙。他烧了庙给大家照明，并向庙里的菩萨承诺日后赔个金銮殿。正梦着，太监前来禀报，硕妃生了个儿子，就是朱棣。朱元璋由此有了块心病：这小子莫非是都天菩萨投胎，来要我的金銮殿？

朱棣10岁随父登后宰门城墙视察。军师刘基进言：有了这城墙可御百军，除非燕子才能飞进城。这个比喻日后竟应验在了燕王朱棣身上。而当时朱棣脱口而出：这城虽好，还应将紫金山包进来，否则人家占据高地，破城也就不难。朱元璋听后大为吃惊，随即赏他一只蜜桔，并给他剥皮撕筋。朱棣回到宫中，将事由讲给生母硕妃听。硕妃惊呼：这是要剥你的皮，抽你的筋，快逃吧。朱棣连夜逃往北京。朱元璋得知朱棣外逃，顺水推舟封他为燕王，并下令加建一道外城，将紫金山包了进来。而硕妃因此而受牵连，被终身软禁。

朱元璋去世后并未将皇位传给朱棣，而是给了长孙朱允炆，即建文帝。日后，朱棣以“清君侧”为名挥师南下，夺取了帝位。他登基后倍加思念生母硕妃，于是建大报恩寺纪念之。他还在寺西修了条西街，好让母亲的灵魂上西天。

之所以会出现这样的观点和传闻，我以为还是因世俗观念在作祟。朱棣毕竟是非正常取得皇位的，于是乎就要怀疑他的出生了。而他越是冠以“报恩”建寺设塔，甚而在阳山搞什么孝陵碑材，越是觉得他是心虚，是在作秀。许多流言蜚语也就应运而生了。

无论怎么说，朱棣还是为世人贡献了无与伦比的大报恩寺塔。正如明张岱《陶庵梦忆》所云：“非成祖开国之精神、开国之物力、开国之功令，非胆智才略足以吞吐此塔者，不能成焉。”

2

明郑和（1371—1433），大报恩寺塔工程监工官之一。

郑和是云南昆州（今晋宁）人，本姓马，小名三保。洪武年间，明军平定云南后将其掳至南京，入宫为太监。朱棣登基后，升其为内宫太监，并赐姓郑名和，俗称三宝太监。

郑和墓陈列馆前的郑和像，系好友朱泽荣2005年创作的作品。

郑和最为显赫的功绩是七下西洋。永乐三年（1405），明成祖朱棣派郑和出使海外各国，开展经济和文化交流，以弘扬明王朝德政。自永乐三年至宣德八年（1433），郑和七次率船队航行于南洋群岛、印度洋、非洲东海岸诸国，航程十万余海里，在世界航海史上写下了最为伟大的篇章。

据《明史》载：郑和首次下西洋，率将士27 800余人，“宝船”62艘前往，可谓“维绡挂席，际天而行，云帆高张，昼夜星驰”。他的船队先后到达了三十多个国家和地区，在时间上比哥伦布远航要早87年，比麦哲伦远航要早100多年，在航海的规模上就更不用说了。

郑和在最后一次航海归国途中因病而殁，其遗物由侍从海札儿（一名“赫大人”）携回，葬于南京牛首山。又有一说，郑和卒于南洋，葬地应在爪畦“三宝洞”，而对牛首山郑和墓的主人存疑。还有一说，郑和是在第七次航海归来后卒于南京，归葬牛首山。现在，牛首山下的郑和墓已成为纪念郑和的重要场所。

郑和在南京的遗迹，除了郑和墓外，还有马府街郑和府邸，现已辟为郑和纪念馆；龙江宝船厂遗址，现已建成宝船厂遗址公园；天妃宫，系郑和四下西洋归来后，明成祖朱棣为答谢天妃保佑郑和航海安全所赐建，后毁于战火，现得以重建；净觉寺，始建于明洪武二十一年（1388），系南京清真寺之始，明宣德初年被焚毁，经郑和在七下西洋前上奏宣德皇帝，得以御批重建。

这里必须要讲到的是，大报恩寺遗址公园也有郑和的遗迹。郑和在六下西洋归来后，被任命为“南京守备”，担任修造大报恩寺塔的监工官。须知，大报恩寺塔的工程十分庞大，当时曾从全国征集良匠军工计 10 万余人，动用钱粮银 2 485 484 两，连郑和下西洋所余百万两也都补贴上。郑和作为监工官责任重大，在寺塔的建设中功不可没。当时担任监工官的还有内宫太监汪福、永康侯徐忠、工部侍郎张信等。

我以为，我们现在建设大报恩寺遗址公园，作为“报恩”，应该记住他们的名字。

3

东吴康僧会，建初寺之创建者，江南佛寺之始创者。

康僧会是西域康居国人，单名“会”字，自幼在中国长大，潜心修佛，博览众书，颇有儒雅之风。赤乌十年（247），康僧会来到东吴建业（南京），在长干里造茅屋草庵，设立佛像，开始弘法。此为江南佛寺之始，故名建初寺。它的建立是佛教在南方兴起的一个标志。自此，他守望建初寺 30 余年，于天纪四年（280）圆寂坐化。

康僧会画像。

明《神僧传》描绘了康僧会初到建业给人的印象：管安全的官吏向孙权禀报，有外国人入境，自称是和尚，面容和穿着怪异，其行为值得检察。

《神僧传》还记录了这样一个传奇的故事：康僧会初次应孙权帝召见，在其面前阐述佛舍利之神圣光曜、无所不能。孙权认为对方在夸大其辞，当即表示：如若你能得到佛舍利，便为其造佛寺供奉；如有半点不实，国法不容。康僧会承诺七天内办到。

康僧会将一个静室打扫干净，在静室的几案上置铜瓶，用心念佛，恭请佛舍利。七天过去了，铜瓶并无动静。他请求延长七天时间。第二个七天过去了，铜瓶仍无动静。他请求再延长七天，以三七为限。眼看最后的期限将至，就在第三个七天的五更时分，铜瓶戗然有声，原来一粒舍利已感应至瓶中。

次日清晨，满朝文武大臣前来观看。孙权亲自手执铜瓶，将舍利倒入一个铜盘，不想铜盘竟被击碎。孙权惊而肃然，连声道：此乃祥瑞之物呀。康僧会继而进言：此舍利威力无比，烈火烧之不毁，金刚杵之不碎。孙权下旨试之，果然如此。于是孙权又下旨建寺建塔。这就是建初寺及阿育王塔。

敦煌莫高窟初唐第323窟北壁东侧之壁画，描绘了康僧会建初建寺的故事。

康僧会精通三藏、文典，熟读六经，毕生专事讲法译经，是中国首位兼通佛、儒、道的外籍译师。据南朝梁《高僧传》记载："会于建初寺译出众经，所谓《阿难念弥》《镜面王》《梵皇经》等，又出《小品》及《六度集》《杂警喻》等，并妙得经体，文义允正。"更有意义的是，他常引用老、庄之言以阐明佛理，使外来佛教与本土玄学相融合，以易于被士民所接受。这也开了佛教在中国玄学化的先河。此外，他还将《泥洹呗声》传入江南，其音乐清靡哀亮，成为江南佛教诵经的一代模式。

我以为，康僧会的主要功绩固然是首创江南佛寺，而他奉献的经书译文和佛理的本土化，亦功德无量，不容忽视。

4

北宋释可政，长干寺"圣感舍利塔"建造者。

北宋时期，释可政做过长干寺的主持。有关释可政的情况，未在《金陵梵刹志·聚宝山报恩寺》"人物"一节中见到，其他资料也少。看来，他算不上是有名的高僧。2008年，考古学家在长干寺"圣感舍利塔"地宫中，发现了密藏佛顶骨舍利的阿育王塔，这才想到要追溯这座塔的建造者。建塔者释可政也。

有史料表明，唐长庆四年（824），时任润州（镇江）刺史的李德裕曾打开过长干寺地宫，发现了21枚感应舍利。他将其中的11枚迁往润州，另10枚留在了原地。北宋太平兴国五年（980）高僧施护等护佛祖顶骨舍利至长干寺。为供奉佛祖顶骨舍利及留在原地的感应舍利，释可政及守滑州助教王文等新建了九层佛塔，于大中祥符四年（1011）举行“阖郭大斋”。宋真宗得知佛祖舍利显灵，派人查证而“信其事”。天禧二年（1018），宋真宗下诏整修长干寺，赐名九层佛塔为“圣感舍利塔”，赐封释可政为演化大师。

我们是不是可以这样理解，正是演化大师可政的建塔之举，永久性地保护了佛祖顶骨舍利。

我们还从释可政有限的资料中，了解到他做过的另一件大事：宋端拱元年（988），释可政在长安终南山有缘见到一座荒塔，读碑文方知中有唐玄奘顶骨舍利，当场哭倒。他随即将其背回长干寺，在寺东岗建三藏塔供奉之。三藏塔后于明洪武十九年（1386），由寺的东岗迁到了南岗。

不幸的是，1942年侵华日军在大报恩寺遗址建稻荷神社时，发掘出了唐玄奘顶骨舍利，并欲掠往日本。当时的汪伪政府迫于社会的强大压力，经与日方交涉达成协议，将其分为三份：一份在南京小九华山建三藏塔供奉；一份存汪伪中央文物保护委员会；一份由当时的北平佛教界迎至北平供奉（后被日方掠走一部分）。需补充说明的是：这三份唐玄奘顶骨舍利，经岁月辗转，现已分在九处供奉，除小九华山三藏塔供奉的未移动外，另八处为南京灵谷寺、成都文殊院、西安大慈恩寺、台北玄奘寺、新竹玄奘大学、日本琦玉县慈恩寺和奈良三藏院、印度那烂陀寺。其中，新竹玄奘大学、西安大慈恩寺供奉的两份，是从南京灵谷寺迎请的。

好险呀！当年侵华日军发现唐玄奘顶骨舍利的地方，与佛顶骨舍利密藏处相距仅几十米。在那一次肆虐中，佛祖顶骨舍利安然无恙，此乃不幸中之万幸也。

我以为，演化大师可政护佛祖舍利有大功，虽以往并不被人们所认知，然是金子总会发光，当为其列传。

话几件事

1

有道是：“妖僧”火烧天禧寺。

明永乐六年（1408）的某日晚，一位精神失常的“妖僧”点燃了天禧寺大殿。这把火一夜之间竟然将整个庙宇，包括圣感舍利塔在内全部烧毁。顷刻间，天禧寺毁于一旦。

这座天禧寺，是朱元璋采纳工部侍郎黄立恭建议重建的，耗费两万五千两黄金、花了三年时间完成。在此之前，因天禧寺已毁，仅存寺塔，朱元璋欲将其迁往钟山。而在拆迁中，有工匠从塔上跌下丧命。这不祥之兆，让朱元璋最终放弃迁塔，就地复建了寺宇。然而，新天禧寺仅存世二十来年，便毁于一旦。这既是人为纵火，也似天意。它是对明太祖有过迁塔意图的惩戒，也为明成祖朱棣建造无与伦比的大报恩寺塔提供了天然的条件。

民间有这么一个传说：朱棣“靖难之役”南渡长江时，忽见江中呈现出一座宝塔。他想起曾向马皇后承诺，如能当上皇帝，一定要建一座寺塔报答。而就在他登基后的第二天，得到天禧寺遭遇火灾的情报，他当即下旨不许救火，好让天禧寺烧得一干二净，以便于建设全新的寺塔。这恐怕也是“妖僧”的一把火，何以会具有如此“妖”能量的原因。

2

有道是：建塔已备修塔案。

大报恩寺塔工程浩大，举世无双。建设者不仅精心设计，举力建造，还为百年计搞了修塔预案。何以呢?

大家都知道，大报恩寺塔以“瓷塔”而著称。琉璃瓦是其建筑的主要构件。据明张岱《陶庵梦忆》记载：“闻烧成时，具三塔相，成其一，埋其二，编号识之。今塔上损砖一块，以字号报工部，发一砖补之，如生成焉。”也就是说，造塔时便烧制了三套琉璃瓦，其中的两套作为日后维修的备件。那么，这两套备件又在何处呢?

1958 年，全民大炼钢铁。为收罗炼铁所需的耐火材料，在聚宝山旧窑址发掘中，找到一批五彩琉璃构件，上面均有层数和左右上下位置的墨笔字样。这批构件，被专家认定为大报恩寺塔上的拱门构件，被送中国历史博物馆、南京博物院收藏。1959 年，在眼香庙遗址又发掘到堆放琉璃构件的库房及釉色构件。因大炼钢铁已近尾声，不再需要耐火材料，构件遭破碎，而洞口则因塌方自然封闭。1987 年，南京曾对明初琉璃窑遗址进行普查，并对“备件仓库”试行了调查探勘，又有新的发现，因发现地点有众多民房，未作进一步发掘。

总之，大报恩寺塔建设者当年的“未雨绸缪”，值得我们点赞、致敬。

3

有道是：毁塔总难究其因。

众所周知，大报恩寺塔毁于太平天国兵燹。据有关资料记载：咸丰四年（1854）冬，清军攻克雨花台，太平军为防清军威胁城内，遂“用火药轰之，复挖空塔座下基地。数日塔倒，寺遭焚毁”。之所以这样做，是因为太平军进攻南京时，曾利用城外的大报恩塔“俯窥城内，架炮轰城”。

以往还有一种说法，后因强调太平天国的革命性不大去说，现在又被提了出来。那就是：太平军因内讧自毁寺塔。其实，这种说法很早就在社会流传，甚至传入洋人的耳中。1861年英国外交官富礼赐访问天京，在《天京见闻》报告中就说到了毁塔一事：

“这里曾耸立着琉璃塔。我们清楚地记得，早在童年时代就从一些作家的书中了解到这一伟大工程。有关中国的每一种地图、小册子或书中的篇章，往往附有这座全世界著名的塔的图像，但如今它已成为一堆白色的废墟。”

“琉璃塔所在的郊区系由东王掌管。天王因怀疑这位先生的忠诚，就授权北王割下他的头，并悄悄地屠杀他的党羽，被杀的有一万人。但是，天王后来为了抚慰人心，却谴责北王故意谋害东王，杀了北王和他的党羽。此后，天王听说东王曾自夸他能从琉璃塔控制全城，便在塔内放了火药，整座塔就这样被炸毁了。”

我以为，无论塔毁出于何因，但太平天国的内讧是致命的。这导致了太平天国运动以失败而告终。

4

有道是：天上掉下承露盘。

大报恩寺塔被毁后，塔顶的顶盘从天而降，跌入在一片废墟中。这个

洋人镜头里大报恩寺塔承露盘（邹尚供图）。

硕大无比的顶盘曾经高高在上，金光闪闪。荷兰探险家约翰·尼霍夫在1656年5月的旅行笔记中写道："塔（指大报恩寺塔）尖顶着一个沉重的松果，据说是用纯金造成。"实际上，当它落入尘埃，方显真容。原来它是由包了金的铸铁做成（包金已失），重达12 000斤。它的形状也非"松果"，而呈碗盘状，用作装饰并承接雨露，故又称承露盘。

英国外交官富礼赐在《天京见闻》报告中记录了这个掉在地上的承露盘："一个巨大的熟铁铸成的精美铁盆现仍躺在废墟上，完好一如原状。它可以做成一个绝妙的公共饮水池，即使在上海也是少有的！"

史学家朱偰先生在《南京的名胜古迹》一书中讲到了承露盘："东下宝塔山，靠池有报恩寺琉璃塔顶，系铁制，雕镂花纹，分十二方位。九层浮图，仅余一顶，所以颇为可贵。"

由于承露盘在大报恩寺的废墟上十分显眼，引人注目，有外国旅行者用相机为其拍照，给我们留下了难得的影像资料。清同治四年（1865），两江总督李鸿章在大报恩寺废墟上设金陵机器制造局。其总办郭先生组织人力物力，将承露盘从瓦砾中起出，供在制造局大门外。他还撰写了《报恩寺宝塔铁盘跋》，记录了塔毁年代、承露盘保存地点等情况。上世纪30年代，朱偰先生还曾给制造局大门外的承露盘拍了照。南京沦陷后，侵华日军将其掠走，用于回炉造武器装备。这是侵华日军劣迹的又一铁证。

5

有道是：昔制"枪炮"今造"佛"。

在北京中华世纪坛的青铜甬道上，镌刻着这么一行字："公元1865年乙丑，清穆宗同治四年，南京设金陵机器局。”

金陵机器制造局就设在大报恩寺的遗址上。这是由两江总督李鸿章创办的，旨在“师夷制夷”。这是中国兴起“洋务运动”的标志之一。

金陵机器制造局建厂房仿外洋式样，购机器于外洋，募洋匠为师，生产枪炮子弹。它在1884年和1894年抗击法军、日军侵略中有过特殊贡献。

在佛教圣地搞制造杀人武器的工厂，似乎具有讽刺意味。然而，在国家遭遇外侵的年代，武装自己远比烧香拜佛意义要大得多。当然，选址也因其地理位置优越，交通运输便利，而且本身就是废墟，建工厂无须拆迁，说上马就能上马。

金陵机器制造局于民国十七年（1928）更名为金陵兵工厂，新中国建立后则转入航天高科技研制，1957年命名为晨光机器厂。

从“金陵制造”到“晨光机器”，从“枪炮”到“航天”，这座老牌兵工厂实现了华丽转身。而今，它又成为一个具有崭新理念的文化科技创意产业园，名“晨光1865”，与大报恩寺遗址公园为邻，可谓是古今文化的相互辉映。

在晨光机器厂的厂房内，置放着天坛大佛足尺放样的佛首石膏模型（摄于1987年）。

最有意思的是：上世纪80年代，晨光机器厂受香港佛教界委托，营造了高26.4米的天坛大佛坐像。我曾参观过足尺放样的佛首石膏模型，惊叹不已。那佛首高大得像座雪山，脸部洁白无瑕，表情慈爱美好，是我看过的所有佛像中印象最为深刻的。我曾激动地建议，能否将其永久保存下来。遗憾的是预先未做技术处理，无法办到。接下来，晨光机器厂又先后营造了高98米的灵山大佛立像、高108米的南海观音立像等。现在，在“晨光1865”园区，立有两件营造天坛大佛留下的纪念物：铜铸法相面孔和一只佛手。人们友善地称后者为“留一手”。大家来到大报恩寺遗址公园游览，不妨也去“晨光 1865”一看。

晨光机器厂作为航天部直属的军工企业，怎么会去营造佛像呢？这应该是大报恩寺圣地带来的佛缘。

6

有道是：瓮堂从属报恩寺。

在大报恩寺遗址西侧的西街悦来巷里，有一座大众澡堂，称作瓮堂。所谓瓮堂，是澡堂的屋顶凸出一双半球形建筑，呈双瓮状。球体下便是浴池。浴者在瓮池中泡澡，既透气也保温。令人难以置信的是，这个瓮堂竟然是与大报恩寺同时期建成，已有 600 多年的历史。更不可思议的是，这个“老古董”直到现在仍在营业，成为全国的“唯一”。

我和旅游学会几位会员曾于 2013 年 8 月走访了瓮堂。瓮堂外墙上挂有省级文物保护单位的铭牌，周围民居已呈拆迁前的败象。瓮堂内设施陈旧，规模也小，堂口张贴着 10 块钱洗把澡的价格表，双瓮下仅剩一个瓮池在使用，另一瓮池已改作烧锅房。有三五人在内中泡澡。他们一定不曾想到，自己花 10 块钱就感受到了明代的洗浴文化。

瓮堂外墙上嵌有首级文物保护单位的铭牌。

带领我们去的南京大学夏维中教授介绍：这的确是明代的澡堂。现在尽管内部格局已完全变样，但双瓮结构绝对是原汁原味的。像这样的瓮堂全国仅存两座。一座在北京故宫，只是单瓮，且早已弃用加以保护。一座就是眼前的双瓮，使用至今堪称奇迹。夏教授已有研究论文，并应邀即将赴巴黎做专题演讲。他认为，瓮堂是大报恩寺的配套设施，初为僧人的沐浴之所，后也对少数香客开放。按佛教传统礼仪，香客参佛前需“沐浴更衣”。

在我们走访瓮堂前听到的是：这是建明城墙的民工洗澡的场所。看到瓮堂，方知此说法多半与瓮堂简陋的现状有关。其实，在明代普通百姓是没条件走进瓮堂的。即使是清代，公共浴室也相当之少。英国外科医生阿禅尔曾于1819年随访华使团来过南京。他在《中国旅行记》中写道："使团人员在城外游览（注：指游览报恩寺），发现很少有值得关注的地方，除了在城门（注：指中华门）附近有一些公共热水澡堂。"这其中当然就有瓮堂了。他又写道："澡堂在中国似乎不是很普遍，我们在帝国的旅行中再没有看到过。"

当年英国访华使团中有一位叫普尔的先生，在日记中也记录了澡堂见闻：

"我们走近一处方形建筑，里面被分成三个隔间。最外面的隔间有一排储物柜，供在这里脱衣服的浴客存放衣服。储物柜上都贴有标签，也许写有使用者的名字，或者是某些劝告性的语句。马礼逊先生读出其中的一个，为'香水浴'（Bath of Fragrant Waters）。其他两个隔间是在第一个隔间里面，右边是一个大的隔间，里面有三个浴池，大约6英尺，宽和深均为3英尺。我们进去时，浴池中有许多中国人，他们与其说是洗浴，还不如说是在泡澡，在只有几英寸深的水中直立着，相互轮流搓着后背。池中的水似乎不打算更换，水中充满了污垢，供正在外面等候轮到他们洗浴的其他许多中国人使用。无论如何，从池中散发出来的蒸汽使中国人感到芳香，对我来说实在是不能忍受的。我还没弄清浴池是如何加热的，就被迫离开了那里。我正好进到旁边的房间看看。我看到那里有铺着席子的长凳子，供浴客用来擦干身体，再回到外面的隔间穿衣服。"

普尔等老外亲历的澡堂，肯定不是瓮堂，否则一定会对特殊的瓮形结构有所描述。况且瓮堂只有两个浴池，而不是三个。之所以将普尔的这段日记全文引出，是要让大家从中了解清代南京公共澡堂的状况。当然，这是从老外的视角来观察的，有一定的局限性。

这一节写的似乎多了些。我想表达的意思是：瓮堂是明代大报恩寺系统工程的一个组成部分，而且也是唯一的地面建筑遗存，应纳入大报恩寺遗址公园管辖的范畴中，加以百般呵护。建议将瓮堂尽可能按原样整修出来，并以此为基础设澡堂博物馆；还可在瓮堂相邻处建一座现代化浴场，将澡堂博物馆设在洗浴中心中。这应该是很有意思，也很有意义的一件事。

后记

《不二集》的文章，去年就着手准备，列入今年的出版计划。不曾想，我和钱长江选编的“民国旅游人写南京”的文集《金陵屐痕》，经南京出版社出版后获得好评。因而，我就有了再编一本“民国旅游人写上海”文集的想法。上海驴妈妈旅游网的高宏久先生得知后，要与我合编，也想在今年出版。这让我有点手忙脚乱。又不想，南京出版社做《品读南京》丛书，预先未征求意见便让我编著丛书之《南京历代佛寺》一册，而且也列入今年的出版计划。我分不了身，准备找个什么理由推托。好友邹尚主动站了出来，愿意与我一起担当此任。我确实也没找到什么推托的理由，也就应了。这让我更加手忙脚乱。

看来 2016 年，注定是要让我钻进文字堆里去了。

《不二集》无疑是我格外重视而且首要完成的作品。文集中的文章大多是去年和今年写作的，仅“出游”篇中的《扶桑之旅》一文，是 5 年多前的作品，曾以“扶桑随笔”为题收入散文集《秋潺》（华乐出版社出版）。这次再将其选入，因是记录了我和太太第一次携手出国旅行的见闻，有不一般的纪念意义。我在“代序：身土不二”中作过表达，此文集也是送给太太的一件礼物，以感激她陪伴我一路走来的辛劳。好在《秋潺》的发行量十分有限，受读面极小，再将这篇文章拿出来发表，不至于对《不二集》全书的质量会有影响。而且现在重读这篇文章，并不觉得过了时效，反而自感很有趣味，是可再一次与读者分享的。还有，“蜗居”篇中的《民国南京旅游研究启示录——写在〈守望南京：民国旅游寻寻觅觅〉之后》一文，是我两年多前在一次论坛中的演讲稿。因“守望南京”的那本书后来在日本以及中国台湾地区产生了反响，以为演讲稿也应有价值，整理出来收入了文集。

回顾自己创作的作品，除去主编、选编、编著的以外，个人著作已达六七部，都是在退休前后的一段时期里完成的。这样的收获，我自己也不曾想到。其实，我年轻的时候就爱好写作。在农村插队时，我喜欢写诗，后来转写剧本。当时著名剧作家顾尔谭一家，下放在我插队的附近村落。

我常去向他讨教。我写的剧本有十来个，其中的《传家宝》《初诊》《明天》分别在我插队的公社、县城和就读的大学搬上过舞台。我还充当过其中的导演及演员。可惜这些剧本在以后的两次搬家中遗失了，否则还真可以出个剧本集。大学毕业后，我去了政府机关，仍然想着写作，也一直在收集素材，只不过虽有写作的冲动，却没有了写作的热情和动力。机关生活，不知不觉地润滑且磨去掉了创作的棱角。

1987 年，我调至组建中的南京市旅游局。尽管依然是在机关，但所从事的旅游工作让我眼界大开。在不自觉中，我开始重新认识南京这座城市的文化历史，并爱上了它的一草一木。在旅游天地里，我又有众多的收获、众多的感悟，也就随手写了下来。一经动笔，欲罢不能。当然，接连写作的动力，也来自于读者的鼓励。安徽大学商学院教授章尚正偶然拿到了我的散文集《秋潺》。他托人打听到我的电话，发来这么一条短信："昨日工作之余阅读大作（指《秋潺》），本想看半小时，哪知读了就放不下，看了一个下午……如有其他作品，亦盼先睹为快。"类似的短信，让我温暖，心存感激，也无疑成为我写作的助推器。

谨以此书献给关心和支持我的广大读者。

谨以此书献给旅游界的同仁。

谨以此书献给爱妻及其家人。

2016 年 8 月 30 日于金陵名人居